Kuningastie

Taru ja Tarmo Väyrynen

Kuningastie

Vuorileijonan varjo 2

Kustantaja: BoD – Books on Demand, Helsinki, Suomi
Valmistaja: BoD – Books on Demand, Norderstedt, Saksa
ISBN: 9789523396494

Paksut harmaakiviset seinät ympäröivät naisten puolen suurta salia, joka oli täynnä puuhakkaita orjia. Useimmat kehräsivät, ja ilmassa leijui ohut pöly. Lis seisoi ikkunan viereen sijoitettujen kangaspuiden luona ja katseli ulos. Siitä näki kaistaleen Kiilon linnan pihaa reunustavista korkeista muureista. Kaukana pohjoisessa kohosivat Launovuoriston huiput, joilla oli talvinen lumipeite.

Kiilon linnan omisti Seloma, joka oli yksi Vuorimaan noin kolmestakymmenestä päälliköstä. Päällikköjen linnat olivat oikeastaan varuskuntia, sillä jokaisella päälliköllä oli oma sotajoukkonsa, jonka kanssa hän oli tarvittaessa velvollinen tulemaan kuninkaan palvelukseen. Kaikki päälliköt ja heidän sotilaansa olivat Vuorimaahan vasta muutama sukupolvi sitten tulleen kansan jälkeläisiä, ja heitä sanottiin ylemmiksi. Maan alkuperäisiä asukkaita sanottiin alemmiksi. Päälliköt olivat jakaneet keskenään etupiirit, joilla asuvia alempia he saivat verottaa. Selomalle kuului Kiilon satamakaupunki ja sitä ympäröivä maaseutu.

Lis oli tullut kotimaastaan Sirpistä Vuorimaahan

Karetan mukana, ja heidät oli heti vihitty avioliittoon. Vuorimaassa se oli mahdollista, vaikka Lis oli vasta viisitoistavuotias. Karetan isä Kareta oli ollut Vuorimaan kuningas. Hänet oli syrjäytetty ja surmattu vallankaappauksessa. Karetalla oli laillinen oikeus tulla isänsä seuraajaksi, mutta vallan anastaja piti kiinni voittajan oikeudella saamastaan asemasta. Hänellä oli hallussaan Memnon linna, ja häntä kannattavat päälliköt olivat toimittaneet runsaasti sotilaita hänen avukseen. Karetalla ei ollut omaa sotajoukkoa, vaan Seloma oli tuonut miehensä hänen tuekseen, ja saanut joitakin muita päällikköjä tekemään samoin. Kareta oli nimellisesti heidän johtajansa, ja Seloma toimi hänen alaisuudessaan joukkojen ylipäällikkönä. Tosiasiassa Seloma johti, ja muut Karetan puolelle tulleet päälliköt olivat mukana Seloman sotapäälliköntaitoon luottaen.

Monet luulivat, että Seloma tavoitteli valtaa itselleen, ja Karetasta tulisi vain Seloman ohjailema nukkehallitsija. Lis tiesi kuitenkin, miten vähän Selomaa kiinnosti valta. Seloma halusi lopettaa vuorimaalaisten valloitussodat, jotka kylvivät tuhoa vallatuille alueille, ja hän pyrki muuttamaan tavan, jolla Vuorimaan alkuperäiskansoja kohdeltiin. Hän tuki Karetaa, koska Kareta oli luvannut toteuttaa hänen toivomansa uudistukset.

Lis olisi mieluiten ollut miehensä mukana sotilasleirissä, mutta Seloman mielestä se ei ollut sopivaa, joten Lis asui Seloman linnassa. Selomalla ei ollut vaimoa, ja hän oli ilmoittanut orjille, että Lisillä olisi siellä ollessaan ne oikeudet, jotka tavallisesti kuuluivat päällikön vaimolle. Lisillä ei kuitenkaan ollut mitään velvollisuutta huolehtia linnan taloudesta, sillä Laneta-niminen naisorja oli tehnyt sen jo pitkään. Hän hoiti kaiken moitteettomasti, eikä tarvinnut Lisin neuvoja. Lis oli jotain tehdäkseen ryhtynyt valvomaan kehräystä ja kankaankudontaa. Lähimenneisyydessä, joka jo tuntui kaukaiselta, hän oli ollut köyhän sirpiläisen lesken tytär ja opetellut niitä taitoja saadakseen itselleen ammatin.

Karetan puolisona Lis oli kuningatar. Hänellä oli oikeus antaa käskyjä, jotka vain Kareta saattoi kumota. Hän sai mitätöidä jopa Seloman antamat määräykset, mutta Karetan antamia ohjeita hän ei voinut muuttaa. Lisin valta oli kuitenkin lähinnä muodollisuus. Ei ollut tarkoitus, että hän käyttäisi sitä.

Lis siirtyi ikkunan luota katsomaan viereisissä kangaspuissa olevaa työtä. Tyttö oli aloittelijoiden tapaan vetänyt kuteen kiristämään kankaan reunaa. Hän näytti säikähtäneeltä, kun Lis huomautti siitä. Lis pyysi häntä siirtymään syrjään ja näytti, miten piti toimia. Samalla hän rauhoitteli tyttöä selittäen, ettei kukaan osannut heti. Tyttö alkoi tyyntyä ja katseli tarkkaavaisesti.

– Ymmärrän jo, kunnioitettu, hän sanoi iloisesti.
– Saanko yrittää itse?

Lis antoi luvan ja seisoi hetken katselemassa. Sitten hän sanoi tytölle, että nyt jälki oli hyvää. Hän käveli salin läpi ja otti seinäpenkiltä villaisen huivin. Huivia hartioilleen kietoen hän meni metallikoristeiselle ovelle ja tarttui sen kahvaan. Ovi oli raskas avata, aivan kuin se olisi vastustanut siirtymistä toiselle puolelle. Kaksi orjanaista nousi heti ja tuli hänen luokseen, sillä siitä ovesta ei menty naisten asumiin sisäsuojiin, vaan miesten hallitsemiin tiloihin. Lis tiesi, että orjat oli määrätty seuraamaan häntä aina, jos hän poistui naisten puolelta. Silti hän kääntyi katsomaan heitä moittivasti.

– Menkää takaisin, hän sanoi.

Naiset vilkaisivat toisiaan. Sitten vanhempi heistä sanoi: – Kunnioitettu, noudatamme Lanetan ohjetta, että sinua on saatettava kulkiessasi miesten puolella.

– Seloma on antanut minulle valtuudet käskeä teitä, Lis sanoi.

Naiset neuvottelivat taas katseillaan. Sitten nuorempi vilkaisi Lisin tiukkaa ilmettä ja alistui. Hän lähti takaisin paikalleen, mutta vanhempi katsoi Lisiä kuin äiti kuritonta lasta.

– Kunnioitettu, hän sanoi tyynesti. – Et vielä tunne kaikkia tapojamme, ja sinua on sen takia suojeltava.

– Arvostan hyvää tarkoitustasi, Lis sanoi. – Mutta en aio koskaan opetella kaikkia vuorimaalaisten tapoja, kaikki tavat eivät ole oppimisen arvoisia. Haluan kulkea vapaasti, myös yksin, jos niin päätän.

Hänen ei oikeastaan olisi pitänyt selittää ja suostutella. Seloma oli opastanut häntä, että orjilta oli vaadittava ehdotonta tottelevaisuutta. Se oli välttämätöntä siksi, että asiat sujuisivat täsmällisesti ja ilman tarpeettomia viivytyksiä. Seloman mukaan käskijän ja käsketyn suhde ei ollut tasa-arvokysymys, vaan

8

työnjakoa. Mahdollisesti Seloma todella ajatteli niin, sillä hän kohteli orjiaan paremmin kuin Vuorimaassa oli tapana. Yleisesti ottaen täällä oltiin räikeän eriarvoisia. Vapaat suhtautuivat orjiin halveksivasti, ja ylemmät halveksivat alempia.

Orjanainen tuntui yhä miettivän miten voisi suojella Lisiä vastoin tämän tahtoa. Suojelussa taas oli kysymys enemmänkin maineesta kuin todellisista vaaroista. Tässä naisen kunnian vahtimisessa oli jotain huvittavaa – niin kuin hän heti miesten puolella olisi ollut vaarassa langeta sopimattomuuksiin jonkun miesorjan tai sotilaan kanssa, tai joutua näiden ahdistelemaksi. Lisiä alkoi äkkiä naurattaa, ja orjanainen hymyili sen huomatessaan.

– No, tule mukaan, Lis sanoi. – Mutta vain sinä, kaksi saattajaa on kerta kaikkiaan liikaa. Ota huivisi, aion mennä ulos.

Tavan mukaan saattajia piti olla ainakin kaksi, mutta orjanainenkin oli selvästi valmis joustamaan, kunhan tapoja ei kokonaan hylättäisi.

He kulkivat suuren, lämmittämättömän aulan läpi, ja huivista huolimatta Lis tunsi palelevansa. Linnan tummakiviset seinät varastoivat itseensä kylmyyttä ja huokuivat sitä huoneisiin. Hän ajatteli, että Vuorimaan pitkät talvet karkottivat lämmön ihmismielistäkin, ja päiväkausia samanlaisena pysyvä raudanharmaa sadetaivas synkisti kaikki. Sirpin talvisateet tulivat puuskittaisina ja pitivät hengähdystaukoja, joiden aikana ihmiset saattoivat nauttia luonnon raikkaasta vihreydestä. Sirpissä talvi oli vuoden ihanin aika, täällä se oli raakaa, kylmää koleutta.

Lis tunsi itsensä yksinäiseksi, vaikka hänen ympärillään oli kaiken aikaa ihmisiä. Kun Kareta ja Seloma olivat poissa, Kiilon linnassa ei ollut ketään, jonka kanssa hän olisi voinut keskustella sillä tavalla kuin hän oli tottunut tekemään. Oosa oli tullut Sirpistä samaan aikaan kuin hän, mutta asui vähän matkan päässä Kiilon vanhemmassa linnassa Enkalan vaimona. Enkala oli Seloman veljenpoika, eikä hän ollut itsenäinen päällikkö, vaan kuului Seloman alaisiin. Oosa sopeutui Vuorimaan oloihin vielä hitaammin ja vaikeammin kuin Lis. Hänellä oli kuitenkin seuranaan Malee, joka oli tottunut sirpiläisiin tapoihin. Malee oli muutenkin osoittautunut ihmiseksi, joka oli valmis hyväksymään toisen sellaisena kuin hän oli. Lis olisi mielellään pitänyt hänet luonaan, mutta oli selvää, että Oosa tarvitsi häntä enemmän.

Orjanainen kulki Lisin jäljessä, ja Lis pyysi häntä siirtymään viereensä.

– Se ei ole oikein sopivaa, nainen sanoi. – Alempiarvoisen on pysyteltävä taaempana.

– En jaksa noudattaa tuollaisia sääntöjä, Lis sanoi.
– Sirpissä oltiin tasa-arvoisia. Ja täällä taas en edes olisi ylempi, jos oltaisiin tarkkoja. Minun äitini ei kuulu heihin.

Hänelle oli jo selvinnyt, että tästä asiasta olisi oikeastaan pitänyt olla vaiti. Ylempiin kuuluivat varsinaisesti vain ne, joiden molemmat vanhemmat olivat ylempiä. Käytännössä kuitenkin joustettiin. Ylemmät miehet hankkivat usein lapsia alempien naisten

10

kanssa, ja jos isä niin päätti, äidin syntyperä sivuutettiin. Jopa Seloma oli syntynyt isänsä ja sotavankinaisen suhteesta. Hän oli puolittain selu, nimikin kertoi sen. Selut eivät olleet tunnustaneet ylempien valtaa, ja puolustivat sitkeästi vapauttaan Selovuorilla, jonne ylemmät silloin tällöin hyökkäilivät. Seloman isä oli pojan kasvaessa alkanut pitää hänestä ja ryhtynyt kohtelemaan häntä ylempiin kuuluvana. Seloma oli paljastanut syntyperänsä Karetalle ja Lisille salaisuutena, joka kyllä oli yleisesti tiedossa, mutta jota ei sopinut mainita. Myös Lisin olisi pitänyt vaieta äidistään. Lis oli Karetan, Ukkosjumalan pojan, puoliso. Hänen pitäisi aikanaan synnyttää Karetan poika, seuraava hallitsija, jonka sukupuussa ei olisi saanut olla pienintäkään tahraa.

Orjanainen pudistikin varoittaen päätään.

– Et saisi puhua noin, hän totesi. – Mutta äitisi on kuitenkin sirpiläinen, eikä Vuorimaan alempia. Sirpiläiset voidaan määritellä ylempien veroiseksi, jolloin syntyperässäsi ei ole mitään vikaa. Surmatun Karetan puolisokaan ei ollut ylempiä, mutta hänen kansastaan tehtiin veljeskansa, ja ongelma ratkesi sillä.

He tulivat etupihalle. Talviaurinko oli hetkeksi päässyt esiin pilvien seasta, ja tuulensuojaisessa paikassa oli ulkona lämpimämpää kuin sisällä.

Lis pyysi vartiossa olevaa poikaa avaamaan portin, mutta poika kipaisi jonnekin, ja palasi mukanaan kaksi sotilasta. He ilmoittivat tulevansa saattamaan Lisiä.

– En halua teitä mukaan, Lis sanoi.

11

– Meillä on määräys, kunnioitettu, toinen miehistä sanoi. – Jos menet ulos portista, ainakin kahden sotilaan on oltava kanssasi.

– Minun käskyni ohittaa Seloman käskyt, Lis sanoi.

– Olen Ukkosjumalan pojan puoliso.

– Niin olet, kunnioitettu, sotilas sanoi. – Ja sinun käskysi ohittaa kyllä Seloman käskyt, mutta meidän ohjeemme ovat itseltään Karetalta, Ukkosjumalan pojalta.

Lis yritti kätkeä harminsa. Kareta oli viime aikoina saanut outoja piirteitä, joista hän ei pitänyt. Oli kuin tämä olisi alkanut muiden Vuorimaan miesten tavoin kuvitella, että naiset olivat paitsi ruumiillisesti heikompia myös älyllisesti alempia ja tarvitsivat siksi miesten holhousta.

– Tulkaa sitten, Lis sanoi. – Kai teidän on toteltava saamianne käskyjä.

Kiilon linna sijaitsi yhdellä Launovuoriston kaakkoiskulman huipuista, ja sen ympäristöä nimitettiin usein Kiilovuoristoksi. Se oli muuta Launovuoristoa matalampaa ja loivarinteistä, mutta linnasta Kiilon kaupunkiin johtava tie oli kuitenkin pitänyt kulkukelpoisuuden takia tehdä laskeutumaan mutkitellen rinnettä myötäilevänä.

Sotilailla oli talviviitat ja Lisillä ja orjalla villahuivit. Muut tuntuivat tarkenevan mainiosti, vain Lis hytisi tuulen kylmyyttä. Silti talvi oli täälläkin kaunis sellaisina hetkinä kuin nyt, kun taivaan synkät pilvet olivat väistyneet. Oli vuokkojen ja valkokukkien aika, aivan kuten olisi ollut Sirpissäkin. Ne olivat sadekuiden kukkia, jotka kasvoivat laajoina ryhminä kosteuden virkistämillä niityillä. Kiilovuorten rinteillä saattoi tulla jopa satunnainen lumisade, mutta nuo kukat kestivät sen paremmin kuin kesän helteet.

Lis ja orjanainen kulkivat edellä, ja sotilaat seurasivat pysytellen sopivan etäällä. Nainen suostui nyt kävelemään Lisin vieressä eikä oikeastaan vaikuttanut siitä ollenkaan vaivautuneelta.

– Mikä sinun nimesi on? Lis kysyi.

– Olen Anira, nainen sanoi.

– Oletko ollut kauan Seloman orja?

Anira pudisti päätään.

– Kävin Seloman taloudenhoitajan luona ja tarjouduin orjaksi vasta vähän aikaa sitten, hän sanoi. – En ole sotasaalis tai ostettu.

Orjiksi hakeutuvat olivat yleensä omaisensa menettäneitä naisia. Vuorimaassa nainen ei voinut elää itsenäisenä. Se oli niitä asioita, jotka Kareta muuttaisi valtaan päästyään, jos hän suostuisi kuuntelemaan Lisin neuvoja. Nyt naisen oli alistuttava orjuuteen tai avioliittoon, jos isä tai veli ei huolehtinut hänestä. Ja avioliitto oli täällä oikeastaan vain yksi orjuuden muoto. Vaimo oli miehensä omaisuutta.

– Kerro aiemmasta elämästäsi, Lis pyysi. – Mitä sinulle tapahtui?

– Lapsena asuin kaukana pohjoisessa, Anira sanoi ja hymyili hiukan haikeasti. – Sieltä minut ryöstettiin ja myytiin useaan kertaan eteenpäin, kunnes päädyin Vuorimaahan.

Pohjoisen kaukaisista metsistä tiedettiin hyvin vähän, ja sieltä tulleita ihmisiä tapasi harvoin. Sumu-vuorten takaisen tasangon kansat pitivät yllä kauppayhteyttä heihin välittäen etelämmäs turkiksia, joista suuri osa saattoi olla ryöstösaalista. Pohjoisen asukkaat tunnettiin hurjina taistelijoina, mutta he liikkuivat usein yksin tai vain pieninä ryhminä, ja olivat siis helppo kohde rosvojoukoille.

– Mitä sinulle tapahtui Vuorimaassa? Lis kysyi.

– Ei puhuta minusta enää, kunnioitettu, Anira torjui. – Minulla on takanani asioita, joita en halua kertoa.

Lis tyytyi siihen. Vuorimaassa oli paljon naisia, joiden elämässä oli tapahtunut sellaista, mistä mieluiten vaikeni. Tämä kylmän talven maa oli miehisten arvojen hallitsema. Lis ajatteli, että tämä maa myös muutti ihmistä, jolla tullessaan oli ollut toisenlaiset ihanteet. Kareta oli lähtenyt tavoittelemaan valtaa oikaistakseen vääryydet, mutta alkoi melkein kuin huomaamattaan omaksua täkäläisiä asenteita. Lis tiesi itsekin olevansa jo erilainen kuin se tyttö, joka oli aikonut tuoda oikeudenmukaisuutta Vuorimaahan.

He tulivat tien käänteeseen. Siitä näki Kiilon kaupungin ja sen itäpuolella tasangon, joka rajautui Arrovuoristoon. Arrovuorten takana taisteltiin. Kareta oli siellä, ja toivottavasti hän oli yhä elossa ja voitolla.

Sotilaat puhuivat keskenään ääntään alentaen ja tarkkailivat Kiilon kaupungin ohi johtavaa tietä. Lis huomasi, että sitä pitkin kiiti pölypilvi.

– Vaunut! hän huudahti. – Noin nopeasti pääsee

vain parihevosten vetämillä taisteluvaunuilla.

Sotilaat katsoivat häntä ja tuntuivat epäröivän.

– Niin, kunnioitettu, toinen heistä sanoi lopulta.

– Meidän on saatettava sinut turvaan ja kerrottava havaintomme vartiopäällikölle. Ehkä on tapahtunut jotain, jonka takia on lähetetty viestintuoja, tai sitten on kysymys jostain muusta.

– Viestintuoja ratsastaisi, Lis sanoi. – Joku on haavoittunut, ja hänet tuodaan vaunuilla kotiin.

Sen pidemmälle hän ei halunnut ajatella. Taistelukentältä lähdettiin erikseen kuljettamaan turvaan ainoastaan korkea-arvoista, ja häntäkin vain, jos hän oli todella pahasti haavoittunut – tai kuollut. Korkea-arvoisen henkilön ruumis tuotiin kotiin hautajaisia varten, jos suinkin mahdollista.

Anira oli tarttunut Lisin käsivarteen ja puristi sitä. Hän ei tällä hetkellä käyttäytynyt lainkaan niin kuin orjanainen, vaan kuin sisar tai äiti. Hänen savunharmaissa silmissään oli lempeää rohkaisua.

– Ehkä se ei ole Kareta, hän sanoi. – Ja jos se on Kareta, niin ehkä hän elää.

Lis kääntyi sotilaisiin päin.

– Sinä menet hakemaan Enkalan linnasta Oosan, hän määräsi toista osoittaen. – Hän osaa enemmän kuin täkäläiset parantajat.

– Kunnioitettu, ensin meidän on saatettava sinut linnaan, sotilas väitti. – Meillä on käsky ensisijaisesti huolehtia sinun turvallisuudestasi.

Lis oikaisi itsensä täyteen pituuteensa ja sanoi ääntään korottamatta, mutta uhkaavasti: – Tottele, olen käskenyt.

Hän kääntyi toisen sotilaan puoleen ja sanoi: – Sinä menet linnaan ja ilmoitat Lanetalle, että on valmistauduttava hoitamaan haavoittunutta. Ja ilmoita havainnosta vartiopäälliköllekin, niin kuin ohjeenne on. Minä ja Anira menemme tulijaa vastaan.

Lis ei halunnut ajatella sitä mahdollisuutta, että vaunuissa olevaa ei ehkä enää voisi auttaa. Hän ei jäänyt katsomaan, tottelivatko sotilaat. Hän ja Anira juoksivat tietä pitkin kaarteeseen. Pölypilvi oli välillä kadonnut näkyvistä, mutta sitten he huomasivat sen tulleen alarinteessä mutkittelevalle tielle. Nyt pystyi jo tunnistamaan Selomalle kuuluvan taisteluvaunun. Sen lähellä puikkelehti muutama susi, ja ne olivat ilmeisesti saaneet hevoset vauhkoutumaan. Hevosia ei ohjannut kukaan, mutta vaunuissa makasi kokoon lyyhistynyt ihminen. Se saattoi olla Seloma tai Kareta, sillä Karetalla oli käytössään Seloman antamat vaunut ja varusteet.

– Susista ei ole huolta, ne kaikkoavat meidät huomatessaan, Anira sanoi heidän juostessaan. – Mutta vaunut voivat tuossa vauhdissa koska hyvänsä kaatua. Jos niiden kyydissä ei ole vainaja, hän kuolee viimeistään silloin.

Lis ei vastannut, vaan oikaisi jyrkkää rinnettä pitkin suoraan tien alemmalle osalle. Anira seurasi häntä. He pääsivät lopulta niin alas, että hevosten kavioiden äänen kuuli jo selvästi. Ne laukkasivat heidän alapuolellaan, ja kääntyisivät pian tulemaan kohti.

– Jäädään tähän, Anira sanoi. – Tässä on pitkä

16

suora, hevoset näkevät meidät kaukaa. Ne pitää pysäyttää seisomalla edessä niin että ne eivät pääse ohi. Ne ovat kauhun vallassa. On oltava rauhallinen ja saatava ne tuntemaan, että vaara on ohi. Jos pystyt tarttumaan niiden valjaisiin, yritä pitää kiinni ja tyynnyttää puhumalla ja taputtamalla. Jos näyttää uhkaavalta, älä jää niiden jalkoihin, heittäydy sivuun.

Vaunut kaarsivat nyt mutkassa hurjasti heiluen, ja sitten hevoset laukkasivat kohti. Anira asettui tyynesti keskitielle, ja Lis tuli hänen viereensä. Hevoset lähestyivät hillitsemättä juuri lainkaan vauhtia. Lis vetäytyi hiukan syrjään, mutta Anira seisoi paikallaan, ja onnistui tarttumaan toisen hevosen löysänä riippuviin ohjaksiin. Hän ei irrottanut otettaan, vaikka hevonen yritti jatkaa matkaansa. Lis sai kiinni toisen hevosen valjaista. Se nousi takajaloilleen, ja sen etujalat hipoivat hänen päätään. Hän väistyi, mutta huomasi, että molemmat hevoset olivat pysähtyneet. Anira siirtyi niiden väliin tyynnytellen kumpaakin. Hänen otteissaan oli melkein kuin taikavoimaa, hevoset tuntuivat luottavan häneen.

Sudet olivat kaikonneet, niin kuin Anira oli arvellutkin niiden tekevän. Lis jätti Aniran huolehtimaan hevosista ja nousi vaunuihin.

Kauttaaltaan veren ja pölyn peittämä mies oli Seloma. Lis ei voinut mitään sille, että tunsi helpotusta todetessaan, ettei siinä ollut Kareta. Veri oli ilmeisesti valunut rinnasta, ja haava oli varmaan paha, mutta Seloma oli hengissä. Lis yritti siirtää häntä parempaan asentoon, ja Anira tuli avuksi. Sitten Anira kokosi ohjakset käsiinsä, ja komensi jo täysin rauhoittuneet hevoset liikkeelle.

– Tiedän, että tämä on sopimatonta, Anira sanoi.

– Nainen ei Vuorimaassa saisi ajaa taisteluvaunua. Minun tietääkseni on vain yksi, jolla oli siihen erityislupa. Mutta Seloma on saatava nopeasti hoitoon, tai hän kuolee, ja jos hän kuolee, Kareta on mennyttä. Kareta on nuori ja kokematon, ja vain Seloma on sekä taitava että luotettava apulainen Ukkosjumalan pojalle.

Laneta oli kunnostanut huoneen, jonne Seloma kannettiin. Oosa oli tullut, ja asetteli seinustalla olevalle pöydälle pieniä rasioita. Lis päätteli, että siinä oli saatavilla oleva lääkevarasto. Anira meni heti tutkimaan sitä.

Selomalta oli jo pihalla riisuttu sotilasvarusteet, mutta hänellä oli edelleen yllään veren tahrimat vaatteensa. Isäntänsä nähtyään Laneta purskahti itkuun, ja Anira vilkaisi häntä paheksuvasti. Selomaa kantamaan komennetut sotilaat laskivat haavoittuneen vuoteelle. He jäivät katselemaan, kun Oosa aukaisi Seloman vyön ja olkapääsoljet, kostutti hyytyneen veren kyllästämää kangasta ja nosti sitten päällysvaatteen etuosan pois. Seloman paita ei ollut kiinni soljilla, vaan pään aukko oli tehty yhtenäiseen kankaaseen. Oosa vilkaisi ympärilleen, ja sotilaat ymmärsivät, mitä hän tarvitsi. Toinen heistä ojensi tikarinsa, ja Oosa leikkasi sillä paidan olkapäät auki. Sitten hän antoi tikarin takaisin sotilaalle, ja liotti verihyytymiä runsaalla vesimäärällä. Hyvin varovasti hän veti paidan etuosan Seloman päältä. Haava alkoi vuotaa, mutta vuoto ei ollut runsasta. Oosa keräsi sitä kankaaseen kevyesti kosketellen.

– Pistomiekan jälki, toinen sotilaista sanoi puoliääneen. – Hän on ollut lähitaistelussa, ja rintapanssari on pettänyt. Niitä ei voi tehdä niin vahvoiksi, että ne kestäisivät, jos tulee voimakas isku suoraan kohti.

– Se on osunut pahaan paikkaan, mutta ei sentään sydämeen, toinen sanoi.

Anira oli ryhtynyt tekemään lääkesekoitusta haudetta varten. Hän kääntyi katsomaan sotilaita ja sanoi: – Voitte poistua, teitä ei tarvita täällä.

Sotilaat epäröivät. Sitten toinen heistä sanoi: – Naiset eivät osaa hoitaa näitä vammoja. Tänne jätetyissä sotilaissa ei ole kovin taitavia haavoittuneiden auttajia, heidät on kaikki komennettu sinne, missä taistelut käydään. Mutta me tiedämme kuitenkin jonkin verran, ja velvollisuutemme on yrittää auttaa kunnioitettua ylipäällikköä.

– Minä osaan kaiken tarpeellisen, Anira sanoi.

– Poistukaa, tämä on käsky.

Kun oltiin sairashuoneessa, parantajalla oli oikeus ottaa itselleen valta, eikä häntä saanut vastustaa. Kukaan paikalla olevista ei tiennyt, oliko Aniralla parantajan taitoja, mutta hänen itsevarmuutensa kai aiheutti sen, että häntä uskottiin ja toteltiin. Sotilaat poistuivat.

Laneta keräsi lattialta Selomalta riisutut vaatteet ja Oosan hylkäämät käytetyt kangasrievut. Hän ei ollut saanut itkuaan loppumaan. Anira sanoi hänelle:

– Haavoittuneen luona ei nyt tarvita surijoita. Vie nuo pesuun, ja mene sitten keittiöön huolehtimaan,

20

että Selomalle valmistetaan sairaalle sopivaa ruokaa. Laneta oli launi, ja launien tapaan käytökseltään sopuisa ja hillitty. Tavallisissa oloissa hän ei silti olisi suostunut ottamaan vastaan käskyjä orjalta, jonka piti olla hänen ohjauksessaan. Nyt hän ei vastustellut, vaan sanoi: – Olet oikeassa, minusta on täällä tässä vaiheessa pelkkää haittaa.

Anira meni Seloman luo ja sanoi Oosalle: – Myös sinun on poistuttava. Jos tarvitsen apua, Lis saa auttaa.

– Oosa ei ole parantaja, mutta koska hän on arka, hänellä on tavallista enemmän hoitajantaitoja, Lis sanoi. – Minun mielestäni tarvitsemme Oosaa.

– Tiedän, että hänellä väitetään olevan kummallisia kykyjä, Anira sanoi. – Jotkut uskovat hänen kuulevan ajatuksiakin. Mutta täällä ei tarvita noitakeinoja, vain tavallisia käytännön toimenpiteitä.

Oosa tavoitteli juoma-astiaa. Anira huomasi sen.

– Ei tajuttomalle saa antaa juotavaa, hän sanoi. – En tarvitse auttajia, jotka tekevät vääriä asioita. Siirry, minun on tutkittava haava.

– Seloma on tajuissaan ja pyytää vettä, Oosa sanoi. – Hän ei jaksa puhua eikä liikkua, mutta hän pystyy nielemään.

Anira katsoi Seloman silmiä ja myönsi: – Hän taitaa tosiaan olla tajuissaan. Voit antaa juotavaa, mutta varovasti.

Kun Seloma oli saanut tilkan vettä, Oosa nousi ja päästi Aniran tutkimaan haavaa.

– Se ulottuu keuhkoon, niin kuin pelkäsinkin, Anira

sanoi. – Hänet on pidettävä levossa, ja voimme vain toivoa, että tulossa oleva haavakuume ei tapa häntä. Onneksi linnan lääkevarasto on yllättävän hyvä. Tein hauteen, joka on paras mahdollinen tähän tarkoitukseen.

– Lääkkeet ovat minun varastoani, Oosa sanoi.

– Olen kerännyt niitä vuorilla kulkiessani. Laneta ei edes tuonut heillä olevia tänne, heillä ei ollut juuri mitään tällaiseen tapaukseen sopivaa.

Anira asetti hauteen haavalle, ja he kietoivat Seloman rintakehän ympärille siteen. Häntä oli pakko nostaa sitä varten, ja hän valitti heikosti. Kun he asettivat hänet taas makaamaan, hän yritti puhua.

– Et saa rasittaa itseäsi, Anira sanoi.

Lisistä tuntui, että Seloma katsoi Aniraa kummastellen, mutta oli liian heikko kyselläkseen. Oosa tuli Seloman luo ja pyyhki hänen kasvojaan kostutetulla kankaalla.

– Et ole niin hyödytön kuin luulin, Anira sanoi Oosalle. – Nyt sinun pitää kuitenkin lähteä. Olet selvästi melko pitkälle ehtineessä raskaudentilassa. Ei silloin saisi olla tekemisissä ikävien asioiden kanssa.

– Seloma tarvitsee minua, Oosa sanoi. – Hän on hyvin kiihtynyt, ja hänen täytyy saada neuvotella tilanteesta. Levottomuus pahentaa hänen vointiaan.

– Hän ei saa puhua, Anira sanoi tiukasti. – Hänet on pidettävä niin liikkumattomana kuin mahdollista.

– Juuri siksi hän tarvitsee minua, Oosa sanoi.

Hän taitteli kädessään olevan kankaan ja siirsi sen syrjään. Sitten hän katsoi Selomaa ja sanoi: – Ajattele kaikki, minä kerron sen heille.

Anira aikoi sanoa jotain, mutta Lis hillitsi häntä. Oosa laski kätensä Seloman olkapäälle ja näytti keskittyvän kuuntelemaan. Huoneessa oli hämärää, sillä ikkuna oli peitetty paksulla kankaalla, jonka läpi päivänvalo kajasti himmeästi. Hämäryyden arveltiin tyynnyttävän sairasta, mutta ikkuna piti peittää myös siitä uhoavan kylmyyden takia, ja takkaan oli sytytetty tuli sairashuonetta lämmittämään. Tulen valo heijastui Oosan kasvoille ja sai hänen hiustensa punaisen kullan loistamaan. Seloma hymyili vaisua, mutta helpottunutta hymyä. Oli selvää, että hän tunnisti Oosan.

– Ensin Seloma haluaa tietää, kuka on nainen Lisin seurassa, ja onko hän luotettava, Oosa sanoi.

Hän kohdisti harmaanvihreät silmänsä Aniraan, ja hänen ilmeensä muuttui kummastuneeksi. Lis tajusi, että jokin Aniran ajatuksista yllätti ja hämmensi hänet.

– Miksei sitä saa kertoa? Oosa kysyi.

– Ei, ei, Anira sanoi hätääntyneenä. – Jos todella pystyt kuulemaan ajatukseni, niin Ukkosjumalan tähden vaikene niistä.

Lis meni Seloman luo ja sanoi: – Hän on nimeltään Anira, hän tuli Kiiloon orjaksi vähän aikaa sitten. Hän pelasti sinut, hän pystyi pysäyttämään vauhkoontuneet hevoset ja ajoi sitten vaunut linnaan.

Seloma käänsi vaivalloisesti päätään ja katsoi Aniraa. Vaikka Oosa yritti estellä, hän ponnisteli puhuakseen.

– Sanoivat sinun kuolleen, hän kuiskasi tuskin kuuluvasti.

– Hän tietää nyt, Oosa selvensi Aniralle. – Hän muistaa nimen, joka sinulla on kotimaassasi, ja taitosi käsitellä hevosia. Miksei Lisillekin saisi kertoa, kuka olet?

Anira pudisti päätään.

– En halua Lisin vielä tietävän, hän sanoi. – Ja luulin, että tuota nimeäni ei tuntisi Vuorimaassa juuri kukaan, enhän käyttänyt sitä täällä. Mutta ehkä on hyvä, että Seloma tunnisti minut. Ajattelin, että hän on liian huonossa kunnossa neuvottelemaan, mutta ehkä hän pystyy kertomaan tilanteesta.

Anira tuli Seloman viereen, ja Oosa teki hänelle tilaa.

– Hävityn taistelun jälkeen palasin synnyinmaahani, Anira sanoi. – Tulin takaisin, kun kuulin nuoren Karetan löytymisestä.

Hävitty taistelu tarkoitti tapahtumia neljätoista vuotta sitten, jolloin Karetan isä Kareta oli surmattu. Silloin oli surmattu myös ne hänen kannattajansa, jotka eivät onnistuneet pakenemaan. Anira oli ilmeisesti kuulunut Karetan kannattajiin. Hän ei kuitenkaan voinut olla iältään kuin korkeintaan hiukan yli kolmenkymmenen. Hävityn taistelun päivinä hän oli tuskin ollut paljonkaan vanhempi kuin Lis nyt.

Seloma liikehti taas yrittäen turhaan puhua.

– Jos et pahastu, Lis, niin Seloma haluaisi sinun lähtevän hetkeksi pois, Oosa tulkitsi sairaan ajatuksia. – Hän haluaisi neuvotella Aniran kanssa Mem-

24

non luona vallitsevasta tilanteesta.

Lis oli kummissaan. Orjanainen oli äkkiä Seloman mielestä tärkeämpi ja luotettavampi kuin Karetan puoliso. Mutta koska Lis tiesi itsekin, ettei ymmärtänyt Vuorimaan oloja ja asioita niin kuin Seloma ja ehkä Anirakin, hän ei loukkaantunut.

Hän oli oikeastaan helpottunut päästessään hetkeksi pois sairashuoneesta. Seloman haava oli näyttänyt kammottavalta, ja hän ihmetteli tyyneyttä, jolla Oosa ja Anira olivat sitä käsitelleet. Oosa tosin hyväksyi arkojen tapaan levollisesti oikeastaan kaiken muun, häntä järkyttivät vain pahantahtoiset ajatukset. Enemmän Lisiä ihmetyttikin se, että Anira käyttäytyi kuin olisi hoitanut aseiden aiheuttamia vammoja usein ennenkin. Koska sellaisia yleensä syntyi vain taisteluissa, niitä hoitamaan tavattiin ainakin Vuorimaassa kouluttaa sotilaita.

Käytävässä Lisiä vastaan tuli naisorja, joka oli lähetetty pyytämään häneltä ohjeita. Portilla oli merikauppias, jonka laiva oli juuri tullut Kiilon satamaan. Hän halusi tulla tapaamaan kunnioitettua puolisoa, koska Ukkosjumalan poika ei itse ollut paikalla.

– Kuka purjehtii talvimyrskyillä? Lis ihmetteli.

– Mies ilmoitti nimekseen Meeta, orja sanoi.

– Jätettiinkö hänet odottamaan portille? Lis kysyi.

– Hänet olisi pitänyt viedä parhaaseen vastaanottohuoneeseen, hän on Karetan sirpiläinen kasvatusisä. Menen heti hakemaan hänet.

– Kunnioitettu, odota, orja hätäili. – Saattajat täytyy olla, ainakin kaksi.

– Yksi saa riittää, tule sinä, Lis hoputti. – Teidän on totuttava minun tapoihini, en voi aina kulkea naisjoukko ympärilläni. Onko Meetalla seuralaisia?

– Kaksi nuorta miestä ja nainen, tai oikeastaan vasta tyttö, orja sanoi. – Toinen miehistä on ehkä merikauppiaan nuorempi kumppani, mutta toinen mies ja tyttö ovat kai orjia, vaikka he käyttäytyvät ja puhuvat kuin vapaat.

Päivä oli kääntynyt harmaaksi, pohjoistuuli oli ajanut taivaan täyteen pilviä. Lis näki viluisen ryhmän portilla, jota reunustavien jykevien kivipaasien takana kohosivat lähimmät vuorenrinteet. Kaukaiset korkeat huiput kätkeytyivät pilvimassaan. Meetan vierellä oli hänen poikansa Ake. Orjiksi luullut olivat Sirpin hallitsijan tytär Tessi ja hänen ystävänsä Ramu. Erehdys oli ilmeisesti syntynyt siksi, että Tessi ja Ramu olivat molemmat hyvin tummaihoisia. Sellaista ihonväriä näki Vuorimaassa yleensä vain Autiomaasta tuoduilla orjilla.

Tessi juoksi Lisiä vastaan, ja he halasivat toisiaan lämpimästi. Tessin vieressä hyppi hänen iso musta koiransa Sumi. Sekin yritti osallistua emäntänsä iloon. Lis kumartui taputtamaan koiraa ja pyyhkäisi samalla silmiään salatakseen kyyneleet. Tessi edusti kaikkea kaivattua ja kadonnutta, lapsuutta ja vilpitöntä ystävyyttä, Sirpin huoletonta rauhaa.

Kaukaa tulleet vieraat piti ensin ohjata kylpemään, pukeutumaan ja ruokailemaan. Lis jätti Meetan ja pojat miesorjien vastuulle ja lähti itse johdattamaan Tessiä.

– Minun oli lopulta aivan pakko lähteä katsomaan, millaista teillä täällä on, Tessi sanoi, kun Lis ohjasi häntä naisten puolelle vierashuoneeseen. – Minulle tuli aina vain levottomampi olo. Kun kuulin, että Meeta on lähdössä talvimyrskyistä välittämättä, halusin mukaan.

– Olen iloinen, että tulit, Lis sanoi.

Hän näki miten oudoksuen Tessi katseli seinien harmaata kiveä. Tessin koti, Kooran linna, oli vaaleakivinen ja valoisa. Lis valitsi Tessille viihtyisimmän vierashuoneen, mutta tiesi, että vaikka hän käskisi kantaa sinne muhkeat vuodevaatteet, siitä ei saisi kodikasta. Hän käskisi sytyttää tulen takkaan, mutta huoneeseen ei saisi kestävää lämpöä. Vuorimaalaiset yrittivät sisustaa asuntonsa ylellisillä taljoilla ja pehmeillä tyynyillä mukaviksi, mutta se ei auttanut. Vuorimaan rakennukset olivat kuin Vuorimaan talvi, epäystävällisiä. Hänen kotinsa oli kuitenkin nyt Vuorimaassa, ja niin tulisi ehkä olemaan hänen lopun elämänsä ajan.

– Sinun pitää kylpeä, lähetän pari tyttöä avuksi, Lis sanoi. – He tuovat sinulle uudet vaatteet, ja sitten syöt.

– En varmaan tarvitse apua kylvyssä, Tessi sanoi.

– Täällä tarvitset, Lis selitti. – Täällä ei ole vesijohtoja eikä viemäreitä niin kuin Kooran linnassa, tytöt tuovat ja vievät veden.

– No, ihanaa kuitenkin peseytyä, Tessi sanoi. – Ja ihanaa olla täällä. Minusta ei varmaan ole mitään apua, mutta on kuitenkin parempi olla siellä missä edes tietää ystäviensä tilanteen.

– Tuskin itsekään tiedämme omaa tilannettamme, Lis sanoi. – Nyt kun Seloma on haavoittunut, se on vielä arvoituksellisempi.

Tessi alkoi riisua matkavaatteitaan. Lis totesi, että ystävätär oli selvästi jo vartaloltaan nuori nainen, ja hän kysyi hiukan kiusoitellen, oliko suhde Ramuun vielä pelkkää ystävyyttä. Niinhän Kooran laki määräsi Tessin ja Ramun ikäisille, mutta Ramu varmaan tiesi tietäjäoppilaana, miten saattoi nauttia rakastelun iloista ja välttää silti raskauden.

– Ramu luultavasti jo haluaisi enemmän kuin vain ystävyyttä, Tessi myönsi. – Mutta minä taidan olla kovin hidas kehityksessäni. Sinullahan on jo kokemusta. Onko se niin ihanaa kuin väitetään?

– Se on vielä ihanampaa, Lis sanoi, ja muisto yhteisistä hetkistä Karetan kanssa sai hänet värähtämään. – En ymmärrä sellaisia kuin sinä, sinun iässäsi halusin jo kiihkeästi, vaikka tietysti minun täytyi hillitä itseni siellä Sirpissä. Täällä tyttö voi tulla vaimoksi hyvinkin nuorena.

– Liian nuorena se voi olla kamala kokemus, Tessi arveli. – Minusta tuntuu, etten pitäisi siitä edes Ramun kanssa, vaikka hän olisi kuinka kiltti, ja siksi hän ei yritäkään. Hän on luvannut odottaa hyvinkin kauan, jos tarvitsen paljon aikaa.

Lis jätti Tessin valmistautumaan kylpyyn, ja tavoitti kaksi nuorta orjatyttöä, jotka hän vielä varmuuden vuoksi valmensi perusteellisesti kohtelemaan vierasta kunnioittavasti. Heidän oli kylvyn jälkeen vietävä Tessille varastosta parhaimmat puhtaat vaatteet, ja ne jäisivät sitten hänelle lahjaksi.

– Unohtakaa typerät ajatukset ihmisten eriarvoisuudesta, Lis tähdensi orjille. – Tessi on merkittävä henkilö kotimaassaan Sirpissä.

– Onko hän kunnioitettu Tessi? toinen orjatytöistä huokasi ihastuneena. – Olen kuullut hänestä laulun, hänestä ja kunnioitetusta Karetasta. He vapauttivat Sirpin. Onko hänellä mukanaan se taikakoira, jonka kautta Sirpin jumala häntä ohjaa?

– Sumi on mukana, Lis sanoi. – Mutta älä pety, Sumi on ihan tavallinen koira. Ja sen laulun olen minäkin kuullut, siinä ei juuri mikään ole totta.

– Kunnioitettu, se on ihana laulu, tyttö vastusti. – Itken aina, kun kuulen sen.

Laulujen merkitys tuntui olevan suunnaton, ne merkitsivät ihmisille paljon enemmän kuin viralliset tiedotteet. Hyvä laulu saattoi saada jopa vihollisen tuntumaan ihailtavalta. Seloma oli melkein ensitöikseen, taisteluvalmistelujen lomassa, teettänyt Karetasta sankarilauluja. Kaikki laulut eivät kuitenkaan olleet tilaustöitä. Laulajat tekivät niitä hyvistä aiheista myös omien mieltymystensä ja yleisön toiveiden mukaan.

Lis aikoi palata takaisin Seloman huoneeseen, mutta Laneta tuli käytävällä vastaan ja pysäytti hänet.

– Kunnioitettu, saanhan tiedon heti, kun kunnioitettu isäntäni ei enää tarvitse parantajien apua, vaan voin ryhtyä huolehtimaan hänestä? Laneta kysyi.

Hän tuntui olevan Selomaan kiintynyt melkein vaimon tapaan, mutta tiettävästi Selomalla ei ollut suku-puolisuhdetta hänen kanssaan, ja Seloma käytti hen-kilökohtaisissa toimissaan yleensä apuna miesorjia. Lis epäröi.

– Ehkä Seloma haluaa hoitajikseen heidät, joita hän tavallisesti käyttää, hän sanoi.

– Seloma voi sanoa toivovansa sitä, koska hän tie-tää, miten pahoillani olen aina, jos häntä kohtaa jokin onnettomuus, Laneta sanoi. – Minä osaan kuitenkin parhaiten lohduttaa ja rohkaista häntä. Olen ollut hä-nen taloudenhoitajansa siitä asti, kun hänestä tuli ai-kuinen ja hän sai omat henkilökohtaiset orjat.

Lis ei tuntunut vakuuttuneelta, ja Laneta sanoi ään-tään alentaen, kuin olisi kertonut salaisuuden: – Hän on minulle kuin veli. Kasvoimme yhdessä silloin, kun hänen isänsä ei vielä ollut hyväksynyt häntä ylempien joukkoon. Minä olin orpo, hänen äitinsä huolehti meistä molemmista. Hän on aina uskonut minulle suurimmat surunsa. Osaan auttaa häntä, ja osaan myös väistyä, kun huomaan, ettei hän enää tar-vitse apuani.

– Lähetän sinulle tiedon, kun hänen luokseen voi tulla, Lis lupasi.

Seloman huoneessa oli hämärää ja lämmintä. Se-loma oli valinnut henkilökohtaiseen käyttöönsä pie-net huoneet, ja niissä oli kivisten kalusteiden sijasta paljon puuta. Lis ajatteli, että yleinen epäviihtyisyys Vuorimaan linnoissa johtuikin ehkä liian isoista huo-neista, jotka tarvitsivat kivipylväitä tuekseen, ja miel-tymyksestä kivisiin penkkeihin. Vaikutelmaa yritettiin yksityistiloissa pehmentää tyynyin, taljoin ja peittein, mutta ne lisäsivät kolkkouteen vielä sekavuudenkin. Täällä Seloman pienessä, kodikkaassa kammiossa oli ainoastaan kaikkein välttämättömin. Ruoka oli tuotu, ja Oosa oli syöttämässä Selomaa, joka sai nieltyä vain vaivoin ja hitaasti. Seloma vaikutti tuskaiselta. Lis kertoi hänelle vieraista, ja Seloma sanoi: – Meeta, siinä on ratkaisu.

Ankara yskänpuuska keskeytti puheen.

– Ajattele vain, minä kerron muille, mitä haluat minun kertovan, Oosa opasti. – Käytä kaikki voimasi siihen, että yrität niellä hiukan ruokaa.

– Kuka on Meeta? Anira kysyi.

– Hän on sirpiläinen merikauppias, joka otti Karetan pikkupoikana hoitoonsa ja kasvatti hänet kotonaan, Lis sanoi. – Hän on Karetalle kuin isä, Karetahan ei muista lainkaan omaa isäänsä. Äidistäänkin hänellä on vain epämääräinen mielikuva.

– Mutta hänhän oli vain kaksivuotias menettäessään äitinsä, ei hän voi muistaa, Anira sanoi.

Seloma valitti, ja Anira nousi heti. Hän ja Oosa yrittivät korjata Seloman asentoa, ja sitten Oosa jatkoi syöttämistä.

– Seloma haluaisi tavata Meetan mahdollisimman pian, Oosa tulkitsi muille.

– Meeta tulee heti kylvettyään ja syötyään, Lis sanoi. – Käskin orjia selittämään hänelle tilanteen.

Meetaa ei tarvinnut odottaa kauan, vaan orja tuli ilmoittamaan, että merikauppias ja hänen seurassaan oleva nuori parantaja halusivat nyt peseydyttyään jo ennen ruokailua tavata sairaan. Orjan jäljessä tulivat saman tien Meeta ja Ramu.

Seloma yritti kohottautua, ja Oosa painoi hänet takaisin makuulle.

– Hän haluaa tervehtiä, Oosa selvensi. – Mutta hän on liian heikko mihinkään muodollisuuksiin.

Ramu meni potilaan viereen. Oosa oli lopettanut syöttämisen, ja Ramu tutki Seloman haavaa. Anira tarkkaili Ramua ensin valppaasti ja valmiina kieltämään turhan kovat otteet, mutta sirpiläisen tietäjän tavoin Ramu oli varovainen ja helläkätinen.

– Miekka on puhkaissut toisen keuhkon, hän sanoi.

– Terve, hyväkuntoinen mies jää kyllä henkiin, kun on päässyt hoitoon, mutta sairastaa pitkään. Pian nousee korkea kuume, mutta kun se laskee, alkaa paraneminen.

– Olen nähnyt näitä vammoja, Seloma sanoi vaikeasti. – Juuri noin siinä käy.

– Siksi hän lähti kotimatkalle haavoituttuaan, Oosa selitti. – Hän ei halunnut jäädä sairastamaan leiriin, jossa hänen huono kuntonsa olisi ollut kaikkien tiedossa, ja hän luuli pystyvänsä ajamaan tänne asti. Hän on myös nähnyt, miten miehiä kuolee haavan nostattamaan kuumeeseen. Jos hän kuolee, hän haluaa, että asia salataan, kunnes Karetan valta on vahvistunut. Leirissä salaaminen ei olisi onnistunut.

– Et sinä tähän kuole, Ramu sanoi Selomalle.

– Oosa on tehnyt samanlaisen hauteen kuin minäkin olisin haavalle tehnyt, tunnen juuri oikean yrtin tuoksun. Kuume nousee kyllä, mutta haude pitää sen niin alhaisena, että kestät sen.

– En minä sitä haudetta tehnyt, vaan Anira, Oosa sanoi. – En edes olisi tiennyt, että paksulehti sopii tällaiseen. Eiväthän arat juuri koskaan näe sotavammoja.

Anira naurahti.

– Olen varmaan nähnyt kaikki mahdolliset sotavammat, sekä tappavat että ne, joista paranee, hän sanoi. – En ole parantaja muissa asioissa, mutta ei ole sellaista aseiden jättämää jälkeä, jota en osaisi hoitaa, mikäli se on hoidettavissa.

Seloma yritti puhua, ja Oosa sanoi: – Hän haluaa kysyä sinulta, Meeta, tiedätkö Karetan tilanteen Memnon luona.

– Tiedän sen melko hyvin, Meeta sanoi vakavalla ja rauhallisella äänellä. – Ymmärrän, miten vaikea pojan on selviytyä nyt, kun olet haavoittunut. Sinuahan joukot tottelevat, eivät ne vielä häneen luota.

Oosa kuunteli miesten ajatuksia ja naurahti sitten pehmeästi.

– Te suunnittelette molemmat samaa, hän sanoi.

– Meeta on Seloman kokoinen. Hän voisi mennä leiriin Karetan luo Seloman varusteisiin pukeutuneena ja kypärän silmikko alhaalla, Seloma pitää kypärää usein niin. Kaikki luulisivat Seloman palanneen. Mutta ongelma on, ettei Meeta ole tottunut hevosiin eikä osaa ajaa vaunuja. Seloma taas jätti ajomiehensä leiriin, eikä tänne jätetyissä sotilaissa ole riittävän taitavia ajajia.

– Minä osaan ajaa paremmin kuin miehet, Anira sanoi. – Muistathan, Seloma?

– Hän muistaa sen hyvin, Oosa sanoi. – Ja hänen mielestään Kareta tarvitsee tässä tilanteessa Meetan lisäksi myös sinut tueksesi.

Lis tajusi äkkiä, kuka Anira oli. Hän muisti Seloman kertoneen, että neljätoista vuotta sitten surmatun Karetan rinnalla oli taistellut hänen nuori vaimonsa, joka oli ajanut hänen vaunujaan. Vaimo oli kotoisin Sumuvuorten ja niiden takaisen tasangon jälkeen kohoavista salaperäisistä metsistä, ja hänellä oli siellä kasvaneiden naisten tapaan miehen veroiset taistelutaidot.

Leirissä paloi nuotioita, joiden ympärille miehet olivat kokoontuneet, kukin omaan joukko-osastoonsa. Kareta käveli Seloman sotilaiden nuotioiden ohi telttaansa kohti. Täällä kaikki sentään vielä tervehtivät kunnioittavasti, mutta muualla leirissä moni yritti teeskennellä, että ei huomannut häntä. Joskus kuului takaapäin vaimeita pilkkahuutojakin, tosin niin kaukaa, ettei huutajaa enää voinut saada kiinni eikä saattaa vastuuseen. Ne kuumensivat Karetan suuttumisherkkää luontoa, mutta hän yritti olla kuin ei olisi kuullut niitä.

Karetan teltan lähellä olevan nuotion luona istui Teeka, vanhempi mies, joka oli Seloman alipäällikkö. Käytännössä hän hoiti Seloman joukkojen päällikkyyttä, sillä Seloma ei ylipäällikkönä toimiessaan ehtinyt tehdä sitä. Teeka nousi puolittain Karetan nähdessään, mutta ei sitten kuitenkaan tullut keskustelemaan. Hän ei varmaan keksinyt mitään rohkaisevaa sanottavaa, eikä toimintaohjeiden pyytämisestä Karetalta olisi ollut mitään hyötyä. Seloma oli tosiasiassa tehnyt suunnitelmat ja päätökset, sen tiesivät kaikki. Teekan katse oli kuitenkin myötätuntoinen, ja se piristi Karetaa hiukan. Kaikki eivät sentään olleet häntä vastaan.

Naisorjat olivat valmistaneet illallista, ja ruoka oli odottamassa Karetaa. Hän käski naisten vetäytyä omalle puolelleen, hän ei halunnut kenenkään jäävän tarjoilemaan ja viihdyttämään. Joskus hän oli antanut parin soittotaitoisen tytön piristää iltaa, mutta hän ei koskaan käyttänyt ketään heistä matkavaimona, kuten sotilailla oli tapana. Seloma oli silti saanut hänet vakuuttuneeksi siitä, että naisorjat olivat välttämättömiä leirioloissa. Vuorimaalainen sotilas ei olisi suostunut laittamaan ruokaa kuin äärimmäisessä hädässä, saati sitten huoltamaan vaatteita tai kylvettämään, ja miesorjien käyttäminen sotaleirissä oli turvallisuusriski.

Vuorimaalaisilla päälliköillä oli mielestään oikeus määrätä kuka hyvänsä naisorjistaan vuodekumppanikseen. Kareta paheksui sitä, ja Seloma oli myöntänyt, että siinä ei luultavasti noudatettu Ukkosjumalan oikeutta, jonka mukaan vahvemman piti suojella heikompaa eikä suinkaan alistaa häntä. Autiomaan Äitijumala vaati ehdottomasti kunnioittamaan naisen ja myös naisorjan itsemääräämisoikeutta tuossa asiassa. Seloman tietojen mukaan sielläkin kuitenkin käytännössä poikettiin periaatteesta. Sirpin Koora edellytti miehen ja naisen vastuullista parisuhdetta, mutta Seloma arveli, ettei se voinut toteutua kaikkien kohdalla rikkeettömästi. Hiukan nolostuneena Kareta oli myöntänyt, että Sirpissä syntyi aviottomia lapsia, ja sirpiläiset laivamiehet käyttivät satamakaupungeissa

36

olevien ilotalojen palveluja. Seloma sanoi käyttävänsä mieluiten omia naisorjiaan, joiden vapaaehtoisuudesta hän yritti varmistua. Hän oli pyytänyt taloudenhoitajaansa Lanetaa kertomaan naisille, että hänen vuodekumppanuudestaan saattoi kieltäytyä pelkäämättä seurauksia.

Kaikki Karetan käytössä olevat naisorjat kuuluivat Selomalle. Heidän joukossaan oli hyvin nuori ja kaunis tyttö. Hän oli ilmeisesti launi, sillä hänellä oli mustat, sileät hiukset. Arriittien hiukset yleensä kihartuivat. Tytön nimi oli Liia, ja hän oli ainoa naisorjista, jonka nimen Kareta tiesi ja myös muisti. Liian ja Karetan välillä oli syntynyt kiusallinen tilanne, sillä Liia oli ilmeisesti luullut, että hänet oli tarkoitettu Karetan matkavaimoksi. Hän oli ollut kovin tunkeileva, eikä Kareta ollut aluksi käyttäytynyt torjuvasti. Viehättävän orjatytön avoin tarjous oli houkutellut häntä. Kareta ja Lis olivat kuitenkin luvanneet toisilleen sellaista uskollisuutta, johon sirpiläiset avioparit tapasivat sitoutua.

Eräänä iltana, kun Kareta jo oli ollut menossa nukkumaan, Liia oli tullut muka tarkistamaan, oliko vuode hyvin valmistettu. Kiusaus pyytää Liiaa kokeilemaan sitä asettumalla pitkäkseen oli käynyt niin voimakkaaksi, että Kareta ei ollut pystynyt käyttäytymään kohteliaasti. Hän oli tarttunut Liiaan ja ohjannut kovakouraisesti hänet ulos teltasta puhuen samalla hyvin loukkaavasti. Seuraavana aamuna Liia oli katsonut Karetaa arastellen, ja Kareta oli käyttäytynyt häntä kohtaan korostetun muodollisesti ja asiallisesti. Liia oli vähitellen alkanut hoitaa tehtäviään tavalliseen tapaan, mutta Kareta tunsi itsensä edelleen vaivautuneeksi hänen seurassaan. Kareta ei koskenut tarjolla oleviin ruokiin, vaan odotti Enkalaa. He tapasivat syödä illallista Seloman seurassa hänen teltassaan, mutta koska Seloma oli poissa, Kareta oli kutsunut Enkalan luokseen. Seloma oli määrännyt Enkalan sijaisekseen sellaisissa tilanteissa, joissa hän ei itse pystyisi hoitamaan ylipäällikkyyttä. Enkala oli sotilaana melko kokematon ja arvoltaan vain Seloman alipäällikkö, mutta luotettavia päällikkötason henkilöitä ei yksinkertaisesti ollut olemassa.

Enkala tuli ja istuutui valmiiksi katetun pöydän luo vastapäätä Karetaa. Kareta leikkasi paistetusta lampaanlihasta viipaleita kummallekin. Lammas oli tietenkin haettu jostain lähistön arriittikylästä. Aina kun sodittiin, joutuivat seudulla asuvat alemmat ruokkimaan sotilaat, vaikka eivät olisikaan olleet kiistan osapuolia. Kareta ei saanut mielestään häipymään tunnetta, että joukot, joiden johdossa hän oli, rosvosivat aivan samoin kuin ne, joita hän oli lähtenyt kukistamaan.

Enkala näytti oikein yrittämällä yrittävän esittää reipasta ja luottavaista. Hänen hoikka vartalonsa pyrki kuitenkin väkisinkin painumaan kumaraan, ja silmien huolestunutta ilmettä oli vaikea kätkeä. Kareta tunsi äkillistä, liikuttunutta halua kiertää kätensä Enkalan ympärille, mutta hän hillitsi itsensä. Hän oli jo oppinut, että sotaleirin ankeissa oloissa jotkut valitsivat matkavaimon sijasta mieskumppanin. Siinä ei oikeastaan ollut mitään paheksumisen aihetta, koska leirissä ei ollut miesorjia, ja vapaiden miesten keskinäinen suhde oli ainakin periaatteessa vapaaehtoinen. Kareta ei kuitenkaan halunnut Enkalan kuvittelevan, että hänen aikeensa olivat sellaiset. Enkala vain tuntui hänen ainoalta tosiystävältään nyt.

Tässä me olemme, Seloman kaksi isätöntä lasta, Kareta ajatteli. Minä muka johdan kaikkea, mutta tiedän itse, etten suinkaan ole todellisuudessa tähän asti tehnyt niin enkä pysty siihen nytkään, vaikka olisi pakko. Ja Enkala on setänsä sijainen tämän poissa ollessa, minun joukkojeni ylipäällikkö, ja hän on aivan yhtä avuton kuin minä. Hän yrittää kuitenkin reippaasti teeskennellä, että tilanne on hallinnassa, estääkseen minua masentumasta täysin.

Enkala kaatoi itselleen hiukan viiniä. Sitten hän vilkaisi pikaria arvelevasti ja kaatoi sisällön takaisin ruukkuun.

– Taidan juoda vain vettä, hän sanoi. – Voi tulla vaikeuksia, ja ajatukset on pidettävä kirkkaina.

Kareta oli koko päivän aistinut leirissä pahaenteisen tunnelman, joka ei ollut pelkkää pilkallista tottelemattomuutta. Siitä asti, kun haavoittunut Seloma oli lähtenyt ajamaan Kiiloa kohti, oli miesryhmissä käyty kiivaita keskusteluja ja vaiettu äkkiä, kun Kareta oli tullut paikalle. Seloman omat miehet olisivat tietysti uskollisia, mutta muilla oli nyt ilmeinen halu luopua epävarmaksi käyneestä yrityksestä.

Kareta otti viiniä, mutta sekoitti siihen runsaasti

vettä. Enkala oli oikeassa, oli syytä pysyä selvänä.

Teltan oviaukkoon tuli joku naisorjista, ja pysähtyi siihen.

– En tarvitse mitään, Kareta sanoi. – En halua kenenkään tulevan tänne enää tänään.

Naisorja tuli kuitenkin sisemmälle telttaan, ja öljylampun valossa Kareta tunsi Liian.

– Kunnioitettu Ukkosjumalan poika, Liia sanoi.
– Asiani on hyvin tärkeä. Olen kuullut sellaista, joka minun mielestäni pitäisi tuoda sinun tietoosi.

Enkala valpastui.

– Tule istumaan, hän sanoi. – Kerro, mitä olet kuullut.

Orjatyttö tuli lähemmäs, mutta jäi kuitenkin seisomaan.

– Olen hyvin peloissani, hän sanoi. – Minulle on uhattu kostaa, jos kerron kuulemani kunnioitetulle Karetalle.

– Jos pelkäät, miksi haluat kuitenkin kertoa? Enkala kysyi. Hän ehkä epäili, että Liia oli lähetetty jonkun juonittelijan asialle.

Liia hymyili. Se oli arka pieni hymy, kuin äkillinen auringon pilkahdus pilvien läpi.

– Kun minut lähetettiin kunnioitetun Karetan orjaksi, luulin, että minut on tarkoitettu hänelle matkavaimoksi, orjatyttö sanoi. – Niin luulivat kaikki muutkin, jotka tulivat kanssani. Kun kunnioitettu Kareta ei ollut kiinnostunut, luulin sen johtuvan siitä, että en osaa lähestyä häntä oikealla tavalla. Yritin siksi olla rohkeampi, ja kun tein niin, hän suuttui mi-

40

nulle. Tiesin, että olin käyttäytynyt asemaani nähden aivan sopimattomasti. Luulin, että hän lähettäisi minut pois ja nolaisi minut kaikkien edessä, mutta hän ei tehnyt niin. Siitä asti olen ollut hänelle kiitollinen. Kareta katsoi Liiaa yllättyneenä. Hän oli hävennyt sitä, että ei ollut osannut torjua Liiaa miehekkään asiallisesti ja hienotunteisesti. Hänen mieleensä ei ollut tullut, että Liiakin oli tuntenut käyttäytyneensä väärin, ja oli pelännyt seurauksia.

– Kunnioitettu Kareta on ollut minulle hyvä, Liia sanoi. – Siksi haluan kertoa, vaikka pelkään henkeni puolesta. Olin Sarnakin naisten teltalla. He eivät minulle puhuessaan ensin tienneet, että olen kunnioitetun Karetan väkeä. Kun se selvisi heille, he uhkailivat minua.

– Emme kavalla sinua, Enkala sanoi. – Kerro, mitä olet kuullut.

– Sarnaki käy salaa Memnon linnassa, Liia sanoi.
– Hän on vienyt sinne tiedon, että kunnioitettu Seloma on haavoittunut kuolettavasti. Mutta eihän se ole totta, eihän hän ole haavoittunut kuolettavasti?

– Hän on haavoittunut, Enkala sanoi. – Mutta kuolema on Ukkosjumalan käsissä, sitä ei ihmisen pidä alkaa ennustella.

Liia oli hetken hiljaa ja näytti hyvin huolestuneelta. Useimmat Seloman orjat olivat aidosti kiintyneitä isäntäänsä. Sitten hän palasi asiaansa ja sanoi: – Sarnakin teltan naisten mielestä Seloman poissaolo merkitsee kunnioitetun Karetan tuhoa. He kertoivat, että Sarnaki oli sanonut Memnossa, että Ukkosjumalan poika voidaan teurastaa kuin Sodanjumalalle uhrattava nuori sonni.

Tyttö vilkaisi Karetaa anteeksipyytävästi ja täsmensi: – He sanoivat, että Sarnaki sanoi noin, ne eivät ole minun sanojani.

Kareta vaikeni ja näytti synkältä, mutta Enkala sanoi: – Ymmärrämme sen, kerro rauhassa.

– Huomenna aamulla Memnon linnassa olevat sotajoukot hyökkäävät leiriin, Liia sanoi. – Sarnakin teltan naisten mukaan melkein kaikki päälliköt siirtyvät heidän puolelleen. Karetan kannattajiksi jääneet tuhotaan silloin, ellei ...

Liia vaikeni hetkeksi ja kysyi sitten: – Ymmärrättehän, että vain toistan heidän sanojaan?

– Tietenkin, Enkala vakuutti.

Liia jatkoi siitä, mihin oli keskeyttänyt: – Ellei hän peloissaan ole paennut jo yöllä, sillä kai hän itsekin ymmärtää olevansa hukassa ilman Selomaa. Jos hän yrittää paeta jo yöllä, he lähtevät takaa-ajoon heti sen huomattuaan.

Kareta oli kuunnellut paljastuksia välinpitämättömänä, kuin ne eivät olisi koskeneet lainkaan häntä itseään. Hän oli aavistanut jotain tällaista, ja hänestä tuntui, ettei hän voinut muuta kuin valmistautua huomenna aamulla taistelemaan viimeisen taistelunsa, joka päättyisi tappioon.

– Kiitos, että kerroit, Enkala sanoi Liialle. – Myös Ukkosjumalan poika on kiitollinen, kunhan toipuu järkytyksestään, ja hän muistaa kyllä palkita sinut. Nyt voit mennä naisten puolelle, äläkä enää ole huolissasi. Nämä ovat miesten asioita, me hoidamme kaiken.

Kun orjatyttö oli mennyt, Kareta ei voinut hillitä ivallista virnistystä.

– No niin, ylipäällikön sijainen, miten siis hoidamme kaiken? hän kysyi. – Kimppuumme hyökätään aamulla. Meidän joukkojemme yhtenäisyys on murtunut, koska Seloma on poissa. Suurin osa siirtyy vihollisen puolelle, ja loput tuhotaan.

– Vetäydymme tänä yönä, Enkala sanoi.

Kareta nousi seisomaan.

– Minäkö pakenisin? hän sähähti vihaisesti.

– Älä kiivastu, Enkala sanoi. – Istu alas ja kuuntele, nyt tarvitaan tarkka suunnitelma.

Hän käänsi veitsensä varren alaspäin ja alkoi piirtää maalattiaan karttaa. Hän hahmotteli siihen Memnovuoren, heidän leirinsä paikan, ja sitä lännessä rajoittavan vuoren. Se kuului Arrovuoristoon, jonka osa Memnovuorikin oikeastaan oli. Arrovuoriston läpi tasangolle johti kapea sola, joka oli aivan leirin kohdalla.

– Vetäydymme solaan, Enkala sanoi. – He seuraavat meitä, mutta lähetämme nopeimmat ja luotettavimmat joukot ensin, ja ne nousevat solan jälkeen rinnettä ylös ja asettuvat väijytykseen. Vetäydymme, kunnes vihollisen joukot ovat solassa, ja meidän joukkojamme on molemmin puolin rinteellä. Olemme ylempänä ja suojassa, mutta vihollinen on suojattomana alhaalla. Pitää vielä suunnitella, miten tukitaan heiltä pakomahdollisuus sekä itään että län-

43

teen.

Karetan synkkä ilme muuttui toiveikkaaksi.

– Se on mahdollista, hän sanoi. – Se voi onnistua.

– Se on ainoa mahdollisuutemme, Enkala sanoi. – Jos odotamme huomista hyökkäystä, tuhoudumme. Mutta nyt pitää vielä miettiä yksityiskohtia. Naiset ja kuormaston voisi ohjata vaikka tänne luolaan, jonka pienikin joukko pystyy suojaamaan.

Hän piirsi taas lattiaan.

– Miten tunnet maaston niin hyvin? Kareta ihmetteli.

– Olettehan nauraneet sille, että ratsastelen ympäriinsä ja katselen kukkia, Enkala huomautti. – Olen selvittänyt kaikenlaista, siltä varalta, että tietoja tarvittaisiin.

Hän oikaisi hoikan vartalonsa ja heilautti vaaleita hiuksiaan. Hän katsoi ystäväänsä leikillisen moittivasti, mutta hänen hymyssään oli hiukan aitoa närkästystä.

– Setäni ja sinä pidätte minua kovin mitättömänä, hän sanoi. – On totta, etten ole mikään sankari taistelukentällä, mutta minulla on järkeä.

Kareta naurahti sovinnollisesti.

– Minä taas en voi kehuskella kovin kummoisella järkevyydellä, vaikka yritänkin esittää jonkinlaista sankaria taistelukentällä, hän sanoi.

Hän nousi, ja Enkala katsoi Ukkosjumalan poikaa hymyillen. Kareta oli komean arvonimensä veroinen. Vaaleat kiharat putosivat leveille olkapäille. Nuorukaisen vartalo oli miehistynyt, ja kun sitä verhosi vain lyhyt, hihaton sotilasmekko, näkyivät käsivarsien ja reisien voimakkaat lihakset. Hänen taistelutaitonsa herätti jo kunnioitusta niissäkin, jotka pitivät häntä vain Seloman nukkena. Äkkiä Enkala tiesi, että Karetasta joskus laulettaisiin aitoja sankarilauluja, syvään kunnioitukseen perustuvia – mutta vain, jos tämänöinen yritys onnistuisi. Jos he epäonnistuisivat, Kareta ja kaikki hänelle uskolliset tuhottaisiin.

– Meidän on toimittava varovasti, Enkala sanoi.
– Koko suunnitelma kerrotaan ensin vain Teekalle ja muutamalle muulle. He selittävät alipäälliköille lisää sitten, kun jo ollaan matkalla.

– Mutta tiedätkö luotettavat? Kareta ihmetteli.

– Enköhän, Enkala sanoi. – Luultavasti he ovat Meisalo, Askora ja toivottavasti myös Verraka. On otettava riski ja paljastettava suunnitelma heille. He arvioivat tietenkin, uskaltavatko he olla puolellamme, mutta meidän suunnitelmamme on hyvä. Eivätkä he ehdi neuvotella ja juonitella keskenään. Kukin joutuu tekemään päätöksensä yksin, ja se on meidän etumme.

Oli kiire, ja ensin oli toimittava mahdollisimman huomaamattomasti. Enkala ja Kareta kävivät Teekan kanssa lyhyen neuvottelun. Sitten Teeka lähti käymään Verrakan luona, Enkala meni tapaamaan Meisaloa ja Kareta poikkesi Askoran teltalla. Kuultuaan suunnitelman Askora naurahti ja vakuutti osallistuvansa.

– Vain Selomalta itseltään olisin odottanut jotain tuon kaltaista, hän huomautti. – Seloma on usein löy-

45

tänyt ratkaisuja toivottomalta tuntuneissa tilanteissa. Ehkä teillä olikin häneltä ohjeet siltä varalta, mitä tehtäisiin, jos hänelle tapahtuisi jotain.

Kun Kareta palasi Teekan teltan luo, Teeka oli jo siellä. Verraka oli luvannut osallistua, ja hän lähettäisi ensimmäiset etujoukot solaan sanoen niiden menevän tiedustelemaan.

Enkala viipyi Meisalon luona kauan. Palattuaan hän sanoi, että Meisalo oli epäröinyt, mutta oli kuitenkin lopulta suostunut.

Valmistelut muuttuivat julkisiksi, kun telttoja alettiin purkaa ja tavaroita kuormata. Enkala käski ylipäällikön käytössä olevat lähetit luokseen ja määräsi heidät kertomaan kaikille joukkojen liikkeistä vastuussa oleville, että lähdettäisiin pakomatkalle. Marssijärjestyksessä olisi ensin Askora joukkoineen, sitten Verraka ja Meisalo, ja sen jälkeen Seloman joukot. Muidenkin päällikköjen vuorot lueteltiin, mutta käytännössä he ratkaisisivat itsensä ja miestensä kohtalon päättäessään, osallistuisivatko pakomatkaan vai siirtyisivätkö vihollisen puolelle. Kaikki vakuuttivat pysyvänsä Karetalle uskollisina, mutta useimpien lähtövalmistelut vaikuttivat kovin vähäisiltä ja muodollisilta.

Pakomatkan valmistelut oli tietenkin jo huomattu Memnossa, mutta takaa-ajoon lähtö ei sujuisi kovin nopeasti. Memnon muurien suojassa ei tarvinnut olla jatkuvasti varuillaan, toisin kuin leirissä, jossa aina piti ottaa huomioon mahdollinen yllätyshyökkäys. Askoran joukot olivat nopeasti marssivalmiudessa, samoin Verrakan. Nuotioita sammuteltiin ja soihtuja sytyteltiin. Sitten lähtivät rivistöt liikkeelle.

Kun Meisalon johtamat miehet alkoivat poistua, leirissä olevat Karetan vastustajat rohkaistuivat hyökkäilemään heidän ja leirissä vielä olevien Seloman joukkojen kimppuun. Silloin avattiin kuitenkin Memnon linnan portit, ja Karetasta luopuneet päälliköt alkoivat koota väkeään yhdistääkseen voimansa Memnosta tulevien kanssa.

Kareta ja Enkala olivat Seloman joukkojen mukana niin kuin he olivat tavanneet olla. Kuninkaasta, jonka nimissä taistelua käytiin, ei kuitenkaan ollut sen enempää apua kuin tavallisesta, rohkeasta rivimiehestä. Setänsä poissaolon takia ylipäälliköksi kohonnut Enkala oli tehnyt hyvän suunnitelman, mutta hänestä ei ollut johtamaan. Suunnitelman onnistuminen riippui nyt Teekasta ja kolmesta päälliköstä, jotka olivat lupautuneet toteuttamaan sen.

– Meidän miestemme etujoukko ei mene solaan, Teeka sanoi Karetalle. – Se asettuu väijytykseen, ja sulkee solan tämänpuoleisen pään, kun kaikki vihollisemme ovat menneet ansaan. Haluaisitko olla heidän mukanaan, kunnioitettu? Heidän tehtävänsä on vaikea, ja läsnäolosi rohkaisisi heitä. Meisalon jälkijoukosta osa jää sinne, samoin heidän päällikkönsä. Sinun ei tarvitse huolehtia miesten ohjaamisesta, Meisalo tekee sen.

Kareta naurahti hiukan, ja Teeka katsoi häntä huolestuneena.

– Kunnioitettu, olet nuori ja kokematon, hän sel-

47

vensi. – Meisalo on kokenut päällikkö.

– Ymmärrän, Kareta sanoi. – Mitä sinä teet?

– Menen joukkojemme jälkiosan mukana solan läpi, Teeka sanoi. – Sitten pysähdymme ja tukimme solan länsipään.

Kareta liittyi leiristä poistuviin joukkoihin. Solan luona miehiä ohjailtiin siirtymään sen molemmilla puolilla kohoaville rinteille. Kareta nousi eteläiselle jyrkänteelle. Hän pysähtyi katsomaan solassa etenevää soihturivistöä ja kallioseinää, johon valo heijastui paikoin uskomattoman kauniina kuvioina. Yö oli kirkas, ja tähdet paloivat heidän yläpuolellaan. Kareta tavoitti kaukaisen muiston Sirpin tähtiöistä ja omista pojanunelmistaan silloin. Ne ajat olivat menneisyyttä, ja hän karkotti mielestään muistot ja myös tämänhetkisen kauneuden ihailun. Kaikki mikä vivahtikaan pehmeyteen ja tunteiluun oli haitallista taisteluun valmistautuvalle, sen hän oli jo ehtinyt oppia. Kauneus herätti rakkauden elämään ja toi mieleen ystävällisiä ajatuksia. Nämä muuttuivat helposti kuolemanpeloksi ja sääliksi niitä kohtaan, jotka piti tappaa.

Meisalon lähetti tuli Karetan luo ja sanoi: – Kunnioitettu, Meisalo pyytää sinua luokseen.

Kareta seurasi lähettiä, joka ohjasi hänet päällikkönsä luo. Meisalo tervehti häntä lyhyesti, ja käänsi sitten katseensa itään. Karetakin katsoi sinne. Soihturivistöjen etenemisestä näki, että takaa-ajajat olivat tulossa.

Meisalo veti villaista viittaa tiukemmin ympärilleen, ja Karetakin huomasi palelevansa. Vuorimaan

48

talviyöt olivat kylmiä, melkein jäätäviä tällaisina aikoina, kun tuuli pohjoisesta. Sirpissä tähdet olivat tuntuneet heijastavan kaukaista lämpöä, täällä ne kiiluivat kylmyyttä. Pimeältä vuorenrinteeltä katsottuna tähtitaivas oli kuitenkin huikaisevan kirkas, ja sen rauhallinen kauneus oli jyrkässä ristiriidassa ihmisten maan pinnalla valmistelemien toimien kanssa. Kareta muisti Kooran, Sirpin jumalan, joka kielsi ihmistä tappamasta toista ihmistä edes itsepuolustukseksi. Sirpissä lapsille kerrottiin, että tähdet olivat taivaankannen reikiä, joista näkyi Kooran valo.

Koora ei ole minun jumalani, Kareta ajatteli. Olen Ukkosjumalan poika ja tehtäväni on hävittää vääryys, tarvittaessa myös tappaa, että saattaisin oikeuden voimaan.

Hänen oli melkein pakotettava itsensä ajattelemaan niin. Koora, joka halusi ihmisten rakastavan toisiaan ja auttavan vihollisiaankin, oli vaikea kokonaan unohtaa ja sivuuttaa. Kooran vaatimuksessa oli jotain, joka oli pakko ymmärtää oikeaksi, vaikka ei voinutkaan noudattaa sitä.

Takaa-ajajien soihturivistöt olivat jo tavoittamassa solan.

– He tulevat suoraan kuolemaansa, sanoi Meisalon vieressä seisova mies innokkaasti.

– Niin, Meisalo sanoi, mutta hänen äänensä oli surullinen. – Paljon miehiä kuolee taas.

Kareta vilkaisi Meisaloa, mutta pimeässä hän ei nähnyt tämän ilmettä. Miestä pidettiin kuitenkin suurena taistelijana, ja julmana voitettuja kohtaan. Oli yllätys huomata, ettei vihollisen tuhoaminen herättänyt hänessä pelkkää riemua. Solaan marssiessaan takaa-ajajat olivat hyvällä mielellä, jotkut jopa lauloivat. He luulivat olevansa helpolla retkellä. Joukkojen siirtyminen solaan sujui ensin nopeasti, mutta sitten syntyi hämminkiä. Kareta tiesi sen johtuvan siitä, että Teeka oli pysäyttänyt johdossaan olevat miehet ja tukkinut solan lännenpuoleisen pään. Sarnakin sotilaat joutuivat odottelemaan pääsyä solaan sen itäpäässä. Alipäälliköt kehottivat huudoillaan heitä kiirehtimään.

Solan yläpuolelle sijoitetut jousimiehet alkoivat ampua hiukan liian aikaisin, kaikki Sarnakin sotilaat eivät vielä olleet solassa. Nuolisateeseen joutuneet miehet sammuttivat soihdut. Pimeydestä kuului kauhistuneita ja tuskaisia huutoja. Meisalo komensi johdossaan olevat sotilaat Sarnakin jälkijoukon kimppuun ja samalla tukkimaan solassa olevilta mahdollisuuden paeta sieltä itään.

Meisalo oli sellainen päällikkö, joka meni itse vaarallisimpiin paikkoihin. Kareta ei kuulunut mihinkään osastoon eikä hänellä ollut ketään komennossaan, joten hän pysytteli Meisalon tuntumassa. Miekoilla ja keihäillä käytävässä lähitaistelussa oma kuolemanvaara synnytti luontaisen puolustautumishalun, joka vaihtui vaistomaiseksi ja julmaksi tuhoamiseksi. Sen tunteen vallassa taistelu sujui helposti, mutta se ei ollut sellaista kuin sota oli ollut pojan sankariunelmissa. Sota oli kompuroimista ruumiiden yli, se oli verta, likaa ja tuskaa.

Lopulta taistelu alkoi laantua. Jousimiehille huudettiin käskyä lopettaa ampuminen. Vihollinen oli käytännössä tuhottu. Voiton saaneet sotilaat tunkeutuivat soihduilla varustettuina solaan. He keräsivät kuolleilta heidän varusteitaan. Kaikki mitä saattoi käyttää kelpasi, mutta ensimmäiseksi otettiin talteen arvokkain osa.

– Haavoittuneet viholliset surmataan, Meisalo huusi. – Vankeja ei oteta.

Kareta nousi seinämässä olevalle kielekkeelle ja katsoi solaan. Näky oli hirvittävä, ruumiita oli röykkiöittäin. Hänestä tuntui, ettei tämä voinut olla oikein. Hän laskeutui alas, ja häntä kohti syöksyi solasta pakeneva hyvin nuori mies, tuskin Karetan itsensä ikäinen. Kareta nosti kädessään olevan pikkukeihään iskuasentoon. Mies heittäytyi polvilleen hänen eteensä ja ojensi anovasti kätensä häntä kohti.

– Älä tapa, sääli, ota vangiksi, mies pyysi.

Kareta siirsi keihään takaisin kantoasentoon ja aikoi kehottaa miestä nousemaan. Meisalo tuli hänen viereensä, kohotti miekkansa ja tappoi polvistuneen.

– Olen pahoillani, mutta näin on tehtävä, Meisalo sanoi Karetalle. – Meillä ei ole aikaa ja voimia vartioida vankeja.

Oli saavutettu voitto, mutta Kareta ei pystynyt tuntemaan voitonriemua. Hän oli huomaavinaan, että hiukan kauempana vilahti susi. Kun sotilaat poistuisivat ruumiiden luota, susia tulisi lisää. Lähempänä asutusta saalistajat olisivat olleet koiria, ja se olisi jostain syystä tuntunut vielä kammottavammalta.

51

– Meidän on lähdettävä Memnon linnaan, Meisalo sanoi. – Siellä olijat antautuvat, mitäpä he muutakaan voisivat. Sain jo tiedon, että vallan anastaja on kuolleiden joukossa, joten meidän ei tarvitse vaivautua surmaamaan häntä.

Memnon linnan suuren Leijonaportin luona oli Enkala, joka kiirehti Karetaa ja Meisaloa vastaan heti huomattuaan heidät.

– Päälliköt ja alipäälliköt on kutsuttava koolle ja ryhdyttävä saaliinjakoon, hän sanoi. – Ryöstely on jo alkanut, ja jos sotilaita ei saada kuriin, täällä taistelevat kohta äskeiset tukijamme meitä ja toisiaan vastaan. Osa miehistä on lähtenyt Memnon kaupunkiin etsimään sieltä saalista. En pystynyt estämään heitä.

– Useimmat Memnon kaupungin asukkaat ovat arriitteja, Kareta huomautti. – He eivät ole vastustajiamme. Heitä ei luultavasti ollenkaan kiinnosta ylempien valtataistelu. Heidän pitäisi antaa olla rauhassa.

– On parempi, että kurittomimmat sotilaat mellastavat siellä eivätkä linnassa, Meisalo sanoi. – Meidän pitää aluksi ottaa haltuumme päärakennus, ja kerätä sinne kaikki merkittävä omaisuus. Aarrekammiota on tietenkin valvottava, ettei mitään joudu asiattomille. Kaikki siellä oleva kuuluu kuninkaallemme.

– Teeka on jo asettanut sinne vartijat, Enkala sanoi.

Meisalo pysähtyi antamaan komentoja alipäälliköilleen, jotka olivat seuranneet häntä. Kareta kuunteli synkkänä. Hän tiesi, ettei ollut ollenkaan tehtäviensä tasalla. Hän olisi halunnut estää hävityksen ja ryöstelyn, mutta hänellä ei ollut keinoja siihen.

Laajalla linnanpihalla oli rakennusrivistöjä ja niiden välissä kulkuteitä, joista yksi johti portilta kohti muita korkeampaa rakennusta. Meisalo ja Enkala lähtivät määrätietoisesti kävelemään sitä pitkin. Kareta seurasi heitä. Hän oli syntynyt Memnon linnassa ja asunut täällä kaksivuotiaaksi asti. Leijonaporttia katsellessa hänen mielessään oli häivähtänyt muisto, että hän oli ollut sen luona ennenkin. Piha ei kuitenkaan tuntunut tutulta, eivät myöskään korkeat portaat, joista päädyttiin suureen, kaikuvaan halliin. Teeka oli siellä jakelemassa ohjeitaan sotilaille.

Aulasta johti leveä ovi jonnekin linnan sisätiloihin. Se oli auki, mutta Kareta meni vaistomaisesti kohti yläkertaan johtavia portaita. Meisalo pysäytti hänet.

– Siellä on viime aikoina asunut alempaa päällystöä, Meisalo sanoi. – Vallan anastaja on antanut järjestää itselleen tilat tähän kerrokseen, valtaistuinsalin taakse. Sinun kannattaa varmaan majoittua sinne, siellä ovat suurimmat ja kauneimmat huoneet.

Kareta viittasi yläkertaan.

– Minusta tuntuu, että asuin tuolla, hän sanoi.

– Niin, siellä olivat surmatun Karetan yksityishuoneet, Meisalo myönsi.

Enkala oli mennyt neuvottelemaan Teekan kanssa ja tuli sitten sanomaan, että alipäälliköt luotetuimpine sotilaineen olivat keräämässä saalista valtaistuinsaliin. Askora ja Verraka eivät olleet vielä tulleet, joten ei tiedetty, minne he halusivat joukkoineen asettua. Karetan orjat oli kuitenkin jo lähetetty järjestelemään häntä varten vallan anastajan käytössä olleita huoneita.

– Minä majoitun tuonne, Kareta sanoi ja viittasi yläkertaan johtaviin portaisiin.

– Ne huoneet saattavat olla rähjäisessä kunnossa, Meisalo sanoi. – Niin kuin kerroin, ne ovat olleet alemman päällystön käytössä.

– Ne kunnostetaan, Kareta sanoi. – Sinä voit käyttää vallan anastajalla olleita huoneita, koska selvästi pidät niitä hyvinä.

– En ole ahne, Meisalo vakuutti. – Jos et halua niitä, ne kannattaa minun mielestäni antaa Verrakan käyttöön. Hän on liittolaisistamme se, jonka mukanaolo oikeastaan hämmästyttää minua. Tiedän hänen arvostavan Selomaa, mutta ...

Lause jäi kesken. Sen merkitys oli silti liiankin selvä. Verraka ei arvostanut Karetaa.

Luultavasti minua ei arvosta juuri kukaan, Kareta ajatteli. Enkä itsekään tällä hetkellä arvosta itseäni.

– Verraka on luonteeltaan hyvin kiivas, Meisalo sanoi. – Sellainen oli hänen isänsäkin, joka taisi kurittaa poikaansa aika julmasti siihen asti, kunnes Verraka kasvoi riittävän voimakkaaksi vastustamaan häntä. Sen jälkeen isä ilmeisesti melkein pelkäsi poikaansa, koska lähetti hänet kaksitoistavuotiaana Seloman palvelukseen. Verraka kohosi Seloman alipäälliköksi, kunnes hänestä isänsä kuoltua tuli Meiran linnan omistaja ja yksi Vuorimaan mahtavimmista päälliköistä. Hän on vielä hyvin nuori, mutta rohkea ja kyvykäs. Hänestä on paljon hyötyä ystävänä, mutta suurta haittaa vihollisena.

– Hän on myös erittäin älykäs, Enkala sanoi. – Seloma huomasi sen, ja opetti hänelle paljon muutakin kuin taistelutaitoja. Seloman ansiosta Verraka osaa monia kieliä ja on täysin lukutaitoinen, toisin kuin monet päälliköt. Minun käsittääkseni hän tuntee useita eri tavukirjoituksia, ja hänellä on yleensä kirjakäärö mukana sotilasleirissäkin.

Kareta ajatteli, että Verraka oli lisäksi ulkonäöltään hyvin edustava, kauniskasvoinen ja komeavartaloinen, ja osasi käyttäytyä kunnioitusta herättävästi. Hänen sotilaansa suorastaan palvoivat häntä. Kareta tunsi, ettei koskaan pystyisi saavuttamaan sellaista arvovaltaa, jota Verrakalla oli luonnostaan.

Teeka tuli kysymään, mitä tehtäisiin niille linnasta löytyneille miehille, jotka eivät olleet orjia. Orjat tietenkin jaettaisiin muun saaliin mukana, ja myös linnassa olevat vapaat naiset ja heidän lapsensa päätyisivät orjiksi.

– Linnaa vartioineet ja vapaavuorossa olleet sotilaat on jo surmattu, Teeka sanoi. – Muissa miehissä on joitakin työkuntoisia, mutta myös vanhuksia ja sellaisia, joita kukaan tuskin huolii orjaksi.

Meisalo ja Enkala katsoivat Karetaa odottaen hänen ratkaisevan asian. Kareta ei sanonut mitään, ja aikansa odotettuaan Meisalo sanoi Teekalle: – Työkuntoiset jaetaan orjiksi. Anna jonkun asiaksi selvittää, onko muilla omaisia, jotka ehkä maksaisivat lunnaita. Myös heidät jaetaan saaliina.

– Miten toimitaan sellaisten kanssa, joilla ei ole käyttöarvoa eikä myynti- tai vaihtoarvoa? Teeka kysyi. – Myös naisissa on joitakin, joista ei hyödy mitään, ja joita kukaan tuskin haluaa edes viihdyttäjiksi.

– Hyödyttömät pitää ohjata portin ulkopuolelle, he saavat lähteä kerjäläisiksi tai etsiä itselleen elättäjän, Meisalo sanoi.

– He saavat lähteä tai jäädä, valintansa mukaan, Kareta sanoi.

Meisalo katsoi häntä kummastuneena, ja Enkala sanoi: – Heistä aiheutuu epäjärjestystä, jos he jäävät. He eivät pelkästään kerjää, vaan varastelevatkin.

– Heistä on huolehdittava, Kareta sanoi. – Niin tehtiin Sirpissä. Kooran linnaan otettiin kaikki apua tarvitsevat, joille ei löytynyt muuta paikkaa.

– Kaunis periaate, mutta emme ole Sirpissä, Enkala huomautti.

– Heitä ei ole kohtuuttoman paljon, Teeka sanoi. – Ehkä on oikein huolehtia heistä.

Hän kääntyi jo lähteäkseen, mutta muisti sitten, että hänellä oli vielä kysyttävää.

– Linnassa on myös vallan anastajan panttivanki, selujen johtomiehen Serran veli, hän sanoi. – Panttivanki on ollut täällä vakuutena siitä, että selut eivät aiheuta ongelmia.

– Hänet on pidettävä täällä, Meisalo sanoi. Sitten hän kääntyi katsomaan Karetaa ja sanoi: – Anteeksi, kunnioitettu, sinä tietenkin päätät. Mutta selut ovat vaarallisia, ja panttivanki on tärkeä myös meidän

57

kannaltamme.

– Vartioidaanko häntä hyvin? Enkala kysyi.

– Hän saa liikkua vapaasti, Teeka sanoi. – Aluksi häntä vartioitiin, mutta se on lopetettu. Hän on ollut täällä kauan, eikä ole yrittänyt paeta.

– Kummallista, Meisalo sanoi. – Käske järjestää vartiointi.

– Minä en halua hoitaa suhteita seluihin panttivankeja pitämällä, Kareta sanoi. – Häntä ei vartioida. Hän saa jäädä tai lähteä, niin kuin haluaa.

Meisalo näytti yllättyneeltä, mutta ei lainkaan pahastuneelta. Hän naurahti ja sanoi: – Vaikuttaa siltä, että alat tottua olemaan kuningas, kunnioitettu.

Meisalon orja kävi tiedustelemassa, minne isäntä ja hänen sotilaansa majoittuisivat. Meisalo ilmeisesti tunsi linnan rakennukset hyvin, sillä hän antoi heti selkeät ohjeet. Hän käski vain varmistaa, että kukaan muu päällikkö ei ollut jo varannut paikkaa itselleen.

– Kunnioitettu Askora ja kunnioitettu Verraka tulivat vasta hetki sitten, orja sanoi. – He ovat valtaistuinsalissa.

– Menen neuvottelemaan heidän kanssaan, Meisalo sanoi.

Hän lähti, ja orja seurasi häntä.

– Minunkin pitää mennä, Enkala sanoi Karetalle.

– He näyttävät kyllä toimivan lupaa kysymättä, mutta olen setäni sijaisena ylipäällikkö. Menen antamaan heille luvan tehdä niin kuin he haluavat. Sinua tarvitaan vasta sitten, kun saalis jaetaan.

Kareta jäi seisomaan halliin. Sen läpi kuljetettiin

valtaistuinsaliin tavaroita ja ihmisiä. Joukko Karetan naisorjia tuli vaatemyttyjä kantaen. He alkoivat nousta yläkertaan vieviä portaita. Kareta meni heidän mukaansa.

– Täällä on aika likaista, kunnioitettu, yksi naisista sanoi. – Miksi emme saaneet pitää sitä kaunista huoneistoa?

Kareta vilkaisi puhujaa ja totesi, että hän oli Liia.

– Tämä miellyttää minua enemmän, Kareta sanoi.

– Hyvä on, kunnioitettu, Liia sanoi. – Me siivoamme, ja varastosta löytyy seinävaatteita, mattoja, patjoja ja peitteitä.

Kareta tajusi äkkiä, että koko voitto oli oikeastaan Liian ansiota. Jos Liia ei olisi kertonut kuulemastaan suunnitelmasta, he nukkuisivat tällä hetkellä teltoissaan. Aamulla heidän kimppuunsa olisivat hyökänneet ne, jotka nyt olivat surmattuina Arrovuoren solassa. Hän muisti myös, että Enkala oli luvannut Liian saavan palkkion.

– Onko sinulla jotain toivomusta? Kareta kysyi.

– On, kunnioitettu, Liia sanoi ja punastui hiukan.

– Nyt, kun sinulle tulee omia orjia, meidät Seloman orjat varmaan palautetaan Kiiloon. En haluaisi sinne. Anna minun jäädä tänne, kunnioitettu isäntäni Seloma suostuisi varmasti. Täällä on jännittävämpää, paljon ihmisiä ja komeita päällikköjä.

– Liia haluaa päällikön matkavaimoksi, yksi naisorjista sanoi kiusoitellen.

– Miksi en haluaisi, Liia sanoi äkäisesti. – Ei kukaan ihailemisen arvoinen mies mene orjatytön kanssa naimisiin, mutta matkavaimona voi edes vähän aikaa olla vaikka kuinka suuren sotasankarin rinnalla.

Naiset nauroivat hyväntahtoisesti. Ilmeisesti asiasta oli puhuttu ennenkin.

– Voit jäädä, jos Seloma suostuu, Kareta sanoi.

Huoneet herättivät hänessä muistoja. Kun hän siirtyi toisesta toiseen, hän tiesi jo valmiiksi, millaista siellä olisi.

Hän pysähtyi yhteen huoneista. Liia oli seurannut häntä kysellen samalla ohjeita järjestelyistä. Koska hän jäisi tänne muiden Seloman orjien palatessa Kiiloon, hän koki tietenkin olevansa se, joka ainakin aluksi huolehtisi Karetan ohjeiden noudattamisesta.

– Tänne teet minulle makuusijan, Kareta sanoi.

Hän tiesi olevansa äitinsä huoneessa. Siellä oli ollut suuri katosvuode, jossa hän oli nukkunut äitinsä vieressä.

– Kun Lis tulee, teemme tästä makuuhuoneemme, hän sanoi.

Muistaessaan Lisin Kareta muisti myös sen, mikä oli aiheuttanut ongelmia hänen ja Liian välillä.

– Halusitko todella minun matkavaimokseni? hän kysyi.

Liia punastui voimakkaasti, mutta katsoi sitten Karetaa silmiin ja sanoi: – Halusin ja en. Uneksin sinun kaltaisestasi miehestä, mutta sinulla on vaimo, jota rakastat. Minä haluaisin matkavaimonakin olla miehelle se kaikkein tärkein ainakin sen lyhyen ajan, minkä sellainen voi kestää.

– Se unelma johtaa luultavasti aika usein pettymykseen, Kareta sanoi. – Miehet lupaavat paljon, kun haluavat naisen, mutta unohtavat helposti lupauksensa. Heidän rakkautensa voi kestää vain yhden yön, tai ei sitäkään aamuun asti.

– Kunnioitettu, minä tiedän, Liia sanoi. – Mutta jos tapaan miehen, joka tuntuu oikealta, haluan uskaltaa.

Kareta jätti naisorjat järjestelemään asuinhuoneita, ja palasi alakertaan. Teeka tuli sanomaan, että saaliinjako alkaisi kohta valtaistuinsalissa. Kareta päätti kuitenkin käydä vielä ulkona. Hän käveli Leijonaportille. Se oli suljettu, ja sen luona oli vartiosotilaita. Kareta ei pyytänyt avaamaan porttia, vaan nousi kapeita portaita pitkin muurille. Siitä näki, että Memnon kaupungissa oli useita tulipaloja. Kareta katseli niitä synkkänä. Ei ollut mitään järkeä tuhota kaupunkia, sellainen herättäisi vain vihaa.

Linnan alueella oli rauhallista, omatoimisesti ryöstelevät sotilaat oli siellä saatu kuriin. Kareta palasi päärakennukseen. Hallissa olivat enää vain vartijat ja Meisalo, joka kertoi, että Karetaa odotettiin valtaistuinsaliin. Ennen sinne menoa Meisalo kuitenkin opasti lyhyesti: – Sinun osuudeksesi tulee se, mitä vallan anastajalla oli henkilökohtaisesti, koska se oli isältäsi vietyä. Verraka ja Askora eivät ole oikein tyytyväisiä siihen, jaettavaa jää heidän mielestään liian vähän. Voit antaa heille hyvitystä harkintasi mukaan, mutta älä ole liian antelias. Se mikä ei ole sinun jaetaan päällikköjen kesken, siis neljään osaan. Seloma olisi voinut vaatia suuremman osan, koska hän on ol-

lut ylipäällikkö, mutta hän on ylipäällikkönäkin ta-
vannut tyytyä samaan kuin muut päälliköt. Siksi En-
kala päätti, että se riittäisi nytkin. Päälliköt jakavat
sitten osuudestaan alipäälliköilleen, ja nämä päättä-
vät, mitä annetaan miehille. Verrakalla ja Askoralla
on omat ehdotuksensa siitä, mitä he pitävät sopivana
osuutenaan. Heidän ehdotuksiaan ei ole viisasta vas-
tustaa ainakaan merkittävästi.

Salissa olivat päälliköt, alipäälliköt ja ne sotilaat ja
orjat, jotka he olivat käskeneet mukaansa. Päälli-
köille ja alipäälliköille oli järjestetty istuimia, ja nii-
den luona oleville pöydille oli katettu ruokia ja juo-
mia. Molempia tarjoiltiin sotilaillekin.

Saaliinjako alkoi vähäarvoisemmista tavaroista.
Niitä olivat hyväkuntoiset keittovälineet ja muut as-
tiat, vuodevaatteet ja päällysvaatteet. Jokaista tavara-
lajia oli kasattu neljäksi suunnilleen samankokoiseksi
röykkiöksi. Karetan osuudeksi sovittiin kaikki päära-
kennuksesta löytyvä. Sitä ei ollut tuotu saliin. Tuo
osa jaosta sujui joustavasti, ja orjat ja sotilaat alkoivat
kantaa omalle päällikölleen tullutta osuutta muualle
jatkotoimia varten.

Kareta ei päässyt irti tunteesta, että he jakoivat
ryöstösaalista kuin rosvot. Näin piti kuitenkin tehdä.
Saalis oli palkka siitä, että oli taisteltu.

Seuraavaksi jaettiin ne aseet ja suojavarusteet,
jotka eivät olleet jo taistelukentällä päätyneet yksi-
tyisomistukseen. Jonkin verran lisää oli löytynyt ta-
loista. Memnon linnan asevarasto jätettiin Karetan
omaisuudeksi. Enkala huomautti, että Karetalle olisi-

vat kuuluneet myös taistelussa kaatuneiden vallan anastajan henkilökohtaisten sotilaiden varusteet. Askora sanoi, ettei niitä enää pystynyt erottelemaan. Monet aseet ja varusteet olivat aikaisempaa sotasaalista, ja peräisin milloin mistäkin. Kareta sanoi hyväksyvänsä jaon. Hän voisi ostaa lisää aseistusta, olihan Memnon linnassa runsaasti sekä hopeaa että kultaa.

Kun ryhdyttiin jakamaan arvoesineitä ja arvometallia, tunnelma kiristyi. Verraka huomautti, että vallan anastajalla oli ollut omaisuutta jo ennen kuin surmatun Karetan omaisuus liitettiin siihen, ja hän oli myöhemmin kartuttanut sitä. Verraka halusi, että osa linnan aarrekammiossa säilytetystä omaisuudesta jaettaisiin päällikköjen kesken. Kareta sanoi, että he voisivat myöhemmin tehdä laskelmia, ja hän voisi luovuttaa jakoon sen, mikä ei kuulunut hänen isänperintöönsä.

Meisalo kumartui Karetaa kohti ja sanoi puoliääneen: – Älä tee liikaa myönnytyksiä, se tulkitaan heikkoudeksi, ja vaaditaan aina vain lisää.

Verraka kuuli sen ja naurahti ivallisesti.

– Haluatko estää kunnioitettua kuningastamme palkitsemasta meitä, Meisalo? hän kysyi. – Kuka täällä oikeastaan hallitsee?

– Jos puhut minulle tuohon sävyyn, joudut kohta vastaamaan sanoistasi miekka kädessä, Meisalo sanoi.

– Enhän minä sinua halunnut loukata, Verraka sanoi. – Ihmettelin vain, että kuninkaamme ei tunnu tekevän päätöksiään itse.

– Minä tiedän suunnilleen aarrekammion hopea- ja kultavarat, Askora sanoi. – Ehdotan, että neljäsosa niistä jaetaan meille. Karetalla ei ollut aavistustakaan siitä, millaisista määristä oli kysymys. Hän ilmoitti kuitenkin suostuvansa ja huomasi, että Askora ja Verraka vaikuttivat aivan liian tyytyväisiltä.

Orjien jakaminen alkoi sopuisasti. Vallan anastajalla olleet orjat jäivät Karetalle. Heitä ei ollut tuotu saliin, mutta muut sotasaaliiksi otetut seisoskelivat tiiviinä ryhmänä huoneen nurkassa. Enkala sanoi, että Seloma ei halunnut ottaa vastaan orjia. Meisalon, Askoran ja Verrakan alipäälliköt olivat selvittäneet orjien arvon niin hyvin kuin pystyivät. He ryhtyivät keräämään miesorjista kolmea ryhmää, ja neuvottelivat välillä keskenään ja isäntiensä kanssa. Verraka ja Meisalo halusivat vain sellaisia, joita he voisivat käyttää kotilinnassaan. Askora otti niitä, joita saattoi myydä tai vaihtaa lunnaisiin. Hän hyötyi jaossa selvästi enemmän kuin muut, mutta koska Verraka ja Meisalo eivät halunneet ottaa huolekseen orjien myymistä ja lunnaiden vaatimista, he tyytyivät jakoon.

Tunnelma muuttui, kun naisia ryhdyttiin jakamaan. Naisetkin päätyisivät päällikköjen ja alipäällikköjen orjiksi tai heidät myytäisiin tai vaihdettaisiin lunnaisiin. Tänä yönä monia heistä käytettäisiin kuitenkin viihdyttäjinä.

Naisorjia oli paljon, ja jotkut heistä olivat vielä hetki sitten olleet vapaiden miesten vaimoja, äitejä, sisaria tai tyttäriä. Naisten mukana jaettavina olivat myös lapset.

– Alle nelivuotiaita en huoli, Askora sanoi. – Heidän kasvattamisensa myyntikuntoon kestää liian kauan. Vanhemmat lapset voin ottaa. Kemerit ostavat heitä mielellään, ja sekä tyttöjä että poikia saa myytyä ainakin ilotaloihin.

Äidit vastustelivat, kun alipäälliköt yrittivät erottaa heitä lapsistaan.

– Tämä vaihe saaliinjaossa on aina tympäisevää, Verraka sanoi ja tarttui viinikarahviin, joka oli hänen vieressään pöydällä. – Pitänee aloittaa juominen.

– Lapset ja äidit on pidettävä yhdessä, Kareta sanoi.

– Alle nelivuotiaat äiteineen voivat jäädä minulle.

– Olet jo saanut osuutesi orjista, Askora sanoi.

Ei ollut olemassa mitään kovin selviä sääntöjä siitä, milloin ylempiarvoiselle puhuessa oli käytettävä sanaa kunnioitettu. Keskustellessa sitä ei tarvinnut toistella, ja sen saattoi jättää pois henkilön nimen yhteydestä, kun hänestä puhuttiin muille. Ylempiarvoisen äkillinen ja äänekäs puhuttelu ilman sanaa kunnioitettu oli kuitenkin selkeän epäkohteliasta, jos siihen ei ollut saanut lupaa. Askoran sanoja seurasi pitkä hiljaisuus. Hän muuttui vaivautuneeksi, ja lisäsi sen, mitä hänen olisi pitänyt sanoa heti: – Kunnioitettu.

– Voit puhutella minua ilman tuota muodollisuutta, Kareta sanoi. – Sama koskee tietysti myös muita päälliköjä, Meisaloa ja Verrakaa.

Meisalo näytti huolestuneelta, ja Kareta päätteli hänen ilmeestään, että ystävälliseksi tarkoitettu lupa vahvisti Askoran ja Verrakan käsitystä hänen heikkoudestaan.

– Kareta oli liian antelias luopuessaan osasta aarrekammion arvometalleja, Meisalo huomautti. – Mutta hänelle päätyvät orjat saa laskea pois minun osuudestani, että kaikki olisivat tyytyväisiä. Minä voin ottaa alle kymmenvuotiaat lapset ja heidän äitinsä.

– Ei äitiä ja lasta saa juuri koskaan myytyä yhdessä, Askora sanoi. – Joudut joka tapauksessa erottamaan heidät toisistaan.

– Voinhan pitää heidät, Meisalo sanoi. – En elä niin kädestä suuhun, että en pystyisi odottamaan lasten kasvamista.

Teeka kävi keräämässä äidit, joilla oli mukanaan aivan pieniä lapsia, ja lähetti sotilaan viemään heitä Karetan orjien joukkoon. Meisalon alipäällikkö valikoi isommista lapsista ne, jotka vaikuttivat alle kymmenvuotiailta. Muutama itkevä äiti yritti päästä ryhmään selvästi vanhemman lapsen seurassa.

– Anna heidän tulla, Meisalo sanoi. – Saan joka tapauksessa elätettäväkseni liudan orjia, jotka ovat oikeastaan minulle täysin tarpeettomia.

Askora vilkaisi Meisaloa ja sanoi huvittuneena:

– Alat olla humalassa, tulet aina silloin tunteelliseksi.

– Ei itkeviä naisia kestä selvin päin, Meisalo sanoi.

Kareta oli samaa mieltä. Hänkin kaatoi itselleen viiniä, joi kupin tyhjäksi ja kaatoi siihen saman tien lisää.

Äitien ja lasten jälkeen jaettiin vanhemmat naiset. Se saatiin tehtyä niin, että ei tullut kiistaa. Viimeisenä

66

olivat nuoremmat naiset. Heidätkin jaettiin kolmeen ryhmään, sillä Seloma ei tavannut ottaa vastaan naisia edes voiton jälkeiseen tilapäiskäyttöön, miesten viihdyttäjiksi. Hänen alipäällikkönsä ja sotilaansa tiesivät sen ennestään, ja tyytyivät siihen. He eivät silti jäisi osattomiksi, sillä viihdyttäjän saanut antoi usein pientä korvausta vastaan muidenkin käyttää naista hyväkseen.

Hyvin nuorta naista oltiin siirtämässä Verrakalle kuuluvaan ryhmään. Hän vastusteli, ja äkkiä hän riistäytyi irti ja syöksyi Karetan luo. Hän heittäytyi polvilleen ja katsoi Karetaa anovasti. Hänen vaaleat hiuksensa levisivät pilvenä hänen olkapäilleen, ja itkettyneistä silmistään huolimatta hän oli kaunis. Hän tavoitteli toisella kädellään lyhyen sotilasmekon helmaa ja kohotti toisen ylöspäin Karetan rintaa kohti.

– Ukkosjumalan poika, ota minut, hän pyysi. – Pelkään noita muita päällikköjä, sinä näytät hyvältä mieheltä. Älä anna minua kenellekään muulle.

Kareta nousi ja nosti tytön seisaalleen. Tyttö painautui heti hänen kylkeensä.

– Hän on Sirena, vallan anastajan sisaren tytär, Askora huomautti. – Hänestä saa hyvät lunnaat, hänen veljensä on Taanun päällikkö Marena.

– Olin aikonut ottaa hänet vuoteeseeni, mutta on niitä muitakin, Verraka sanoi. – Menköön Karetalle, jos haluaa. En usko Marenan olevan valmis maksamaan juuri mitään sisarestaan, enkä muutenkaan viitsi neuvotella hänen kanssaan. Inhoan sitä miestä.

Teekan määräämä sotilas tuli ohjaamaan Sirenaa

pois.

Kun naiset oli saatu jaettua, alipäälliköt siirtyivät sotilaineen jatkamaan saaliinjakoa muualla. Kareta, Enkala ja päälliköt jäivät valtaistuinsaliin ja jatkoivat juomista. Kun vain he ja heitä palvelevat orjat olivat salissa, sen avaruus tuntui kolealta. Kiviseinät kaiuttivat ääniä moninkertaistaen ne, ja salia reunustavat leijonapatsaat tuijottivat heitä. Soihtujen valo loi seinät täyteen varjomaisia leijonia, joista jotkut olivat hyvinkin suuria.

Edes viini ei auttanut, Kareta tunsi päihtyneenäkin vain surua ja pettymystä.

Enkala joi itsensä nopeasti niin humalaan, ettei hänestä ollut keskustelukumppaniksi. Juovuksissa hän alkoi lopulta itkeä, ja Kareta kävi hallissa käskemässä siellä olevaa vartiosotilasta hakemaan Teekan. Teeka tuli, ja korjasi Enkalan huostaansa. Kareta katsoi heidän jälkeensä, ja otti vaistomaisesti hunajakaramellin vadilta, jota joku orjista ojensi hänelle. Sitten hän vilkaisi karamellia inhoten ja heitti sen pois. Hän muisti lapsuudestaan nämä sotilaiden suosimat imelät makeiset. Ruokaa kerjäävänä pikkupoikana hän oli saanut niitä helpommin kuin kunnon syötävää.

Verraka joi paljon, ja alkoi käyttäytyä Karetaa kohtaan avoimen pilkallisesti. Hän tuntui yrittävän ärsyttää Karetaa vastaamaan niin, että hän saisi aiheen tarttua miekkaansa. Askora ryhtyi tyynnyttelemään häntä.

Meisalo tuli Karetan viereen ja katsoi häntä ystävällisin, pyörein silmin. Hänkin oli vahvasti juovuk-

68

sissa.

– Olin ensin epävarma siitä, haluanko auttaa sinua, hän sanoi humalaisen luottavaisuudella. – Seloma on ystäväni, mutta Seloma ehkä kuolee, ja ajattelin, että olet samanlainen kuin kaikki muutkin sotakiihkoilijat. Päätin kuitenkin tukea sinua ainakin sen aikaa, että vallan anastaja saadaan kukistettua. Sitten ymmärsin, että olet oikea Ukkosjumalan palvelija. Et halunnut tappaa sitä nuorta miestä, joka anoi armoa. Ukkosjumalan palvelija ei koskaan tapa armonanojaa.

Kareta katsoi Meisaloa ihmeissään. Mies oli tosissaan, hänen silmänsä olivat liikutuksesta kosteat.

– Sinähän tapoit sen miehen kuitenkin itse, kun minä en pystynyt, Kareta sanoi.

Humalaisen surulliset silmät katsoivat nuorta kuningasta.

– Et vielä ymmärrä, Meisalo sanoi. – On asioita, jotka täytyy tehdä, mutta on hirveää, jos niitä tekee mielellään.

Kareta joi lisää viiniä, vaikka se ei tuntunut auttavan. Hän kaipasi Lisiä ja vaimonsa lohduttavaa syliä, mahdollisuutta kertoa huolensa ja pettymyksensä jollekin, joka ymmärtäisi. Lopulta hänestä tuntui, että hänen oli lähdettävä, muuten hän kohta alkaisi itkeskellä julkisesti, aivan kuin Enkala äsken.

Kun Kareta vetäytyi huoneeseensa, hän tunsi itsensä suunnattoman yksinäiseksi ja surulliseksi. Huoneessa oli valo, ja siellä odotti Sirena. Kareta muisti, että hän ei ollut antanut ohjetta siitä, minne

Sirena vietäisiin. Teeka, Sirenaa kuljettamaan määrätty sotilas ja luultavasti tyttö itsekin olivat tulkinneet asian näin.

Kareta olisi voinut hakea naisorjan ja käskeä häntä viemään Sirenan nukkumaan jonnekin muualle. Hän tunsi kuitenkin itsensä väsyneeksi ja itkuun valmiiksi, eikä hän enää jaksanut huolehtia kenestäkään. Hän tajusi edelleen olevansa samoissa vaatteissa, jotka hänellä oli ollut yllään taistelussa, hän oli jättänyt pois vain suojavarusteet ja raskaimmat aseet. Hän riisuutui niin kuin olisi tehnyt, jos huoneessa ei olisi ollut ketään. Hän tunsi itsensä hikiseksi ja likaiseksi.

Sirena ei itkenyt, mutta katsoi Karetaa arastellen.

– Mene pois, Kareta sanoi. – En halua sinua. En ole koskaan pitänyt itseäni miehenä, joka raiskaa naisen.

Tytön silmiin syttyi kauhistunut pelko, ja Kareta ymmärsi hänen ajattelevan, että hänet lähetettäisiin tarjottavaksi jollekin muulle miehelle.

– Ei sinun tarvitse raiskata, suostun sinulle vapaaehtoisesti, Sirena sanoi.

Kareta kävi makaamaan vuoteelleen ja Sirena painautui hänen syliinsä. Humalan läpikin Kareta tajusi, että vaikka tyttö yritti urhoollisesti esittää halukasta, hänen pelkonsa kasvoi kaiken aikaa. Kareta ei kuitenkaan jaksanut enää välittää siitä. Hänellä oli nuoren miehen kiihkeät halut ja nainen sylissään.

Kun jo oli liian myöhäistä katua, Sirena vetäytyi mahdollisimman kauas hänestä ja itki. Karetakin olisi halunnut itkeä, mutta ei pystynyt siihen. Humala auttoi kuitenkin häntä nukahtamaan.

Kareta kulki Memnon linnan päärakennukselta Leijonaportille johtavaa leveää tietä pitkin. Porttia lähestyessään hän pysähtyi katsomaan veistoksia, joista se oli saanut nimensä. Kaksi valtavaa kivileijonaa kurkotti toisiaan kohti, ja niiden päät ja etukäpälät olivat vastakkain portin yläosassa.

Kareta oli ajatellut, että otettuaan laillisena kuninkaana vallan hän ohjaisi Vuorimaan kansan onnelliseen tulevaisuuteen. Mutta eilen hän oli tajunnut, ettei hän saanut kuriin omia joukkojaan. Kun hän muisti Sirenan, hän tiesi, ettei ollut saanut kuriin edes itseään. Vasta nyt hän ymmärsi kunnolla, että teko oli ollut raiskaus, ja hän muisti tuskallisen selvästi vapaaehtoisuutta teeskennelleen tytön silmien pelon.

Kareta oli aamulla ensi töikseen hakenut naisorjan ja käskenyt hänen huolehtia Sirenasta mahdollisimman hyvin. Uudelle taloudenhoitajalleen hän oli sanonut, että kun Sirenaa tultaisiin lunastamaan vankeudesta, lunnaita ei tarvitsisi maksaa, vaan Sirena saisi vapaasti lähteä. Sen jälkeen Kareta oli käskenyt valmistaa itselleen kylvyn ja tuoda puhtaat vaatteet. Pukeutuessaan hän oli muistanut, miten hän oli ollut iloinen pukiessaan ensimmäistä kertaa ylleen vuori-maalaisen päällikön sotilasasun. Nyt se ei enää ilah-duttanut. Hän olisi voinut lisätä asuunsa koruja, joita hänelle yöllisen saaliinjaon jälkeen oli kertynyt run-saasti, mutta hän ei tehnyt niin. Selomalta saatu ran-nerengas sai riittää. Se oli ollut hänen ensimmäinen kultakorunsa, ja sitä hän oli käyttänyt siitä asti, kun Seloma oli sen hänelle lahjoittanut.

Pukeuduttuaan Kareta oli kierrellyt linnaa. Pelok-kaat silmät olivat seuranneet hänen kulkuaan, ja hä-nen uudet orjansa olivat esittäneet nöyristeleviä ter-vehdyksiä.

Päärakennusta vartioimaan jätetyt sotilaat olivat Seloman miehiä ja kuuluivat siis Karetan luotetta-vimpiin tukijoihin, mutta Kareta oli ollut näkevinään heidän katseissaan huolestuneisuutta. Porttia vartioi-vat Meisalon sotilaat. He olivat asiallisen kohteliaita, mutta hiukan levottoman näköisiä. He ikään kuin pohtivat, mahtoiko tuo nuori kuningas, jonka puolelle heidän päällikkönsä oli asettunut, ollenkaan olla teh-täviensä tasalla.

Ja minähän en ole, Kareta ajatteli itseään ivaillen. Hän tiesi olevansa hyvä taistelija, leijona kyllä, mutta typerä ja harkitsematon leijona. Hän tunsi kaipaa-vansa Selomaa, joka varmasti olisi nytkin tiennyt mitä tehdä.

Portilta näki kaupungin, jossa hän oli harhaillut or-pona pikkupoikana, ja sataman, jossa Meeta oli otta-nut hänet laivaansa. Meri kuohui harmaana talvisen tuulen kourissa. Meren takana oli Sirpi, jossa hän oli kasvanut. Hän torjui päättäväisesti muiston saaren aurinkoisesta rauhasta. Hän tiesi, että Lis tunsi ajoittain ankaraa koti-ikävää, mutta itse hän karkotti sellaiset ajatukset. Niihin ei ollut oikeutta, Vuorimaa oli hänen maansa.

Kareta kääntyi palatakseen portilta kohti päärakennusta. Vastaan tuli ryhmä Verrakan sotilaita. He eivät vaivautuneet tervehtimään Karetaa, vaan harppoivat hänen ohitseen. Ilmeisesti heille oli yhtä selvää kuin Karetalle itselleenkin, että heidän päällikkönsä ei luottanut Karetaan.

Saattoi olla, että Verraka valmisteli kapinaa ja aikoi syrjäyttää Karetan. Jos hän saisi Askoran puolelleen, se todennäköisesti myös onnistuisi.

Pohjoistuuli ajoi hyytävää kylmyyttä pitkin linnan leveää, kivettyä pääkatua. Eräästä sen varrella olevasta matalasta rakennuksesta kuului huuto, joka kutsui järjestyksen valvojia apuun. Ovi oli auki, ja Kareta meni sisään rakennukseen. Siellä oli joukko sotilaita. He olivat käyneet käsiksi mieheen, joka yritti kamppailla päästäkseen vapaaksi.

– Mitä täällä on tekeillä? Kareta kysyi.

Sotilaat katsoivat Karetaa kyräillen.

– Hän on loukannut kunnioitettua päällikköämme Verrakaa, yksi heistä sanoi. – Häntä pitää ojentaa.

– Väkivaltaisuudet on kielletty, emme enää ole taistelussa, Kareta sanoi. – Jos on kiistoja, ne pitää tuoda päällikköjen ratkaistaviksi.

Sotilaiden keskellä seisova mies käänsi kasvonsa Karetaa kohti. Hänellä oli tummat, kihartuvat pitkät

73

hiukset, joissa oli aavistuksen verran punertava vivahde. Hänen kasvonsa olivat kaunispiirteiset ja hänen ilmeensä valpas, mutta hänen katseensa harhaili. Kareta luuli ensin sen johtuvan pelosta, mutta sitten hän tajusi, että mies oli sokea.

– On kunniatonta ahdistella vaaratonta ja hyödytöntä ihmistä, Kareta sanoi ankarasti.

Sotilaat epäröivät, mutta sokea, josta he olivat hellittäneet otteensa, otti pari askelta Karetaa kohti.

– Kunnioitettu, en ole vaaraton enkä hyödytön, hän sanoi. – Suojele minua nyt, voin ehkä auttaa sinua myöhemmin.

Mies oli nuori, ja hänen äänensä kuvasti rohkeutta ja toimintakykyä. Kareta tunsi myötätuntoa häntä kohtaan.

– Tuskin sinusta minulle mitään apua on, mutta otan sinut suojelukseeni ainakin siksi aikaa, kun täällä on levotonta, hän sanoi.

Hän tarttui sokean käsivarteen taluttaakseen häntä, mutta Verrakan sotilaat olivat neuvotelleet puoliääneen keskenään, ja yksi asettui oviaukon eteen.

– Kunnioitettu Kareta, hän sanoi, ja hänen äänensä oli pilkallinen. – Kunnioitettu päällikkömme Verraka on sanonut, että otamme käskymme häneltä, emme sinulta.

Kareta tarttui miekkaansa. Noin röyhkeään uhmaan piti puuttua heti, muuten menetti kaiken arvovaltansa.

– Haluatko tosiaan kuolla? hän kysyi kylmästi.

– Kunnioitettu, ovelle asettunut sanoi entistäkin

pilkallisemmin. – Verraka on ilmoittanut mielipiteenään, ettei haittaisi mitään, vaikka Kareta kuolisi, kunhan vain kukaan ei saisi tietää, miten se tapahtui. Juuri niin nyt näyttää käyvän. Kareta tajusi toivottoman asemansa. Sen ymmärsi myös sokea mies, sillä hän asettui selin Karetaan ja sanoi hätäisesti: – Kunnioitettu, anna minulle tikari. Sokealle ei ole hyötyä miekasta, mutta tikarilla tapan ainakin yhden, ennen kuin kuolen itse.

Kareta antoi tikarinsa mitään sanomatta, ja samassa Verrakan miehet hyökkäsivät. Karetalla oli mukanaan vain lyhyt miekkansa, ja hän iski sillä edessään olevaa, joka väisti nauraen. Takana huoneessa joku kirkaisi tuskasta, eikä se ollut sokean miehen ääni, sillä hän huusi samaan aikaan kuuluvasti: – Järjestyksen valvojat, tulkaa auttamaan.

Kareta vetäytyi seinää vasten ja näki, että sokea oli tarttunut yhteen Verrakan miehistä ja nojasi seinään pitäen sotilasta suojanaan. Karetalla oli ollut pieni kilpi roikkumassa olkapäällä, oikeastaan vain koristeena, mutta nyt se oli täydessä käytössä, kun hän torjui miekaniskuja.

– Tule kiinni minuun, hän huusi sokealle. – Yritän suojata molempia.

Sokea tuli ihmiskilpensä kanssa hänen viereensä. Hän ei näyttänyt pelokkaalta, vaan ainoastaan hyvin valppaalta, vaikka toistikin aina välillä kaikuvaa avunhuutoaan. Sotilas, jota hän piti otteessaan, oli lakannut pyristelemästä vastaan ja valitti vaimeasti.

Pitkää miekkaa käyttävä mies hyökkäsi Karetan

kimppuun. Kareta onnistui torjumaan iskun pienellä kilvellään, mutta sotilas kohotti miekan uudelleen ja nauroi voitonvarmasti. Hänen naurunsa katkesi, kun sokea heitti kilpenä pitämänsä miehen hänen päälleen. Molemmat sotilaat kaatuivat lattialle aseiden ja pronssisten varusteiden rymistessä kaikuvasti. Samassa ovelle ilmestyi miehiä, jotka Kareta helpotuksekseen tunnisti Seloman joukkoon kuuluviksi.

Seloman ja Verrakan sotilaat katselivat neuvottomina toisiaan. He olivat perinteisesti ystäviä ja haluttomia ottamaan yhteen. Myöskään Kareta ei halunnut kärjistää tilannetta enempää. Saatuaan raskaasti kulkevan hengityksensä tasaantumaan hän sanoi:
– Tämä oli pieni kiista ja väärinkäsitys, joka on nyt ohi. Selvitän asian Verrakan itsensä kanssa.

Se tuntui tyydyttävän kaikkia, varsinkin kun molemmat lattialla makaavat Verrakan miehet kömpivät pystyyn.

Kareta lähti liikkeelle, ja sokea tarttui hänen kilpensä olkahihnaan seuraten mukana. He ohittivat Seloman sotilaat ja tulivat ulos kylmään tuuleen. Kareta käveli kohti päärakennusta ja kysyi vartijoilta Teekaa. Nämä sanoivat hänen olevan asuinhuoneissaan, ja Kareta lähti sinne. Sokea kulki mukana pitäen yhä kiinni kilven hihnasta, mutta Kareta ei nyt ehtinyt ajatella häntä, eikä Teekakaan kiinnittänyt häneen sen kummempaa huomiota kuultuaan Karetan uutiset.
– Tämä tietää keskinäistä taistelua, Teeka sanoi huolissaan.

Hän järjesti Seloman joukot niin, että ainakin päärakennusta saattoi puolustaa, ja lähetti sanan Enkalalle ja Meisalolle. Myös Verraka ilmeisesti toimi, sillä linnan edessä, kivetyllä pääkadulla ja keskusaukiolla, alkoi liikkua hänen sotilaitaan. Verrakalla oli miehiä lähes saman verran kuin Seloman ja Meisalon sotilaita yhteensä, ja he olivat hyviä taistelijoita. Ratkaisevaa oli se, kenen puolelle Askora asettuisi.

Askoran sotilaat olivat ensin epäröiden sivummalla, mutta alkoivat sitten ryhmittyä Verrakan miesten rinnalle. Yhteenotto alkoi näyttää varmalta, samoin sen lopputulos.

Kareta seisoi pääportailla katsellen miesryhmiä, jotka järjestäytyivät puolustamaan päärakennusta, ja toisia, jotka selvästi valmistelivat hyökkäystä. Sokea mies oli yhä Karetan vieressä, sillä hän ei ollut hellittänyt otettaan pelastajastaan, eikä Kareta ollut keksinyt kenen huostaan jättäisi hänet. Sotilailla oli nyt tärkeämpää tekemistä.

– Kuuntele, kunnioitettu, sokea sanoi äkkiä.

Leijonaportilta kuului riemuhuutoja. Sitten tuli yksi vartijoista juosten ja syöksyi Karetan nähdessään hänen eteensä. Hän kuului Seloman sotilaisiin.

– Kunnioitettu Kareta, ilmoitan, että kunnioitettu Seloma on tulossa, hän sanoi.

Teeka oli ehtinyt portaille kuulemaan uutiset.

– Se on Ukkosjumalan ihme, hän sanoi. – Sellaisesta haavasta eivät ihmiset paranna näin nopeasti.

Riemuitseva huuto levisi miesjoukosta toiseen. Askoran miehet iloitsivat muiden mukana, mutta Verrakan sotilaat alkoivat vetäytyä syrjään.

Verraka tuli miestensä keskeltä reippain askelin ja suoraselkäisenä Karetaa kohti. Hänen vaaleat, tuuheat hiuksensa kehystivät kaunispiirteisiä kasvoja, ja sinisissä silmissä loisti uhma. Hän harppoi tien kiveyksen poikki ja nousi portaat Karetan eteen, punatöyhtöinen kypärä käsivarrellaan. Hän katsoi kuningasta suoraan silmiin ja irrotti sitten miekkansa laskien sen hänen jalkoihinsa, mutta ei kuitenkaan polvistunut armonanojan asentoon.

– Ukkosjumalan poika, olen aina ollut Selomalle uskollinen, hän sanoi. – Luulimme kaikki Seloman kuolleen tai olevan kuolemaisillaan, ja sinua en tunne.

– Ymmärrän, Kareta vastasi. – Luotat Selomaan, mutta et vielä minuun. Unohdetaan mitä tapahtui, saat mahdollisuuden oppia luottamaan myös minuun.

Verrakan katseessa saattoi olla häivähdys kunnioitusta, mutta ainakin siinä näkyi yllätys. Kareta otti miekan jaloistaan ja ojensi sen takaisin Verrakalle. Lähellä olevat sotilaat osoittivat suosiotaan.

– Nyt teit teon, josta saa aiheen ylistyslauluun, kunnioitettu, sokea mies sanoi.

Verraka katsoi sokeaa ja hymähti.

– En silti olisi ollut pahoillani, vaikka sotilaani olisivat hiukan ojentaneet tuota pilkkakieltä, hän huomautti. – Voihan hän olla sinulle hyödyksi, hän on omalla alallaan varmaan paras elossa olevista, mutta jos hän haluaa tehdä kiusaa, hänellä on siihenkin turhan erinomaiset taidot.

78

– Minua miellyttää mies, joka on sokeudestaan huolimatta noin rohkea, Kareta sanoi. – Mitä sinulla on häntä vastaan?

– Etkö tiedä, kuka hän on? Verraka ihmetteli. – Hänhän on vallan anastajalle panttivangiksi annettu selu, Leoni, joka on tehnyt pahimmat pilkkalaulut sinustakin.

Kareta ei voinut estää hienoista harmistumistaan. Hän oli kuullut laulut, ja muutama säe oli osunut arkaan kohtaan, kertonut leijonan rohkeudella ryntäävästä aasista, jolle Seloma isäntänä piti herkkupalaa silmien edessä houkutellen häntä kuninkuuden tuomilla nautinnoilla. Kareta vilkaisi sokeaa, joka vaikutti hiukan levottomalta ja sanoi: – Osaan tehdä ylistyslaulujakin, kunnioitettu. Laulajan on tehtävä sellaisia lauluja, joita vallanpitäjät tarvitsevat, emme me itsellemme niitä tee.

Kareta naurahti ja sanoi Teekalle: – Vie tämä pilkkalaulaja naisten hoiviin ja käske huolehtia hänestä.

– Kunnioitettu, osaan liikkua täällä yksin, Leoni sanoi. – Pidin kiinni sinusta vain siksi, että minun olisi ollut muuten vaikea pysyä mukanasi. Sokeuttani voi verrata suunnilleen siihen, millaisia te näkevät olette pilkkopimeässä. Ei se ketään täysin avuttomaksi tee. Mutta väkijoukossa en pysty liikkumaan törmäilemättä, joten menen mielelläni Teekan mukana ja jätän päälliköt vastaanottamaan ylipäällikköä.

Kareta ja Verraka katsoivat, kun Leoni ja Teeka laskeutuivat portaita. Leoni piti kättään kevyesti Teekan olkapäällä.

– Ehkä on sittenkin hyvä, että sotilaani eivät saaneet kurittaa häntä, Verraka sanoi hymyillen. – Joskus tunnen melkein ihailua häntä kohtaan. Minä en ole kovin taitava pilkkopimeässä. Verrakan ja Karetan viereen tulivat kohta Askora, Meisalo ja Enkala. He eivät joutuneet odottamaan kauan. Seloman vaunut ajoivat kohti linnan päärakennusta, ja hänen uusimman kypäränsä kirkkaanvihreä töyhtö hehkui auringossa. Seloma seisoi vaunuissa ryhdikkäänä ja ilmeisen hyväkuntoisena. Hänen kypäränsä silmikko oli alhaalla, kuten hänen tapoihinsa kuului. Kun vaunut pysähtyivät, hän tuli portaille joustavin askelin, ajomies vieressään.

– Kunnioitettu Ukkosjumalan poika, parantaja käski Seloman puhua toistaiseksi vain kuiskaten, ajomies sanoi Karetalle. – Haava ei ole vaarallinen, mutta se on rinnassa, ja puhuminen rasittaa. Esitän siis isäntäni puolesta tervehdyksen kunnioitetulle Ukkosjumalan pojalle.

Ajomiehellä oli nuoren pojan ääni, naiselliset kasvot ja kirkkaat, kauniit silmät. Karetan valtasi kummallinen tunne, kuin hän olisi nähnyt unta. Hän arveli, että koettu jännitys purkautui ja aiheutti outoja kuvitelmia. Mutta Seloman ajomies ei ollut kukaan niistä, jotka hän oli tavannut, ja vaikutti silti selittämättömällä tavalla tutulta.

Ajomies puhui päälliköille, edelleen isäntänsä nimissä. Hän sanoi, että neuvottelu uusista järjestelyistä, joihin saavutetun voiton jälkeen ryhdyttäisiin, pidettäisiin heti auringonlaskun jälkeen.

– Sitä ennen isäntä keskustelee Ukkosjumalan po-
jan Karetan kanssa, joka sitten kertoo heidän yhteisen
kantansa, sillä parantaja on käskenyt isännän itsensä
levätä mahdollisimman paljon, ajomies selitti.

Seloma johdatettiin sisään peseytymään ja virkisty-
mään matkan rasituksista, ja vaikka Kareta oli malt-
tamaton, hänen oli pakko tyytyä odottamaan hyvätä-
paisesti, että näitä paitsi käytännön myös kohteliai-
suuden vaatimia tapoja noudatettaisiin. Ajomies seu-
rasi Seloman mukana, ja se oli aivan luonnollista, tar-
vitsihan haavoittunut ylipäällikkö tietenkin nuoren
apulaisen vierelleen. Edes se, että Seloma halusi kyl-
peä ja vaihtaa vaatteita ilman avustajia, ei kummas-
tuttanut ketään. Seloman tapoihin oli aina kuulunut
karttaa palvelijoiden tarpeetonta käyttöä henkilökoh-
taisissa toimissaan.

Ajomies herätti kuitenkin kiihtynyttä supinaa van-
hemmissa katsojissa.

– Se oli hän, joku sanoi. – Kukaan ei aja vaunuja
niin kuin hän, enkä ole unohtanut hänen kasvojaan,
vaikka olinkin vielä melkein lapsi hävityn taistelun
päivinä.

Viimein Seloman ajomies tuli ilmoittamaan, että
ylipäällikkö oli valmis tapaamaan kuninkaan. Kareta
meni ajomiehen mukana huoneeseen, johon Seloma
oli majoittunut. Siellä istui ylipäällikön asuun pukeu-
tunut Meeta, joka hymyili Karetan hämmästykselle.

– En ole se mies, jonka toivoit tapaavasi, Meeta sa-
noi. – Hän on kuitenkin toipumassa, ja saat hänet
pian avuksesi. Siihen asti joudut tyytymään minuun.

– Iloitsen sinunkin tapaamisestasi, Kareta sanoi.

– Ja tulit juuri oikeaan aikaan. Usko siihen, että Seloma on ihmeellisesti toipunut, katkaisi kapina-aikeet. Mutta silti tarvitsisin nyt Seloman ohjeita. Olet viisas mies, mutta et tunne Vuorimaan asioita, isä.

Ajomies riisui kypäränsä ja osoittautui naiseksi, jonka pitkät hiekanväriset hiukset oli kiedottu palmikoituina pään ympärille. Hän sanoi: – On oikein, että osoitat kiintymystäsi mieheen, joka sinut kasvatti. Voit aiheellisesti kunnioittaa häntä isänäsi, mutta älä unohda, että oikea isäsi on kuitenkin Kareta. On myös hyvä, että luotat Selomaan ja hänen neuvoihinsa, mutta minä osaan neuvoa samalla tavalla kuin hän.

Kareta katsoi naista, ja äkkiä huone tuntui himmenevän hänen ympärillään. Näkikö hän unta? Hän tunsi tuon äänen, nuo kasvot. Hän oli kaivannut noiden harmaiden silmien lempeää katsetta, ja nyt se oli tuossa, juuri samanlaisena kuin hänen unissaan. Hän pyyhkäisi silmiään ja tajusi, että ne olivat kyynelissä.

Myös naisen silmät olivat kostuneet.

– Et voi muistaa, hän sanoi ääni väristen. – Ei se ole mahdollista, olit niin pieni.

– Muistan, Kareta sanoi melkein kuiskaten.

– Muistan, äiti.

Taistelut eivät olleet ohi, vaikka Karetan kannatus olikin maan eteläosissa vakiintunut. Arrovuorten luoteiskulmassa sijaitsevassa Taanussa odotti Sirena Karetan lasta. Myös Lis odotti lasta, mutta hänen lapsensa syntyisi ilmeisesti myöhemmin kuin Sirenan lapsi. Vuorimaan lakiin ei sisältynyt mitään mainintaa siitä, että vallanperijän pitäisi syntyä avioliitosta. Hänen piti vain olla vanhin pojista, jotka kuningas oli saanut ylempiin kuuluvan naisen kanssa. Lis ei kuulunut ylempiin äitinsä puolelta. Myöskään Karetan äiti Anira ei ollut ylempiä, mutta Karetan kohdalla asia oli sivuutettu helposti, koska hän oli joka tapauksessa ollut isänsä esikoinen ja sitä paitsi ainoa lapsi.

Lähettämällä Sirenan pois luotaan Kareta oli siirtänyt Sirenan vanhimmalle veljelle, Taanun päällikölle Marenalle oikeuden ja velvollisuuden edustaa Sirenalle syntyvää lasta. Marena oli julistanut sodan laillisen vallanperijän hylännyttä Karetaa vastaan, ja vaati itselleen asemaa syntymätöntä lasta edustavana sijaiskuninkaana. Oli tietenkin mahdollista, että Sirena synnyttäisi tytön, mutta siinä tapauksessa tilalle varmasti vaihdettaisiin kaikessa hiljaisuudessa poikavauva.

Tessi ja Ramu viipyivät yhä Kiilossa, mutta Lisin lähdettyä Memnoon he olivat siirtyneet Seloman linnasta Enkalan linnaan. Seloma oli toipunut ja oli Karetan tukena taisteluissa, joita käytiin Marenaa ja hänen tukijoitaan vastaan. Kiilovuorten rinteillä elettiin kuin sotaa ei olisi lainkaan ollut. Vain lähettien tullessa saatiin tietoja taisteluista. Ne olivat yleensä olleet rohkaisevia, Karetan sotajoukot menestyivät. Tessi yllätti itsensä joskus ajattelemasta, että jäljellä olisi enää vain Taanun valloittaminen, ja sitten kaikki olisi hyvin. Hän kauhistui tajutessaan, ettei häntä liikuttanut se, mitä Taanun asukkaille tapahtuisi. Hän halusi Karetan voittavan, ja hyväksyi sen takia tuhon ja kuoleman muille, vieraille. Sellaisen täytyi olla väärin, mutta hän ei pystynyt vaikuttamaan toiveisiinsa.

Vuorimaassa kesä tuli myöhemmin kuin Sirpissä, ja kevät oli pitkä, vielä ensimmäisessä kuivakuussakin oli runsaasti sateita. Se ihastutti varsinkin Sirpin kuumalla etelärannalla kasvanutta Ramua, joka vietti paljon aikaa vuorilla kasveja tutkien, mutta usein hän myös viihtyi linnan kirjastossa. Tietäjien tapaan Ramu osasi lukea useita eri kirjoitusjärjestelmiä.

Tessi oli käynyt kävelemässä koiransa Sumin kanssa, ja oli tulossa takaisin linnaa kohti. Oli varhainen, vielä viileä aamu. Taivas oli pilvetön. Harmaat kivimuuritkin tuntuivat auringossa muuttuvan ystävällisiksi, vaikka Tessi ymmärsi hyvin, että Lis vierasti noita lohkareita ja kaipasi Sirpin vaaleita kiviä.

84

Vuoren rinteellä oli noussut kukkaryhmiä sinne tänne, ja tammien uudet lehdet erottuivat vaaleanvihreinä vanhoista tummankiiltävistä. Laajat ruusupensaikot levittivät tuoksuaan. Ankaran talven jälkeen Vuorimaan kevät oli ollut leuto ja ystävällinen, eikä kesä tuntunut tukahduttavalta, niin kuin Sirpin paahtava, kaiken kuihduttava kuumuus. Täällä odotettiin kevättä ja kesää ihanina vuodenaikoina, Sirpissä taas kaivattiin syksyä ja virkistävää, viileää talvea.

Sumi haukahti iloisesti, ja Tessi huomasi, että Oosa oli tulossa heitä kohti. Oosa kulki mielellään syrjäisillä vuorenrinteillä, sillä siellä hänellä ei tarvinnut olla saattajia, joita vuorimaalaisella naisella piti olla kodin ulkopuolella ihmisten joukossa liikkuessaan. Hän kertoi tavanneensa retkillään usein susia, mutta hän ei pelännyt niitä eivätkä ne häntä. Joskus hän kulki niiden seurassa ja keskusteli niiden kanssa ajatuksillaan. Toisinaan Oosa tapasi retkillään myös launeja vuohipaimenessa, polttopuita keräämässä tai muilla asioilla. Heidän mielestään Oosa vaikutti salaperäiseltä luonnonhengeltä, ja he suhtautuivat häneen varovaisen kunnioittavasti.

Oosan raskaus oli viimeisillään, mutta hän käveli yhä ketterästi kivisellä rinteellä, vaikka tukikin vatsaa kädellään. Hän oli pukeutunut kevyeen, värjäämättömään pellavamekkoon. Kädessään hänellä oli kuitenkin päällysvaate, joka hänen pitäisi helteestä huolimatta taas ihmisten ilmoille palatessa kietoa ympärilleen, muuten hänen asuaan pidettäisiin sopimattomana. Kullanpunainen tukka hohti auringossa, ja Oosa hymyili.

– Linnaan tuli sanansaattaja kertomaan, että Enkala on tulossa kotiin, hän sanoi. – On hyvä, että hän tulee. Minulla on hänelle kerrottavaa.

Oosa istahti kivelle, ja Tessi asettui hänen viereensä. Sumi vilkaisi anteeksipyytävästi Tessiä, ja meni sitten Oosan luo ja painoi kuononsa hänen polvelleen. Oosa silitti koiran päätä hajamielisesti.

– En ole puhunut tästä vielä kenellekään, hän sanoi luottamuksellisella äänellä katsoen Tessiä totisena.

– Mutta tiedäthän, että arat eivät ole menneet koskaan aikaisemmin naimisiin muuta kuin keskenään, paitsi Seila silloin kauan sitten Sirpissä.

– Niin kai, Tessi myönsi.

– Muistatko, mitä Seilan lapsista kerrotaan? Oosa kysyi.

– Niitä tarinoita on paljonkin, Tessi sanoi miettiväisesti. – Hänelle syntyi poika ja kaksi tyttöä. Vanhempi tytär oli kuuluisa näkijä, josta kaikkien sirpiläisten näkijöiden taito on peräisin. Toinen tytär lähti Sirpistä jo hyvin nuorena, meni naimisiin jonkun kaukaa kotoisin olevan miehen kanssa.

– Niin, Oosa sanoi. – Muistatko pojan?

– Hänestä kerrotaan aika vähän, Tessi sanoi. – Eniten tarinoita on tuosta vanhimmasta tyttärestä. Poika sepitti Sirpin ensimmäiset tunnetut laulut. Hän oli kai sokea.

Oosa nyökkäsi ja tuijotti jonnekin kauas, harmaanvihreissä silmissään surumielinen ilme. Sitten hän kumartui katsomaan jaloissaan kasvavia unikkoja ja kosketti yhtä niistä kapealla kädellään.

– Mehän olemme joissakin asioissa erilaisia kuin muut ihmiset, hän sanoi. – Lapsesta ei tietenkään voi tulla kaikissa suhteissa minun kaltaiseni, mutta ei varmaan myöskään aivan sitä, mikä teidän mielestänne on tavallinen ihminen. Ehkä minun ja Enkalan ominaisuudet yhdistyessään tuottavat yllätyksiä.

– Mitä tarkoitat? Tessi kysyi.

– Lapsi, jota odotan, ei näe, Oosa sanoi.

Tessi katsoi häntä ihmeissään.

– Et kai sinä kuule syntymättömän lapsen ajatuksia? hän kummasteli. – Eihän sillä ole sanoja.

– Tietysti kuulen, Oosa sanoi. – Suurin osa ajatuksista ei ole sanoja. Eläimet eivät ajattele sanoilla, ja ihmisetkin ajattelevat niillä oikeastaan vain silloin, kun tietävät ajattelevansa. Vauvaa pelottavat jotkut äänet, jotkut miellyttävät sitä, ja se säikähtää yllättäviä liikkeitä. Mutta valosta se ei välitä mitään. Äiti sanoi, että varsinkin auringonvalo näkyy vatsanpeitteiden ja vaatteiden läpi mainiosti, ja se on syntymättömistä lapsista ihanaa. Tämä ei edes huomaa sitä.

Tessi ei voinut olla pohtimatta, miten Enkala kokisi asian.

– Sitähän minäkin mietin, Oosa sanoi huolissaan.

– Hyvä, että hän tulee kotiin. Kerron hänelle heti.

Oosa kosketti taas yhtä unikoista kädellään hyväillen sen punaista terälehteä. Äkkiä hän hätkähti ja tarttui Tessin käsivarteen. Hänen silmissään oli kauhua, ja hänen äänensä vapisi.

– Älä liiku, hän kuiskasi. – Ja käske Sumin olla hievahtamatta.

Tessikin näki nyt eläimen, joka tuli vuoripolkua pitkin. Sen käpälät liikkuivat äänettömästi, vain muutama kivi pyörähti rahisten sen tieltä silloin tällöin. Se käveli rauhallisin askelin, vaikka olikin huomannut heidät, ja vilkuili laiskasti heidän suuntaansa. Se oli suuri urosleijona, jonka mahtavat lihakset liikkuivat verkalleen takkuisen turkin alla. Sitten se pysähtyi, sen häntä liikehti levottomasti, ja se kyyristyi hiukan.

Oosa nousi ja otti muutamia askelia eläimen suuntaan. Leijona painui makuulle ja tuijotti Oosaa. Tessi tiesi, että he keskustelivat nyt ajatuksilla, ja hän uskalsi tuskin hengittääkään. Onneksi myös Sumi oli jähmettynyt pelosta ja pysyi vaiti.

Leijona nousi ja tuli Oosaa kohti. Se melkein hipaisi häntä ja meni sitten ohi kulkien läpi unikkoryhmän, jonka kukat taittuivat sen jaloissa. Se jatkoi matkaansa yhtä rauhallisena ja välinpitämättömänä kuin se oli ollut tullessaankin. Hännänpää liikahteli laiskasti lakaisten kasveja hetkeksi kumoon. Oosa seisoi paikallaan, ja Tessi näki, että hän oli pyörtymäisillään. Tessi meni ja auttoi Oosan istumaan.

– En ole tavannut niitä ennen, Oosa sanoi.

– Sait kuitenkin siihen ajatusyhteyden, Tessi sanoi ja yritti hillitä vapinaansa.

Oosa melkein nyyhkäisi.

– Se ymmärsi, kun kerroin, ettemme uhkaa sitä, hän sanoi. – Se ajatteli, ettei ole nälkä. Mutta se oli jollain kummallisella, kammottavalla tavalla huvittunut siitä, miten pelkäsin. Siinä oli jotain melkein ... melkein ...

Oosa vaikeni ja katsoi Tessiä anteeksipyytävästi, mutta jatkoi sitten kuitenkin: – Siinä oli jotain melkein yhtä kamalaa kuin oudoissa joskus.

Outo tarkoitti arkojen kielenkäytössä niitä ihmisiä, jotka eivät kuuluneet arkoihin.

Tessi laski lohduttavasti kätensä Oosan käsivarrelle.

– Kävellään takaisin linnaan, hän ehdotti. – Ehkä leijona jäi jonnekin lähelle, enkä välittäisi kohdata sitä uudestaan.

– Se etsi paikkaa, jossa nukkua päiväunet, Oosa sanoi ja hymyili vaisusti. – Ei kai minun olisi pitänyt näin pelästyä, Koorahan nekin on luonut ja tehnyt ne juuri tuollaisiksi.

He kulkivat rinnettä alas, kun Oosa äkkiä tarrasi kiinni Tessiin ja voihkaisi. Kipu meni nopeasti ohi, mutta he tiesivät kumpikin, mitä se todennäköisesti merkitsi. He kiirehtivät askeleitaan. Matkalla kipu toistui pariin otteeseen. Lapsen syntymä oli käynnistymässä.

Ramu haettiin kirjastosta. Vuorimaassa mies ei olisi saanut tulla synnytyshuoneeseen siinäkään tapauksessa, että hän oli parantaja, mutta Oosa halusi ehdottomasti juuri Ramun avukseen. Ramu ei kuitenkaan luottanut taitoihinsa, sillä hän oli ollut avustamassa synnytyksessä vain pari kertaa isänsä kanssa. Ne olivat olleet helppoja synnytyksiä, joista äidit olisivat selvinneet vaikka ilman apua, sillä isä ei ollut halunnut näyttää Ramulle aluksi mitään vaikeaa tapausta. Hän oli kuitenkin kertonut ongelmista, joita saattoi ilmaantua, joten Ramu tiesi taitojensa rajallisuuden.

Kaksi synnytyksiä avustamaan tottunutta orjanaista tuli Oosan luo. Ramun mielestä Oosa ei saanut jäädä makuulle ennen kuin se oli välttämätöntä, sillä kävely lievitti kipuja. Orjanaiset olivat toista mieltä, mutta koska Oosa halusi olla liikkeellä, he suostuivat taluttamaan häntä.

Kun Oosa ei lopulta enää jaksanut olla pystyssä, Malee ja Tessi istuivat vuorotellen hänen seuranaan. Ramu antoi nyt Oosalle lääkkeen helpottaakseen tämän oloa, sillä synnytys tuntui pitkittyvän. Tessi kummeksui sitä, että Oosan tuskaisuudesta huolimatta tunnelma oli juhlavan iloinen. Oosa itsekin jaksoi välillä kipujen hellittäessä vaisusti hymyillä. Tämä ei ollut sellaista kuin sairashuoneessa. Tuskalla oli tarkoitus, se tuottaisi uuden elämän.

Yö ehti tulla, huone valaistiin öljylampuilla, ja vasta keskiyön jälkeen vauva pyrki maailmaan. Kun pienikokoinen, mutta terhakka ja kaunis poikalapsi syntyi, Ramu vaati, että se oli heti annettava äidilleen, pesemättömänä. Se kummastutti auttajanaisia, mutta Oosa ojensi käsiään ja sanoi, että niin aratkin tekivät. Hän asetti lapsen rinnalleen ja katsoi sitä hellästi. Tessi tarkkaili heitä haikean onnentunteen vallassa.

– Se on kovin ihmeissään siitä, mitä on tapahtunut, ja vielä hiukan peloissaankin, Oosa tulkitsi vastasyn-

90

tyneen ajatuksia. – Mutta se alkaa rauhoittua, se kuulee taas minun tutut sydänääneni. Se ihmettelee, miten viileältä ilma tuntuu sen iholla. Mitään näköhavaintoja sillä ei ole, vaikka lampun valo osuu nyt suoraan sen silmiin. Se on sokea, mutta se on hyvä ja ihana poika juuri tällaisena. Ja nyt se alkaa etsiä ruokaa, sen on nälkä.

Lapsi tavoitteli hetken otetta rinnasta, ja onnistui sitten.

– Se on reipas ja osaa heti imeä, Oosa sanoi tyytyväisenä.

Kun lapsi oli syönyt, auttajanaiset ja Malee jäivät huolehtimaan Oosasta ja pienokaisesta. Tessi ja Ramu vetäytyivät nukkumaan. Tessi mietti ennen nukahtamistaan, että se syvä ja voimakas tunne, mikä hänessä oli herännyt Oosan lasta katsoessa, luultavasti muistutti sitä ihanaa väristystä, jota Lis sanoi Karetan kosketuksen aiheuttavan. Ehkä hänen kehityksensä tapahtui niin, että ensin heräsivät äidintunteet. Naisen tunteet miestä kohtaan tulisivat sitten aikanaan.

Aamulla Tessi kuuli, että Enkala oli kotiutunut yöllä, ja oli vaimonsa ja poikansa luona. Tessi ei halunnut häiritä heitä, ja hän meni siksi Oosan luo vasta kun Enkala oli lähtenyt sieltä. Hän löysi Oosan itkemästä.

– Tessi, auta minua, Oosa pyysi heti Tessin nähdessään. Sitten hän katsoi orjanaisia ja käski heidät pois. Naiset eivät olisi halunneet lähteä. Kun he vaikuttivat epäröiviltä, Oosa kävi kuitenkin niin levottomaksi, että he tottelivat huolestuneina.

– Hän on itkenyt miehensä käynnistä asti, toinen ehti kuiskata Tessille.

Naisten mentyä kesti hetken, ennen kuin Oosa sai rajun nyyhkytyksensä taukoamaan niin että hän pystyi puhumaan ymmärrettävästi.

– Enkala aikoo jättää lapsen heitteille, hän sanoi.

– Tiedän, että täällä tavataan jättää heitteille sellainen lapsi, joka ei voi parantua, ja kärsii kauheita tuskia. Mutta poikahan on terve, vain sokea. Eivätkä arat koskaan jätä heitteille sairastakaan lasta. Jokainen lapsi on Kooran antama, ja Koora ottaa sen takaisin ajallaan, kuten meidät kaikki.

Oosa katsoi vieressään makaavaa lasta ja kiersi kätensä sen ympärille kuin suojellakseen.

– Enkala olisi ottanut lapsen heti, mutta toinen orjanaisista sanoi hänelle, että kuolen, jos poika viedään minulta näin pian, hän selitti. – Minä sanoin, että kuolen joka tapauksessa, jos lapsi viedään, mutta Enkala ei usko sitä. Hän luulee, että tarvitsen vain hiukan aikaa tottuakseni ajatukseen.

Oosa alkoi taas itkeä.

– Tiedän, että ymmärrät, hän nyyhkytti. – Pelasta lapsi. Piilota se jonnekin, mistä Enkala ei saa sitä käsiinsä. En voi itse viedä sitä turvaan, en pysty edes kävelemään vielä.

– Eikö Enkalan mieltä saisi muuttumaan? Tessi kysyi.

Oosa pudisti itkien päätään.

– Hän ajattelee, että se on hänen velvollisuutensa

poikaa kohtaan, ja että koska minä en ymmärrä tosiasioita, hänen on tehtävä se pyynnöistäni huolimatta, Oosa sanoi. — Tiedäthän, että arka jos kuka osaa muuttaa ihmisen mielen, koska kuulee toisen kaikki ajatukset ja osaa vastata niihin. Jos minä en saa häntä ymmärtämään, niin ei varmasti kukaan muukaan.

— Yritän kuitenkin vielä puhua hänelle, Tessi sanoi. Enkala oli miesten puolella antamassa ohjeita orjille. Tessin ilmestymistä sinne ilman saattajia ei enää kummeksuttu, koska hän kuului ulkopuolisiin, muukalaisiin, joilla oli outoja tapoja. Enkala katsoi kuitenkin Tessiä torjuvasti, kuin vihollista. Hän antoi tämän odottaa vieressään ja jakoi ohjeensa loppuun.

Lapsen syntymää ei juhlittaisi, vieraita ei kutsuttaisi. Kunnioitettua puolisoa oli vartioitava, ettei hän yrittäisi lähteä minnekään, tai toimittaa lasta muualle. Enkala vilkaisi Tessiä.

— Myös kunnioitetut vieraani Sirpin hallitsijan tytär Tessi ja tietäjäoppilas Ramu on pidettävä linnan muurien sisäpuolella, kunnes määrään toisin, hän sanoi. — Samoin puolisoni apuna toimiva Malee.

Tessi tunsi raivostuvansa.

— Kiitos vieraanvaraisuudesta, hän sanoi. — Mitään parempaa ei Vuorimaan mieheltä voi odottaakaan.

Hän tajusi, että hänen vihansa takaa kurkisti vanha katkeruus ja epäluulo kaikkea vuorimaalaista kohtaan, ja hän katui sanojaan. Se oli kuitenkin myöhäistä.

— Emme elä nyt Kooran lakien mukaan, Enkala sanoi ivallisesti. — Täällä miehen velvollisuus on estää avuttoman lapsen tarpeeton kärsimys.

– Oosa ei kestä lapsen menettämistä, Tessi sanoi.

– Hän itkee ensin ja unohtaa sitten, Enkala väitti.

– Tällaisessa asiassa mies ei saa kuunnella naisen surua, vaan omaa velvollisuuttaan.

– Mutta poika voi tulla onnelliseksi ja elää hyvän elämän, Tessi sanoi.

Enkala hymähti katkerasti.

– Olin hintelä ja heikko pikkupoika, hän sanoi. – Minua kiusattiin niin julmasti, että näen siitä vieläkin painajaisunia, ja minulla ei kuitenkaan ollut mitään varsinaista vajavuutta. Pystyisimme tietysti suojelemaan poikaa pienokaisena, mutta ei ihminen voi elää koko elämäänsä vanhempiensa hoivissa, ja jos varjelisimme häntä lapsena julmuuksilta, tosielämä olisi vain sitäkin kauheampi järkytys hänelle.

Tessi yritti miettiä vastaväitteitä, mutta Enkala sanoi kylmästi ja käskevästi: – Mene, ja kiellän päästämästä sinua tai Ramua ja Maleeta enää puheilleni, siihen asti kunnes kaikki on ohi. En halua, että yritätte vaikuttaa minuun. Minullakin on raskas ristiriita isän tunteiden ja velvollisuuksieni välillä, enkä anna kenenkään horjuttaa päätöstäni.

Tessi lähti takaisin Oosan luo. Siellä oli nyt Malee, ja sinne oli tullut Ramukin. Huone oli pimennetty kuin siellä olisi ollut vakavasti sairas. Ramu piti kättään Oosan otsalla ja näytti totiselta.

– Hänelle on nousemassa kuume, Ramu sanoi. – En ymmärrä miten hoitaisin häntä, ja orjanaisetkin ovat ymmällään. Toinen heistä lähti hakemaan kaupungista naista, jolla on heidän mielestään taitoa näissä asioissa, ja toinen on valmistamassa omalta äidiltään oppimaansa lääkettä, joka kyllä minunkin isäni mielestä on hyvä. Mutta Oosa ei ole joka suhteessa tavallisen naisen kaltainen.

Oosa avasi silmänsä ja katsoi Ramua voipuneesti.

– Arat ovat erilaisia, hän kuiskasi. – Arat kuolevat, jos heitä kohtelee julmasti.

Tessi katsoi Ramua kysyvästi. Ramu tunnusteli Oosan valtimoa.

– Luulen, että hän on oikeassa, Ramu sanoi. – Arka ilmeisesti voi kuolla tällaiseen.

– Saisiko Enkalan ymmärtämään sen? Tessi pohti.

– Ei, Oosa kuiskasi. – Kerroin hänelle, mutta hän luuli, että se oli juoni, jolla yritän pelastaa lapsen hengen. Hän luuli niin, vaikka hän tietää, ettei arka voi valehdella vaikka tahtoisikin. Hän ei nyt suostu ymmärtämään mitään muuta kuin oman surunsa ja sen, mitä hän luulee velvollisuudekseen.

Malee hyssytteli lasta huoneen toisessa päässä. Se kitisi hiljaa.

– Ramu, osaatko sinä hoitaa vauvaa, jos saamme sen täältä ulos? Tessi kysyi.

– Kyllä se sujuisi, Ramu sanoi. – Se on terve, ja on sekoituksia, joita vauvalle voi juottaa, jos äidinmaitoa ei ole. Mutta emme pääse ulos. Kuulin jo miesorjilta, että olemme vankeja. Ja minusta tuntuu, että Oosa menettää henkensä, jos hänet erotetaan lapsesta.

– Niin, tietysti minä silloin kuolisin, Oosa sanoi

kuin se olisi ollut pelkkä sivuasia. – Mutta pelastakaa lapsi, viekää se jonnekin, missä se saa elää.

Hän puhui niin hiljaa, että sitä tuskin kuuli.

Huoneen ovelle koputettiin, ja kun Tessi kiiruhti avaamaan, siellä oli portinvartijan saattama nainen, joka selvästi ei kuulunut ylempiin, mutta ei ollut myöskään launi. Hänellä oli ylpeä ryhti ja itsevarma ilme, ja hänen pähkinänväriset hiuksensa muodostivat pyörteileviä kiharoita. Hän oli kaupungista haettu parantaja. Hän tuli Oosan vuoteen luo kiinnittämättä mitään huomiota muihin, ja tutki tätä vakavana.

– Hänen kuumeensa nousee koko ajan, Ramu huomautti.

Nainen katsoi Ramua kuin kysyen, miten tämä uskalsi esittää mielipiteitään. Ramu selitti olevansa sirpiläinen parantajaoppilas. Nainen hymyili.

– Olen kuullut, että Sirpin tietäjät osaavat yhtä paljon kuin me selut, hän sanoi. – Mutta se ei taida olla totta, jos et huomannut, että tämä nainen sairastaa surua. Ainoa mahdollisuus parantaa hänet on poistaa surun syy.

Oosa ponnisteli saadakseen äänensä kuuluville. Siihen oli tullut toiveikas sävy.

– Hän ymmärtää, Oosa sanoi. – Hän ajattelee, ettei lasta saa surmata. Ja hän tietää, että sokea on yhtä arvokas ihminen kuin kaikki muutkin. Hänellä on sokea veli.

– Olen Leona, selujen kuninkaan Serran sisar, parantajanainen sanoi. – On totta, että minulla on sokea veli, enkä ymmärrä tämän naisen aviomiehen typerää päätöstä. Mutta ylemmältä mieheltä ei tietenkään voi odottaa suurta viisautta.

Tessi kiinnitti huomiota siihen, miten ivallisesti parantajanainen mainitsi ylemmät, eikä hän ollut puhutellut ketään kunnioitetuksi. Hän oli käytökseltään aivan erilainen kuin Kiilon nöyrät launit.

Leona mietti ja tuntui sitten tekevän päätöksensä. Oosa kuunteli jännittyneenä hänen ajatuksiaan ja hymyili sitten.

– Niin, hän sanoi kiihkeästi. – Juuri niin täytyy tehdä.

– Äiti ja lapsi on vietävä pois linnasta, turvaan aviomieheltä ja isältä, joka käyttää valtaansa väärin, niin kuin ylempien tapa muutenkin on, Leona sanoi. – Pihalla on autiomaalainen merikauppias. Hänellä on mukanaan valtavasti kankaita, joita hänen kuormastostaan juuri kannetaan sisään esiteltäväksi. Kun vaunut lähtevät, niihin mahtuisi piiloon vaikka sotilasosasto. Pitäisi vain voida neuvotella kauppiaan kanssa muiden kuulematta.

– Tai muiden ymmärtämättä, Malee sanoi ja nousi.

– Puhun autiomaalaisten kieltä, sitä eivät muut täällä ymmärrä. Kuinkahan paljon Oosan koruja voin luvata maksuksi?

– Vaikka kaikki, Oosa sanoi heikosti. – Mitä hyvänsä, kunhan lapsi saadaan turvaan.

Malee lähti ja palasi hetken kuluttua sanomaan, että Oosa ja lapsi oli puettava matkaa varten. Tessin ja Ramun piti myös hakea kaikki, mitä he halusivat mukaansa. Autiomaalaisen kauppamiehen kanssa oli suuri joukko miehiä, jotka olivat maansa tapaan pukeutuneet pitkiin mekkoihin, ja heillä oli pään peittävät viitat, sillä heidän mielestään täällä tuuli kovin kylmästi. Heiltä lainattuihin vaatteisiin pukeutuneina Tessi, Ramu ja Malee voisivat liittyä joukkoon. Sumi päästettäisiin pihalle juoksentelemaan, se kyllä osaisi seurata heitä. Oosa ja lapsi kannettaisiin kangaskääröjen tapaan vaunuihin.

– Minäkin tulen mukaan, Leona huomautti. – Vain minä tiedän, minne voitte turvallisesti mennä. Enkala tulee etsimään teitä joka paikasta, mutta ostamme kauppiailta vankkurit, ja vien teidät Selovuorille vanhimman veljeni Serran luo. Sinne ei yksikään ylempi uskaltaudu.

Tessi alkoi epäröidä ja vilkaisi kysyvästi Ramua. Selut olivat Vuorimaan ylempien vihollisia. Oliko tämä ansa? Joutuisivatko Oosa ja lapsi panttivangeiksi?

– Älä ole huolissasi, Oosa sanoi katsoen kärsimättömästi Tessiä. – Lapsen pitää päästä turvaan, ja kuulen koko ajan Leonan ajatukset. Jostain syystä hän pitää minua heidän jumalattarensa kaltaisena. En ymmärrä, miksi hän ajattelee niin, mutta pahoja aikomuksia hänellä ei ole.

– Jumalattaremme nimi on Kiira, ja Kiira on myös Selovuorilla olevan kaupunkimme nimi, Leona sanoi. – Kerrotaan, että kun jumalatar oli maanpäällisessä hahmossaan, hänellä oli vaalea iho ja kullanpunaiset hiukset. Ei sen näköisiä ihmisiä yleensä tapaa Vuorimaassa.

Ramu tunnusteli Oosan otsaa ja rannetta.

– Kummallista, mutta kuume tuntuu laskevan, hän sanoi.

– Tietenkin se laskee, Oosa sanoi kuin ihmetellen toisen ymmärtämättömyyttä. – Enhän minä sairas ollut, vaan epätoivoinen, ja siihen ei enää ole syytä.

He ryhtyivät nyt lähtöjärjestelyihin.

– Pystyn pitämään muut asiaankuulumattomat poissa, kunhan vain itse isäntä ei tulisi väärällä hetkellä, Leona sanoi.

– Hän ei tule, Oosa vakuutti. – Hän ajattelee, ettei voi tavata minua ennen kuin lapsi on jätetty heitteille ja menehtynyt, ettei hänen päätöksensä järkkyisi.

– Muille sanon, että kukaan ei saa missään tapauksessa häiritä meitä ennen huomisaamua, Leona sanoi.

– Ja silloin olemme jo Selovuorilla.

– Minä eroan teistä sitä ennen ja lähden Memnoon, Malee sanoi. – Jonkun on vietävä sana sinne. Lis painostaa tarvittaessa Karetaa, ja luulen, että Seloma ymmärtää muutenkin, että Oosalla on oikeus pitää lapsensa. He pakottavat Enkalan hyväksymään pojan.

– Minä tulen takaisin Enkalan luo vain, jos hän alkaa rakastaa lastaan, Oosa sanoi. – Mutta mene Memnoon, ja kerro, että olemme täysin turvassa selujen luona.

– Voit maksaa ylläpidosta koruillasi, Tessi suunnitteli. – Ja myös minulla on mukana kultaa, jolla voimme ostaa mitä tarvitsemme.

Leona pudisti päätään.

– Veljeni luona Kiirassa teidän ei tarvitse maksaa mistään, hän sanoi. – Kuka hyvänsä turvaton saa ilman muuta suojan hänen linnassaan. Jumalattaremme opetti, että apua pyytänyttä pitää aina auttaa.

Ja tämä nainen, josta olen kuullut kerrottavan, että hän kulkee susien kanssa vuorilla, muistuttaa hämmästyttävästi jumalatartamme. Monet tulevat uskomaan, että hän ei pelkästään muistuta jumalatarta, vaan hän on jumalatar.

Tie Selovuorille kulki aluksi mahtavien tammimetsien läpi. Jo siellä tuli selujen ensimmäinen partio vastaan. Oosa oli lapsensa kanssa sijoitettu mahdollisimman mukavasti vankkureihin, joita Leona ajoi. Tessi ja Ramu seurasivat heitä jalkaisin. Miesjoukon huomatessaan Sumi haukkui hurjasti, ja Tessi veti sen viereensä suojellakseen sitä uhkaavilta keihäiltä. Leonan tunnettuaan rosvojoukolta vaikuttavat miehet kuitenkin tarjosivat ruokaa ja saattajia ja neuvoivat yöpymispaikan. Seuraava partio järjesti Oosalle ja lapselle mukavammat vaunut, ja vaikka tiet huononivat, heidän matkantekonsa helpottui. Toisen yön jälkeen oli sana heidän tulostaan ilmeisesti ehtinyt Kiiraan, selujen pääkaupunkiin. Kun he heräsivät, he huomasivat, että heille oli tuotu kaksi muulia. Ne olivat Tessiä ja Ramua varten, että heidän ei enää tarvitsisi kävellä.

Korkealla vuoristossa ilma viileni, mutta kesä kukoisti silti. Metsän valtapuita alkoivat olla havupuut, ja käyräkäpypuiden tuttu pihkantuoksu täytti ilman. Taivas pysyi pilvettömänä, sillä kuivakuut olivat nyt kunnolla alkaneet, mutta aamuisin maassa oli runsas

101

kaste. Leona sanoikin, että kasteen takia vuorilla ei koskaan tullut sellaista kuivuutta, joka tasangolla kulotti kaiken. Myös Selovuorten joet olivat aina täynnä vettä, sillä niiden lähteet saivat talvisin uutta voimaa. Selovuorilla oli sadekuiden aikaan pysyvää lunta, ei pelkkiä satunnaisia lumisateita.

Metsiä oli paljon, mutta välillä oli myös vuoriniittyjä. Niillä kukoistivat orvokit, joiden aika alemmilla rinteillä jo oli ohi. Laajoina ryhminä kasvoi suurta, hehkuvanpunaista kukkaa. Ramu ei tiennyt, mikä se oli. Hän kysyi Leonalta, oliko sillä parantavia vaikutuksia. Leona selitti, että se sopi parhaiten sellaiseen käyttöön, johon parantajan ei pitänyt sekaantua. Sen avulla saattoi myrkyttää. Sanottiin, että sen ansiosta valta usein vaihtui Vuorimaan linnoissa, ja että niin oli joskus käynyt jopa Memnossa. Siksi sen nimi oli Kuninkaantekijä.

Muulit osoittautuivat lähes välttämättömiksi vuoripoluilla, ja vaikka Leona tunsi tien, heillä alkoi olla yhä enemmän saattojoukkoa. Kaikki saattajat olivat hurjan näköisiä ja meluisasti käyttäytyviä parrakkaita miehiä, mutta Tessi kiinnitti huomiota siihen, että he kohtelivat Leonaa kunnioittavasti. Tessille he olivat kohteliaita, ja Oosaan he suhtautuivat melkein palvovasti. Vain Ramuun kohdistui silloin tällöin pientä kiusantekoa, jonka tämä kuitenkin sopuisan luonteensa ansiosta hyvin kesti.

– Selujen mielestä nuorta poikaa pitää miehistää härnäämällä häntä, Leona selitti. – Naista ja tyttöä selumies taas aina kohtelee mahdollisimman hyvin, koska muuten jumalatar voi suuttua häneen.

Jumalatar olikin sana, jonka Tessi usein kuuli Oosaa vaivihkaa katselevasta miesjoukosta. Monen ilme oli kunnioittava ja hiukan pelokas. Miesten keskusteluissa tuli oikeastaan esiin vain kaksi vaihtoehtoa. Oosa joko oli jumalattaren lähettämä viestintuoja, joka tehtävänsä merkiksi muistutti jumalatarta, tai sitten jumalatar oli ottanut maanpäällisen hahmonsa ja tullut heidän luokseen.

Oosan pojan sokeus tuntui vahvistavan miesten uskoa siihen, että Oosa oli jumalatar.

– Se johtuu vanhasta tarinasta, Leona selitti. – Kerrotaan, että jumalatar oli ihmishahmossaan erään kuninkaamme vaimo. Kun hänen ensimmäinen lapsensa syntyi, se oli poika, ja sen huomattiin olevan sokea. Äidin vastusteluista välittämättä lapsi vietiin luolaan, johon heitteille pantavat lapset kuului jättää. Tavan mukaan piti odottaa kymmenen päivää. Sitten mentiin katsomaan, oliko lapsen ruumis luolassa vai olivatko petoeläimet vieneet sen. Mutta lapsi oli hengissä ja hyväkuntoinen. Asetettiin tarkkailijat, ja he näkivät naarasleijonan menevän luolaan. Se oli ilmeisesti menettänyt pentunsa ja ryhtynyt imettämään ihmislasta. Sitä pidettiin korkeampien voimien antamana merkkinä. Lapsi haettiin luolasta, ja sen äiti julistettiin jumalattareksi. Pojasta tuli isänsä jälkeen kuningas, ja häntä pidetään parhaimpana ja oikeudenmukaisimpana hallitsijanamme.

Kun he istuivat nuotiotulen ympärillä ennen viimeistä yöpymistä matkalla Kiiraan, Tessi kuunteli miesten keskustelua.

– Ehkä jumalatar auttaa meitä vapautumaan roistoista, jotka nimittävät itseään ylemmiksi, eräs heistä sanoi.

– Unohdat, että jumalatar on maallisessa hahmossaan tällä kertaa yhden heikäläisen puoliso, toinen huomautti.

– Se on kummallista, sanoi Tessin vieressä istuva vanhempi mies. – Jotain hyvää jumalattaren tulo luoksemme kuitenkin merkitsee, siitä olen varma.

Tessi oli huolissaan. Oosaan kohdistui ilmeisesti suuria odotuksia. Oosa itsekin oli tietysti tietoinen ympärillään liikkuvista ajatuksista, mutta kun Tessi oli kysellyt mitä hän niistä ajatteli, hän oli tunnustanut olevansa ymmällään. Hän oli useaan otteeseen yrittänyt selittää, ettei hän ollut jumalatar ja että hänen erikoiset kykynsä olivat arkojen tavallisia ominaisuuksia. Mutta se ei muuttanut miesten käsitystä, sillä perimätiedon mukaan jumalatar ei maallisessa hahmossa ollessaan ollut koskaan myöntänyt olevansa jumalatar.

Kiiraa lähestyttäessä puut muuttuivat oudoksi, kauniiksi lajiksi. Ne olivat suuria havupuita, joilla oli laaja, lähes vaakasuora oksisto. Neulaset olivat pehmeitä ja muodostivat pieniä kimppuja, ja munanmuotoiset kävyt olivat oksilla pystyssä. Puu oli Ramullekin tuntematon, ja hän kysyi Leonalta, mikä se oli.

– Se on selujen pyhä puu, seetri, Leona sanoi.

Tessi tiesi seetrin kalliiksi puuksi, jota Sirpiin tuotiin kaukaa idästä. Siitä oli tehty joitakin Kooran linnan arvokkaimpia istuimia.

– Saatte varmaan suunnattomasti kultaa myymällä tuota puuta, hän arveli.

Leona naurahti.

– Selujen seetrejä ei myydä, hän sanoi. – Niitä kaadetaan vain kuninkaan linnan ja jumalattaren temppelin seinälaudoituksiksi ja kalusteiksi. Muuten seetrit saavat kasvaa. Niiden ikä on satoja, ehkä tuhansia vuosia. Ne ovat nähneet jo esi-isiemme tulon ja Kiiran kaupungin ja linnan rakentamisen.

He tulivat lopulta Kiiraan. Se oli helposti puolustettava kaupunki lähellä vuoren huippua, ja yläpuolelta sitä turvasi vielä linna. Oosa oli matkan aikana toipunut. Kiiran linnan portilla hän torjui päättäväisesti Leonan ehdotuksen, että hän menisi lepäämään siksi aikaa, kun hallitsija ottaisi vastaan Tessin ja Ramun.

– Minäkin haluan tavata hänet ja jaksan jo aivan hyvin saman kuin muut, hän sanoi.

Leona jätti heidät odotushuoneeseen. Hetken kuluttua tuli mies, jolla oli ilkikurinen pilke silmissään. Hän sanoi, että kuningas toivoi heidän siirtyvän toiseen paikkaan. He seurasivat häntä portaita pitkin ylempään kerrokseen. Mies avasi heille oven ja piti sitä auki, mutta ei tullut heidän kanssaan huoneeseen, vaan sulki oven heidän takanaan.

Huone oli hämärä ja vaikutti tyhjältä. Sen nurkassa oli kuitenkin jotain. Sieltä kuului äkkiä metallin kilahdus, ja sitten jyrisevä karjahdus. Sumin niskakarvat nousivat pystyyn, mutta haukahdus takertui sen kurkkuun. Se vingahti ja painui matalaksi Tessin jalkoihin. Tessi tarrasi Ramun käsivarteen, mutta katsoi sitten häpeissään Oosaa ja lasta. Heitä olisi pitänyt ajatella ensimmäisenä ja suojella heitä. Oosa ei kuitenkaan näyttänyt pelokkaalta, vaan valppaalta ja uteliaalta. Nurkasta nousi ketjujaan kalistellen kookas urosleijona. Se käänsi hiukan päätään ja karjaisi taas. Se oli kiinni, ja Tessi toivoi, että ketju olisi vahva.

Oosa ojensi vauvan Tessille. Se ei ollut herännyt karjaisuista, vaan nukkui tyynen luottavaisesti. Sitten Oosa otti pari askelta leijonaa kohti.

– Älä mene, Ramu sanoi.

Leijona tuijotti Oosaa, ja Oosa meni sen viereen. Eläin painui makuulle.

– Tule pois, Tessi pyysi. – Pelästyithän vuorillakin niin kovasti sitä toista leijonaa.

– Tämä on aivan erilainen, Oosa sanoi. – Tämä ei muista vuoria, vaan tämä on tuotu jo pentuna ihmisten luo. Raukalla on niin ikävä. Sitä pidetään vankina eikä sillä ole mitään tekemistä. Se on hyvin surullinen.

Oosa istui lattialle leijonan viereen ja silitti sitä. Eläin kääntyi kyljelleen ja painoi suuren päänsä Oosan syliin. Tessi puristi Ramun käsivartta niin kovaa, että poikaan varmaan sattui. Tiesihän Oosa yleensä mitä teki, eikä hän koskaan erehtynyt ajatuksia kuunnellessaan. Mutta tuo tuntui hirvittävän vaaralliselta, vaikka Tessi huomasikin, että Sumi ei jostain syystä enää pelännyt. Se oli noussut istumaan ja tarkkaili kiinnostuneena Oosaa ja leijonaa.

106

– Ei se ole vaarallinen, Oosa vastasi Tessin ajatuksiin. – Enhän minä edes uskaltaisi tehdä mitään vaarallista. Tämä vain on niin surullinen. Ei pienenäkään vangittu leijona totu tällaiseen elämään. Koora on luonut sen vuorten vapaaksi eläimeksi.

Ovi aukeni, ja Leona tuli huoneeseen vieressään kookas, tuuheahiuksinen ja tuuheapartainen mies, jolla oli yllään raskas kalliilla sinivärillä värjätty viitta. Leona kalpeni ja kääntyi seuralaisensa puoleen.

– Missä Iire on? hän kysyi vaativasti. – Vain hän uskaltaa mennä Kaorin ulottuville. Hänet täytyy heti saada tänne auttamaan.

Sitten hän kääntyi Oosan puoleen.

– Et saa missään tapauksessa liikahtaakaan, hän sanoi. – Jostain syystä Kaori ei ole vielä raadellut sinua, mutta se on tappanut ihmisiä.

– Minä tiedän, se kertoi, Oosa sanoi äänessään uhmaa. – Mutta te pidätte sitä kytkettynä tällaiseen lyhyeen ketjuun, ja se on kauhean pitkästynyt. Ne jotka se tappoi juoksivat härnäten sen ohi, aina vain lähempää. Se suuttui ihan kauheasti. Kai sellaisesta suuttuu.

Oosa silitti eläimen päätä, ja se katsoi Oosaa kuin vahvistaen silmillään olevansa aivan samaa mieltä.

– Olit oikeassa moittiessasi minua, kun käskin ohjata vieraat tähän huoneeseen, partamies sanoi Leonalle. – Mutta minua ärsyttivät puheet tulijasta, jonka sanottiin muistuttavan jumalatarta. Ajattelin hiukan pelotella häntä ja hänen seuralaisiaan Kaorin kohtaamisella.

– Voit pyydellä anteeksi myöhemmin, kunhan Oosa ensin on turvassa ja poissa tuon pedon ulottuvilta, Leona sanoi. – Käske hakea Iire.

– Iire ei ole linnassa, lähetin hänet asioille, mies sanoi. – Minun on kai itse yritettävä hakea Kaorin ulottuvilta vieraamme, jos hän ei ymmärrä vaaraa eikä suostu tulemaan turvaan. Kaori tottelee useimmiten minuakin.

Hän otti muutaman askeleen. Leijona nousi seisomaan ja murahti.

– Älä tule, Oosa sanoi. – Tätä suututtaa, kun se huomaa, että aiot hakea minut pois. En ole varma, totteleeko se minua, jos kiellän sitä koskemasta sinuun.

Mies pysähtyi epäröiden, katsoi leijonaa ja Oosaa. Eläimen häntä piirsi nyt vihaista kuviota lattiaan, kun se tuijotti miestä, ja sen silmät paloivat äkäistä uhmaa.

– Tule pois sen ulottuvilta, kun vielä pääset, mies pyysi. – Se on arvaamaton, vaikka se nyt jonkin ihmeen kautta on säästänyt sinut.

– Se ei halua tehdä pahaa, jos se ei suutu, Oosa sanoi. – Mutta se tarvitsee seuraa. Se pitäisi opettaa olemaan luonnossa ja päästää sitten vuorille.

– Se on peto, mies sanoi. – Olet koko ajan vaarassa. Niin kuin Leona jo kertoi, se on tappanut kaksi ihmistä.

– Mieheni Enkala on tappanut useampia, Oosa huomautti. – Entä sinä, pystytkö edes laskemaan, montako olet tappanut?

Partamies naurahti.

Vauva heräsi ja äännähti. Oosa katsoi leijonaa anteeksipyytävästi. Hän tuntui sanovan sille, että pienokainen tarvitsi häntä nyt, ja sitten hän meni Tessin luo ja otti lapsen syliinsä.

– Kaori ymmärsi, kun ajattelin, etten uskalla tuoda lasta sen luo, Oosa sanoi. – Se ajatteli, etteivät leijonaäiditkään päästä uroksia näin pienien lähelle.

– Jumalatar varjeli häntä, Leona huokasi veljeään katsoen. – Ja nyt menemme nopeasti pois täältä, ja saat pitää Kaorin kaukana vieraista tämän jälkeen.

Oosa oli alkanut imettää. Hän teki sen luontevasti ja mitenkään peittelemättä, niin kuin Sirpissä oli tapana. Tessi tiesi, että Vuorimaan ylempien keskuudessa rintaruokinnan piti tapahtua niin, ettei ainakaan kukaan perheen ulkopuolinen mies päässyt näkemään. Täällä Oosan käyttäytyminen ilmeisesti oli Leonan ja hänen veljensä mielestä täysin asiallista.

– Haluan tavata Kaorin joka päivä, Oosa sanoi.

– Lupasin sille jutella sen kanssa uudestaan niin usein kuin voin. Ja se pitäisi viedä ulos ja näyttää sille vuoret. Se ei muista niitä, mutta ehkä se haluaisi jäädä sinne nähtyään ne. Kyllä se olisi onnellisempi siellä kuin täällä, vaikka se ei heti osaisikaan kaikkea, mitä sen on luonnossa osattava.

– No, mitä arvelet hänestä? Leona kysyi veljeltään hiukan kiusoitellen. – Liioittelinko, vai onko hän jumalattaren sanansaattaja tai peräti jumalatar itse?

Selujen parrakas ja hurjan näköinen kuningas pudisti päätään.

– Hän on sellainen kuin jumalattaren sanotaan olevan, hän myönsi. – Silti en tiedä mitä ajatella. Mutta nyt en ole oikein asiallisesti tervehtinyt merkittävää vierastani, Sirpin hallitsijan tytärtä Tessiä. Tunnen suurta ihailua vapaustaistelua kohtaan, jota johdit. Tessin käytökseen tuli vaistomaisesti hänen sirpiläisen asemansa mukaista arvokkuutta.

– Ansioni siinä olivat olemattomat, hän sanoi. – Jos selujen kuningas haluaa, voin joskus kertoa tosiasiat, jotka ovat paljon vaatimattomammat kuin liikkeellä olevat tarinat.

– Nimeni on Serra, partamies sanoi. – Kenenkään ei tarvitse minua puhutellessaan käyttää arvonimiä.

Hän kääntyi Ramun puoleen ja sanoi kuulleensa sisareltaan, että Ramu oli tietäjä, joka vaikutti lähes yhtä pätevältä kuin selujen parantajat.

– Olen tietäjäoppilas, Ramu sanoi vaatimattomasti.

– Mutta kasveilla parantamisesta tiedetään Sirpissä aika paljon ehkä juuri arkojen ansiosta.

Hän vilkaisi Oosaa. Serra katsoi myös Oosaa, joka yhä imetti, ja sitten hän katsoi taas sisartaan.

– Hän todella muistuttaa jumalatartamme, Serra sanoi. – Mutta en ymmärrä, miten se on mahdollista.

– Minäkään en ymmärrä, Oosa sanoi korjaten samalla vauvansa asentoa. – Se jumalatar, jota ajattelette, muistuttaa kovasti ihan tavallista arkaa.

– Minä ymmärrän, Ramu sanoi äkkiä. – Muistatteko mitä Seilan nuoremmalle tyttärelle tapahtui?

– Ei hänestä kerrota oikeastaan mitään, Oosa väitti.

– Hän meni naimisiin ja lähti Sirpistä.

– Siitä on laulu, Ramu sanoi. – Odottakaa, minä

muistelen. "Mies tuli pohjoisen meren takaa, mies voimakas kuin myrskytuuli, kaukaisen maan kuningas ..."

– Minäkin muistan sen laulun, Tessi sanoi. – En vain tiennyt, että se kertoo Seilan tyttärestä. Miten siinä nyt sanottiinkaan? "Mies vei hänet pohjoisille vuorille." Ja nyt kun muistelen sen tytön nimeä, josta laulu kertoo, niin hänhän oli nimeltään Kiira.

– Niin, esi-isämme toi matkoiltaan vaimonaan Kiiran, jota kansa piti jumalattarena tai ainakin hänen maanpäällisenä kaksoisolentonaan, Serra sanoi.

– Hänen jälkeläisissään on edelleen joskus tulevaisuuden näkijöitä, tytöissä varsinkin. Ja jos syntyy sokea poika, niin kuin veljemme Leoni, niin hän on yleensä merkittävä lauluntekijä.

Oosa lopetti syöttämisen, nosti mekkonsa olkapään paikalleen ja kiinnitti soljen. Sitten hän kohotti pienokaisen pystyyn ja taputti sitä selkään. Serra pyysi nyt vieraita siirtymään toiseen huoneeseen. Leijona jäi katsomaan haikeana, mutta Oosa pysähtyi ja sanoi sille ajatuksilla jotain, johon se huokaisten tyytyi.

Huone, johon he siirtyivät, oli valoisa, kodikas ja kaunis. Se oli ilmeisesti osa hallitsijan yksityisasuntoa. Ruokia ja juomia tarjolle kantavat miehet ja naiset käyttäytyivät luonnollisen vapautuneesti, kuin Sirpin palvelusväki. Edes Serraa itseään ei puhuteltu muodollisesti.

– Täällä ei taida olla orjia, Tessi sanoi Leonalle.

– Ei, jumalatar kielsi orjien pitämisen, Leona sanoi.

– Hän kielsi myös ihmisten jakamisen eriarvoisiin

minkäänlaisin perustein, mutta se ei tietenkään koske niitä roistoja, jotka omasta mielestään ovat ylempiä.

– He ovat itse asettuneet jumalattaren lakien ulkopuolelle ja saavat kestää seuraukset, Serra sanoi synkästi. – Heitä ei tarvitse kohdella niin kuin muita ihmisiä.

– Olet väärässä, Oosa sanoi.

Palvelijat tuntuivat jäykistyvän liikkumattomiksi, kaikki huoneen äänet vaikenivat. Oli ilmeisesti tapahtunut jotain uskomatonta. Oosa kuunteli ajatuksia ympärillään ja katsoi sitten isäntäänsä.

– Ethän sinä voi olla erehtymätön, hän sanoi. – Et silloinkaan, kun olet rukoillut itsellesi jumalattaren ohjausta. Ei kukaan ymmärrä Kooran tahtoa kunnolla. On joitakin selkeitä perusperiaatteita, mutta nekin pyrkivät hämärtymään.

Ei tarvinnut pystyä kuulemaan ajatuksia, Tessikin ymmärsi jäisestä tunnelmasta, että Oosan puhe oli joko pyhäinhäväistystä tai lainrikkomus tai molempia. Kaikkien katseet olivat kääntyneet Serraan, he odottivat ohjeita.

Serra nousi ja tuli Oosan eteen. Hän katsoi tutkivasti Oosan kalpeita kasvoja ja harmaanvihreitä silmiä, jotka kohtasivat hänen katseensa kummallisen pelottomina. Oosa ei suinkaan yleensä ollut rohkea, ja Tessi ihmetteli hänen tyyneyttään.

– Perutko puheesi? Serra kysyi uhkaavalla äänellä.

– Kysymys ei ole vain sinun hengestäsi, vaan myös lapsesi ja mukanasi olevien seuralaisten elämästä. Selujen kuningasta tai selujen jumalatarta ei loukata rankaisematta.

– En voi perua, Oosa sanoi tyynesti. – Arka ei osaa valehdella, se ei ole mahdollista, vaikka haluaisin ja yrittäisin. Ja nyt unohdat, että kuulen ajatukset. Pelottelet minua ja koettelet sillä tavalla, olenko vakavissani. Sinulla ei ole mitään todellista aikomusta surmata ketään sen takia mitä sanoin.

– Puhuit Koorasta, Serra sanoi ja tuntui vaipuvan syviin ajatuksiin. – Vanhoissa kirjoituksissa Koora mainitaan usein. Jumalattaremme yritti selittää, mitä Koora on ja mitä hän meiltä haluaa, mutta puheet merkittiin muistiin vasta jumalattaren kuoltua, eikä kukaan ole oikein osannut tulkita niitä. Olen lukenut niitä ja miettinyt paljon, mutta niitä on vaikea ymmärtää.

– Me arat sanomme Kooraksi sellaista, jolla ei ole mitään nimeä eikä määritelmää, Oosa sanoi. – Ehkä sen voisi kuvata perimmäiseksi hyväksi, joka antaa elämälle tarkoituksen ja ohjaa toimimaan oikein. Useimmat ihmiset tarkoittavat sitä puhuessaan jumalasta, mutta mukana on aina väärinkäsityksiä ja myös väärinkäytöksiä, koska jumalaan vetoamalla on helppo hallita ihmisiä. Kaikilla on kuitenkin vaistomaista tietoa, että voimme luottaa johonkin ihmisen yläpuolella olevaan, ja meidän tehtävämme on tehdä hyvää kanssaihmisillemme.

Serra vajosi taas mietteisiin. Sitten hän äkkiä katsoi ympärilleen ja naurahti.

– Miksi kukaan ei tee mitään? hän kysyi. – Kaatakaa vieraille juotavaa, tuokaa leipiä, leikatkaa paistia.

Kun vieraat ovat syöneet, valmistakaa heille kylpy ja varustakaa heidät juhlavaatteilla. Illaksi kutsutaan merkittävimmät selut kuulemaan vieraitamme, Sirpin hallitsijan Tessi-tytärtä, sirpiläistä tietäjää Ramua ja jumalattaremme lähettämää neuvonantajaa Oosaa.

Oli keskipäivä, kun Lis tuli pääportaita pihalle. Vartiomiehet tervehtivät häntä kunnioittavasti. Lis oli auringolta suojautuakseen kietoutunut huiviin. Se peitti melkein kasvotkin, mutta miehet tunnistivat hänen kävelytapansa ja itsevarman ryhtinsä. Hänellä ei ollut saattajia, ja siihen oli jo totuttu. Häntä verrattiin nykyisin usein Aniraan, joka oli taistellut Karetan isän rinnalla miesten veroisena. Lis ja Anira saivat käyttäytyä tavalla, jota ei yleensä pidetty naisille sopivana, mutta ennakkoluulot haittasivat Lisin toimimista Karetan sijaisena. Hänellä oli oikeus antaa käskyjä, jotka vain Kareta saattoi kumota. Kareta oli vielä erikseen tähdentänyt kaikille, että Lis edusti häntä hänen poissa ollessaan. Varsinkin sotilaiden oli kuitenkin vaikea ottaa vastaan määräyksiä naiselta.

Meetan poika Ake oli jäänyt Memnoon kasvattiveljensä Karetan avuksi. Lis lähetti yleensä hänet viemään ohjeet sotilaille. Sotilaat tuntuivat pitävän Akea Karetan varsinaisena sijaisena, ja Lisin asemaa pelkkänä muodollisuutena. Lis ajatteli, että Ake itsekin näytti alkaneen uskoa niin.

Kun Lis käveli portille päin, tuli Leoni vastaan.

Leonilla oli kädessään keppi, jonka kärjellä hän seurasi kivetyn tien reunaa, ja niin varustautuneena hän liikkui hämmästyttävän nopeasti ja varmasti. Paljaat käsivarret olivat lihaksikkaat ja kertoivat omalla tavallaan siitä, minkä Lis oli kuullut orjiltakin: Leoni harjoitteli päivittäin niitä miesten taistelutaitoja, joissa näkö ei ollut välttämätön. Leoni kulki pystypäisenä, ilmeisesti kuunnellen tarkkaan ympäristön ääniä, ja hänen ilmeensä oli valpas ja keskittynyt. Hän oli luopunut selumiesten ulkonäön tyypillisimmästä piirteestä, hän ajoi partansa. Nyt hän muistutti sirpiläistä, sillä hän oli solminut huivin näiden suosimalla tavalla päänsä ympärille. Se kuului olevan myös selujen tapa. Selut oli kuvattu Lisille hurjiksi ja vaarallisiksi taistelijoiksi, mutta jos he olivat Leonin kaltaisia, heissä oli muutakin sirpiläistä kuin tapa solmia huivi. Leoni vaikutti joustavalta ja elämänmyönteiseltä.

Leoni oli ollut Memnossa panttivankina, kun Karetan joukot valloittivat linnan. Hänen asemansa oli jo silloin ollut epämääräinen, sillä hän oli saavuttanut vangitsijoidensa luottamuksen. Hän oli saanut liikkua vapaasti, ja vallan anastaja oli luullut saaneensa hänestä tukijan. Myöhemmin oli selvinnyt, että hän oli kaiken aikaa vakoillut selujen hyväksi. Selujen kuningas Serra oli aina saanut häneltä tiedon, kun selujen alueelle oltiin tunkeutumassa.

Kareta olisi antanut Leonin lähteä, mutta Leoni oli päättänyt jäädä. Ehkä hän jäi auttamaan Karetaa, ainakin sekä Kareta että Ake luottivat häneen. Mutta aivan varmasti hän jäi myös tarkkailemaan tilannetta selujen puolesta, ja lähetti viestejä veljelleen Serralle Kiiran linnaan.

Lis tervehti Leonia, ja tämä pysähtyi. Mies ei kuitenkaan vaikuttanut ilahtuneelta tapaamisesta, vaan levottomalta ja kiireiseltä.

– Olen luvannut, että saat käyttää orjia apuna kulkiessasi, Lis huomautti.

Leoni naurahti.

– Kunnioitettu, jos aina turvautuisin oppaaseen, menettäisin kokonaan taitoni kulkea yksin, ja sitäkin voi joskus tarvita, hän sanoi. – Ja nyt kävin kaupungissa, sinne ei kannata ottaa mukaan linnan väkeä. He eivät ole suosittuja siellä.

– Kuljitko yksin koko matkan kaupunkiin ja takaisin? Lis kummasteli.

– Kunnioitettu, tie sinne on hyvä ja selkeä sokealle, Leoni väitti. – Jopa näkevät, jotka ovat niin avuttomia pimeässä, pystyvät kulkemaan sitä kuuttomanakin yönä vaikka ilman soihtua.

Leoni aikoi jatkaa matkaansa, mutta Lis pysäytti hänet.

– Kuulit varmaan uutisia, hän sanoi.

– Sen takiahan minä siellä kävin, Leoni myönsi.

Koska Leoni ei kuulunut ylempiin ja hänen sanottiin edelleen olevan panttivanki, paikalliset arriitit puhuivat hänen kanssaan melko vapaasti. Luottamusta ei häirinnyt edes se, että Leoni oli tehnyt Karetasta muutamia lauluja, jotka ylistivät nuoren kuninkaan rohkeutta. Kaikki ymmärsivät, että panttivankina oleva laulyntekijä laati lauluja sille, jonka hallussa oli. Ja laulut olivat sitä paitsi niin hyvin tehtyjä, että arriititkin halusivat kuulla niitä, välittämättä siitä, että ne kertoivat Karetasta, jonka sotilaat olivat ryöstäneet ja tuhonneet Memnon kaupunkia.

– Kerro, saitko tietää jotain erityistä, Lis vaati.

Leoni pudisti päätään.

– Ajattelin oikeastaan puhua ensin Aken kanssa, hän sanoi. – Ake voi lähettää tiedustelijoita tarkistamaan, etten huolestuta ketään turhaan.

Lis tarttui Leonin käsiin.

– Kuulit siis jotain huolestuttavaa? hän kysyi.

Leoni irrottautui.

– Kunnioitettu, hän sanoi moittivasti. – Sinun monet oudot tapasi hyväksytään, mutta ei sitä, että kosketat miestä, joka ei ole puolisosi. Anna nyt minun jatkaa matkaa Aken luo.

– Tulen mukaan, Lis sanoi kärsimättömänä. – Ja tuo koskettamissääntö on yksi typeryyksistä, joihin en aio tottua. Sopimattomat asiat ovat aivan muuta kuin käsien koskettaminen julkisella paikalla. Ja samaan aikaan, kun naiselle asetetaan naurettavia rajoituksia, mies saa tehdä mitä vain.

Leoni naurahti.

– Ylempiin kuuluvat miehet ovat järjestäneet asiansa mukavasti, hän myönsi. – Selujen keskuudessa myös meille miehille ainakin yritetään asettaa rajoja. Mutta kävele vähän edelläni ja hyräile tai juttele jotain. Seuraan ääntäsi ja pääsemme kulkemaan nopeasti, eikä kenelläkään ole mitään huomauttamista.

Lis teki niin. He tulivat päärakennukseen ja menivät suoraan Aken työhuoneeseen. Ake istui tutkimassa karttaa, ja nousi puolittain heidät nähdessään. Sitten hän istui takaisin, ja Lis ohjasi Leonin tuolin luo istuutuen itsekin.

Työhuone oli Memnon mahtailevaa tyyliä. Aken takana seinällä oli kuvattu pyhä leijona metsästämässä. Sen edessä istuva poika ei vaikuttanut lainkaan leijonamaiselta, vaan väsyneeltä ja tuskastuneelta.

– Olin oikeastaan ajatellut puhua Leonin kanssa kahden kesken, kun hän palaa, Ake sanoi.

– Sinä siis pyysit häntä menemään tiedustelemaan, Lis totesi.

– Niin pyysin, Ake sanoi. – Taanun luota ei ole saatu tavanomaisia viestejä. Yleensähän joka päivä tulee lähetti kertomaan uutiset, mutta nyt ketään ei ole tullut kahteen päivään.

– Yhteys on poikki, Leoni sanoi. – Monet arriitit ovat liittyneet Marenan puolella oleviin, ja tiellä on partioita, jotka tappavat lähetit.

Ake nousi ja meni ikkunan luo. Lis katsoi hänen kapeaa selkäänsä ja ajatteli, että Ake oli kuusitoistavuotiasta Karetaakin kaksi vuotta nuorempi, aivan liian nuori kestämään vastuuta, joka hänelle oli langennut. Lis ei ajatellut, että oli itse vain hiukan Akea vanhempi. Tytöt olivat yleensäkin ikäisiään poikia kehittyneempiä, ja lasta odottavana Lis tunsi siirtyneensä täyteen aikuisuuteen.

– Kuulitko muita uutisia? Ake kysyi kääntymättä

katsomaan taakseen. Oli kuin hän olisi kysynyt ikkunalta.

Lis näki, että Leoni epäröi. Hän tiesi sen johtuvan siitä, että Leoni ja Ake eivät olleet kahden. Leoni ojenteli pitkiä, hoikkasormisia käsiään ja tuntui miettivän.

– Älä nyt sepitä mitään laulua, Lis sanoi. – Anna tulla koko totuus. Muista, että Ake hoitaa asioita vain ulospäin. Päätökset teemme minä ja Anira, niin kauan kuin Kareta ja Seloma ovat muualla. Varsinainen hallitsija täällä tällä hetkellä olen minä.

Leoni kääntyi Lisiin päin, ja hänen kaunispiirteiset kasvonsa olivat myötätuntoiset ja huolestuneet.

– Kunnioitettu, nyt olisi ensin lähetettävä tiedustelijoita varmistamaan, onko se mitä olen kuullut totta, hän sanoi. – En halua kertoa sinulle pelkkiä huhuja. Tiedustelijat eivät saisi olla sotilaita, ne tapetaan matkalla, vaan luotettavia orjia.

– Onko niitä? Ake kysyi hiukan ivallisesti.

– Tietysti on, Lis sanoi. – Luottaisin melkein kaikkiin Karetan orjiin.

Enin osa Karetan orjista oli ollut Memnossa majailleen vallan anastajan omaisuutta. Useimmat olivat paljon tyytyväisempiä uuteen isäntäänsä kuin entiseen, ja erityisen tyytyväisiä he olivat emäntäänsä. Lis piti huolta siitä, että orjia kohdeltiin hyvin. Anira oli väittänyt, että Lisin ystävällisyys johtaisi orjat kurittomuuksiin ja laiskuuteen, mutta niin ei ollut käynyt.

– Voin nimetä orjista muutaman, joita minäkään en

epäilisi pettureiksi, Leoni sanoi. – Lähetämme tiedustelijoita ja sitten vain odotamme.

– Haluan silti tietää, mitä he lähtevät varmistamaan, Lis sanoi tiukasti.

– Ja minä ilmoitan, etten aio kertoa sitä vielä, Leoni sanoi samaan sävyyn.

– Minä vaadin, Lis sanoi.

Leoni hymyili.

– Olen panttivanki, en orja, hän sanoi. – En ota vastaan mitään vaatimuksia.

Ake kääntyi ikkunan luota heihin päin, ja Lis näki, ettei saisi hänestä tukea. Ake meni ovelle ja huusi orjaa. Sitten hän neuvotteli puoliääneen Leonin kanssa siitä, keitä kutsuttaisiin paikalle. Lis ymmärsi, että Aken ja Leonin tarkoitus oli varmasti hyvä, kun he eivät halunneet huolestuttaa häntä, mutta hänen oli silti vaikea hillitä kiukkuaan. Nuo kaksi, jotka Kareta ja Seloma olivat tarkoittaneet hänen avukseen, eivät antaneet hänelle edes tietoja tilanteesta. He kuvittelivat osaavansa enemmän kuin hän, pelkästään siksi, että olivat miessukupuolta.

Lis meni harmissaan omiin huoneisiinsa. Aulassa oli orjatyttö pesemässä lattiaa. Hän keskeytti työnsä tervehtiäkseen, ja Lis huomasi hänen itkettyneet silmänsä. Tyttö oli Liia, joka oli ollut Seloman orja, mutta oli siirtynyt Karetalle omasta toivomuksestaan ja Karetan myötävaikutuksella. Lis tunsi hienoista epäluuloa tyttöä kohtaan, sillä hän arveli Karetan käyttäneen häntä matkavaimonaan Memnon piirityksen aikana. Sen jälkeen, kun oli tullut tietoon, että Sirena odotti Karetan lasta, Lis ei ollut enää täysin luottanut mieheensä. Kareta vakuutti, että Sirena oli ainoa erehdys. Hän ei kuitenkaan ollut kertonut sitä ajoissa ja vapaaehtoisesti, vaan vasta sitten, kun huhut alkoivat levitä. Sellainen teki epäluuloiseksi. Lis oli silti ystävällinen Liialle. Hän ei ollut varsinaisesti mustasukkainen miehestään, sillä hänen ja Karetan rakkaus oli voimakas ja syvä tunne, jota mikään Sirena tai Liia ei koskaan voisi särkeä. Lisin oli myös helppo ymmärtää, että halu saattoi joskus yltyä hyvin vaativaksi. Hän koki itsekin rakasteluun liittyvät tunteet voimakkaina, ja hänen käsityksensä mukaan miehillä oli puutteita itsehillinnässä, joten hän oli valmis ymmärtämään Karetan hairahduksia kuin lapsen kurittomuutta.

– Mitä sinä olet itkenyt? Lis kysyi Liialta, joka taas oli keskittynyt lattianpesuun. – Onko joku ollut sinulle ilkeä?

Liia katsoi ylös työstään ja alkoi äkkiä nyyhkyttää niin hillittömästi, että Lis oikein huolestui ja polvistui lattialle tytön viereen. Hän kohotti Liian sileän mustan tukan kasvoilta ja pyyhkäisi kädellä tytön märkää poskea.

– Mikä sinun on? hän kysyi. – Oletko sairas tai oletko väsynyt? Ei sinun tarvitse tehdä töitä, jos sinun on huono olo. Voit mennä sanomaan taloudenhoitajalle, että sait luvan levätä loppupäivän.

Liia yritti puhua, mutta siitä ei tullut mitään. Lis auttoi hänet ylös ja talutti hänet istumaan seinustan penkille. Tyttö ponnisteli rauhoittuakseen.

– Kunnioitettu, hän sanoi. – Senhän tietävät jo monet, vaikka siitä on käsketty olla puhumatta. Meidän on oltava niin kuin tavallisesti, ei saa levittää pakokauhua.

– Minulle pitää kertoa, Lis sanoi.

– Etkö sitten tiedä, kunnioitettu? Liia kysyi. – Ehkä se ei olekaan totta. Mutta väitetään, että tieto on saatu arriiteilta.

– Kerro, mitä olet kuullut, Lis sanoi. – Minä selvitän sitten, onko se totta.

– Kunnioitettu, tyttö sanoi melkein kuiskaten. – Puhutaan, että kaikki kuninkaamme Karetan tueksi tulleet uudet joukot ja myös Askora ovat pettäneet hänet ja siirtyneet Marenan puolelle. Vain Seloman, Meisalon ja Verrakan joukot ovat pysyneet uskollisina. Kareta ja nuo muut yrittävät nyt vetäytyä vuoripolkuja pitkin takaisin Memnoon, mutta Marena ja häneen liittyneet joukot ovat tulossa pikamarssia tietä pitkin. He ehtivät tänne aamuksi, ja arriitit keräävät joukkoja heidän tuekseen. He väittävät, että huomenna Memnon linna on heidän hallussaan.

Liia purskahti taas itkuun.

– Asuin lapsesta asti Kiilossa, hän nyyhkytti. – Äitini Laneta on kunnioitetun Seloman orja. Minusta oli jännittävää päästä sotaleiriin kunnioitetun Karetan orjaksi, ja vaikka hän ei halunnut minua matkavaimokseen, hän oli minulle ystävällinen.

– Kareta ei siis halunnut, Lis sanoi huvittuneena. Olisi tietenkin pitänyt ajatella vakavampia asioita kuin aviomiehen uskollisuutta. Liian rauhoittelemi-

123

seenkaan ei ehkä olisi pitänyt uhrata aikaa, mutta Lis tunsi tarvetta pysähtyä hetkeksi pikkuasioihin.

– Kunnioitettu Kareta suuttui, kun yritin tarjoutua hänelle, Liia sanoi. – Hän kohteli minua kuitenkin hyvin myös sen jälkeen, ja antoi minun jäädä tänne. Sinäkin olet ollut minulle hyvä, ja olen viihtynyt täällä. Joskus haaveilin pääseväni jonkun komean päällikön rakastetuksi vuodekumppaniksi edes vähäksi aikaa, mutta olen ollut tyytyväinen näinkin. Ja kohta kaikki on loppu. Minut viedään sotasaaliina jonnekin, ja minua kohdellaan huonosti, eikä kukaan kunnollinen mies välitä minusta.

Liia alkoi taas itkeä. Lis ajatteli, että siinä oli varmaan Vuorimaan alempiin kuuluvan naisen tyypillinen tarina. Hän laski lohduttaen kätensä Liian olkapäälle ja sanoi: – Älä itke enää. Menen järjestelemään asioita. Et sinä joudu sotasaaliiksi, me puolustaudumme.

Lis oli Liiaa kuunnellessaan ehtinyt ajatella ja tiesi, mitä oli tehtävä. Hän meni Aken työhuoneeseen. Ake ja Leoni olivat antamassa ohjeita pienelle miesjoukolle.

– Keitä nuo ovat? Lis kysyi.

– Tiedustelijoita, jotka lähetämme, Ake sanoi.

– Ketään ei lähetetä, Lis sanoi. – Hakekaa tänne linnassa olevia sotilaita johtava alipäällikkö ja orjien työnjohtajat, myös naisten.

Ake aikoi sanoa jotain vastaan, mutta vaikeni nähdessään Lisin ilmeen.

– Toimit kuin kauppamies, vaikka on sota, Lis sa-

noi hänelle tiukalla ja moittivalla äänellä. – Ei nyt tie-
dustella ja neuvotella, nyt varustetaan linna puolus-
tautumaan.

Ake näytti nöyryytetyltä ja onnettomalta, mutta sa-
malla helpottuneelta siitä, että ylivoimaisen tuntuinen
vastuu otettiin pois häneltä.

– Hyvä on, hakekaa ne, jotka kuningatar käski ha-
kea, hän sanoi kokoontuneille miehille. – Tiedustelu-
matka peruuntuu.

– Etsikää myös Anira ja pyytäkää hänet tänne, Lis
sanoi. – Tästä lähtien jokainen ohje tulee joko mi-
nulta tai Aniralta, kunnes vaara on ohi. Sitten
voimme taas noudattaa hyviä tapoja ja Ake saa ryhtyä
antamaan käskyjä.

Kun he olivat kolmistaan, Lis katsoi Akea moitti-
vasti.

– Teit väärin, kun salasit minulta tilanteen, hän sa-
noi. – Jos en olisi sattumalta saanut selville, mitä on
tapahtumassa, olisimme olleet hukassa. On älytöntä
lähettää tiedustelijoita, siihen ei ole aikaa.

– En ymmärtänyt, mitä muutakaan voisin tehdä,
Ake sanoi. – Ylivoima on valtava ja linnassa on soti-
laita vain kourallinen.

– Tuho on varma, Leoni sanoi. – Siksi ei mielestäni
kannattanut levittää tietoa turhaan etukäteen. Olisi ol-
lut parempi, jos enin osa meistä olisi saanut olla toi-
veikkaita loppuun asti, ja sitten kuolla yllättäen. Tie-
dustelijoiden odottaminen olisi ollut sopivaa ajanku-
lua Marenan joukkojen marssiessa tännepäin.

– Ei mikään ole varmaa ennen kuin se tapahtuu, Lis

125

sanoi. – Mutta jos olisimme odottaneet, meidät olisi voinut pelastaa vain ihme.

Leoni kääntyi häneen päin ja naurahti.

– Olet ihailtava rohkeudessasi, hän sanoi. – Mutta mitä kuvittelet, että voisimme tehdä? Sotilaita ei riitä edes pääporttia puolustamaan.

Linnassa olevia joukkoja johtava alipäällikkö tuli. Hän oli vanha mies, joka oli jätetty Memnoon, koska häntä ei pidetty sotatoimissa enää kovin hyödyllisenä. Hän liikkui kankeasti toisessa jalassa olevan vamman takia. Lis pyysi häntä istumaan ja selosti nopeasti tilanteen. Mies kuunteli ilmeettömänä. Kun Lis lopetti, hän sanoi aivan kuin Leoni äsken: – Sotilaat eivät pysty kauan puolustamaan edes pääporttia.

– Portit on silti heti suljettava, Lis sanoi hänelle.

– Sotilaita on aivan liian vähän, mutta aseita on paljon. Kaikki mahdolliset on aseistettava, pojat, vanhukset, orjat, naisetkin. Kareta ja hänelle vielä uskolliset joukot pyrkivät jossain vaiheessa turvaan linnaan, ja koska he eivät ilmeisesti ehdi perille ennen vihollista, heitä on autettava murtautumaan suojaan vihollisjoukon läpi. Silloin sotilaat ja miesorjat saavat toimia yhdessä. Sinä pidät huolta siitä, että sotilaat ymmärtävät tilanteen eivätkä loukkaa orjia tai aiheuta epäsopua.

– Mutta aseistetut orjat voivat kääntyä meitä vastaan, vanha alipäällikkö sanoi.

– Puhun heille itse, Lis vakuutti. – Kysyn, haluavatko he takaisin entisen kaltaisen isännyyden.

– Kannattaa tuota ainakin yrittää, Leoni sanoi sivusta. – Mutta ehkä olisi hyvä luvata myös jotain palkkioksi.

– Meeta jätti minulle kultaa jaettavaksi hätätilassa, jos sitä tarvitaan Karetan auttamiseksi, Ake sanoi.

– Voin käyttää sitä.

Vanha alipäällikkö näytti yhä olevan tehtäviensä tasalla. Hän nousi ja sanoi menevänsä heti antamaan tarpeelliset ohjeet. Hänen mentyään Leoni naurahti kevyesti.

– Luulin, että tuho on väistämätön, hän sanoi.

– Mutta nyt tuntuu, että tästä voikin vielä tehdä laulun.

– Sinä kai tekisit laulun vaikka Karetan kuolemasta, Lis sanoi.

– Tietysti, Leoni vakuutti virnistäen. – Sankarikuolema on hieno aihe. Mutta lauluja tehdäkseen on jäätävä henkiin, ja siksi laulajan pitäisi olla voittajan puolella.

Miesorjien työnjohtaja tuli seuraavaksi, ja hän vakuutti, että suurin osa miehistä oli luotettavia ja useimmat osasivat käyttää aseita. Pulmana olisivat lähinnä arriitit, joiden heimolaiset taistelivat Marenan puolella. Heitä pitäisi tarkkailla.

Naisorjia valvova nainen epäröi ensin.

– Luulen, ettei juuri kukaan halua uutta omistajaa, mutta he eivät osaa taistella, hän sanoi. – Jonkun on neuvottava heitä ja minuakin. Minäkään en ymmärrä aseista mitään.

– Teen sen itse, Lis sanoi.

Malee ja Anira olivat kuulleet uutiset jo tullessaan.

He olivat olleet kehräämässä, minkä näki siitä, että kummankin puvussa yhä oli nöyhtää. Anira pyyhki sitä vaatteistaan hiukan vaivautuneena, niin kodikas ilmiö ei sopinut syntyneeseen hätätilanteeseen. Malee meni Aken viereen tarkastelemaan karttaa. Anira kuunteli Lisin selostusta suunnitelmasta mietteliään näköisenä ja nyökkäsi sitten.

– Naisorjat sopivat puolustamaan muureja, hän sanoi. – Varsinaiset sotilaat, se vähä mitä heitä täällä on, saavat miesorjien kanssa puolustaa portteja. Meillä on kolmet taisteluvaunut ja hevoset niihin. Se ei ole paljon, mutta laitatan ne kuntoon kaiken varalta, jos pitää tehdä rynnäkkö portista ulos Karetan ja muiden Memnoon yrittävien avuksi. Vaikka tänne onkin jätetty vähän heikompaa ainesta, niin eiköhän sotilaista löydy kaksi ajomiestä minun lisäkseni, ja kolme sellaista, jotka osaavat käyttää kelvollisesti keihästä vaunuistakin.

Ake ja Malee menisivät vartiohuoneeseen, ja sinne sijoitettaisiin nuorimpia tyttöjä läheteiksi. Vartiohuoneeseen tuotaisiin tietoa tapahtumista ja sieltä viestitettäisiin sitä johtotehtävissä oleville.

– Minulle ei varmaan anneta tehtäviä, joten ehdotan itse, että menen ainakin aluksi Aken ja Maleen mukaan, Leoni sanoi.

Malee tarttui Leonin käteen taluttaakseen. Hän saattoi tehdä sen kenenkään pahastumatta, koska häntä pidettiin kaikista Lisin päinvastaisista vakuutteluista huolimatta orjana. Leoni tunnusteli Maleen kättä.

– Mitä pikkusormellesi on tapahtunut? hän kysyi.

– Se on ollut poikki niin kauan kuin muistan, Malee sanoi. – En tiedä, miten se tapahtui, joten minun on täytynyt olla hyvin pieni silloin.

Leoni hymähti.

– Taidan ilahtua löytäessäni joltain muulta edes vähäisen vamman, hän sanoi. – Tällaisissa tilanteissa olen raivoissani sokeudestani. On turhauttavaa, kun ei pysty tekemään mitään hyödyllistä.

Lis kiirehti pihalle ja päätietä pitkin isolle portille. Se oli jo suljettu, ja siihen rakennettiin parhaillaan varmistuksia reipasta tahtia. Raskas helle painoi kaikkialla, ja ilmaan nouseva pöly sai miehet yskimään. Vanha alipäällikkö rohkaisi heitä huudellen kutakin nimeltä ja vakuutellen, että heidän kaltaisensa vastustaisivat vaikka kymmenkertaista ylivoimaa.

He vain saavat vastaansa satakertaisen, Lis ajatteli. Mutta hän yritti karkottaa synkät mietteet. Sellaisiin ei nyt ollut varaa. Hän meni asehuoneeseen ja löysi miesorjat valitsemassa aseita. Tilanne tosiaan näytti vaaralliselta. Oli mahdollista, että nämä alistetut miehet haluaisivat kostaa ja kääntyisivät isäntäänsä vastaan.

– Ystävät, Lis julisti. – Te tiedätte, etten minä kuulu ylempiin äitini puolelta enkä koskaan ole oikein tottunut siihen, että on orjia. Jos nyt kunnostaudutte, asemanne järjestetään uudelleen. Vapaaksi haluavat saavat vapauden ja lahjan, ja ne, jotka haluavat jäädä linnaan, muuttuvat orjista palvelijoiksi ja saavat palkkaa.

Hän ei tiennyt miten toteuttaisi lupaamansa uudistuksen, jos hän jäisi henkiin sen tekemään, mutta täytyihän sen olla mahdollista. Ei Sirpissäkään ollut orjia, ja silti asiat sujuivat. Jos täällä ei voisi uudistaa koko järjestelmää, niin kai ainakin nämä voisi palkita luvatulla tavalla, ellei muuten niin Meetan Akelle jättämän kullan turvin.

– Kunnioitettu, sanoi nuori miesorja. – Kareta on kieltänyt ruoskimasta meitä, ja hän on sanonut, ettei ruokaa saa vähentää rangaistuksena mistään rikkomuksista. Hän ei ole pakottanut ketään naisorjista vuoteeseensa eikä anna esimiestemmekään tehdä niin. Arvostan häntä eniten juuri siksi, sillä sisarenikin on orjana. Taistelen mielelläni Karetan puolesta.

Toinen miesorja, joka ilmiselvästi oli kiharatukkainen arriitti, tuli nyt Lisin eteen.

– Monet arriitit syyttävät Karetaa Memnon kaupungin hävittämisestä, hän sanoi. – Mutta hän on käyttänyt jälleenrakentamiseen ja korvauksiin runsaasti linnan varoja, ja minun mielestäni ne arriitit, jotka ovat liittyneet Marenan joukkoihin, on petetty. Voitettuaan Marena kohtelisi meitä yhtä säälimättömästi kuin Karetaa edeltänyt kuningaskin.

Hyväksyviä huutoja kuului ympäriltä, ja Lis oli tyytyväinen, vaikka Karetan antamiksi mainitut ohjeet orjien kohtelusta olivatkin Lisin itsensä antamia. Myös Memnon jälleenrakennus oli tapahtunut Lisin ohjauksessa. Kareta ei ollut ehtinyt sotatoimiltaan paljonkaan puuttua kotoiseen hallintoon.

Naisorjat olivat kerääntyneet sisäpihalle, jossa oli keittiökasvitarha ja allas kasteluvettä varten. Sinne oli kannettu pienempää ja keveämpää aseistusta. Oudostellen he kokeilivat varusteita, mutta monen silmistä loisti into. Lis ymmärsi sen hyvin. Tässä maassa naiset joutuivat taisteluissa saaliiksi ja raiskatuiksi. Oli varmaan helpottavaa edes yrittää hallita kohtaloaan itse ja puolustautua.

Liia tuli hänen luokseen, eikä itkusta ollut enää jälkeäkään. Aurinko kultasi tytön kauniit kasvot, joille oli noussut hymyilevä, itsevarma ilme. Hänellä oli kädessään jousi.

– Osaan ampua tällä ja osun aika hyvin, hän sanoi.

– Kunnioitettu, olen salaa harjoitellut lapsena pojan kanssa, joka oli leikkitoverini. Launit eivät sodi, mutta metsästävät kyllä. Eihän se harjoittelu ollut tytölle sopivaa, ja äiti oli siitä vihainen, mutta nyt siitä on hyötyä. Voisin olla muurilla tavoittamassa nuolilla niin monta vihollista kuin suinkin.

– Neuvo muitakin, Lis sanoi. – Jousi varmaan sopii parhaiten naisille. Se vaatii voimaa, mutta sitähän teidän käsissänne on, kun teette linnan raskaimmat työt. Jakautukaa pareihin, jousella ampuaa pitää aina toisen suojata kilvellä. Ja ne, jotka eivät opi käsittelemään jousta, voivat kerätä muureille kiviä. Ylhäältäpäin heitettyinä nekin ovat tehokkaita aseita.

Kun Lis tuli vartiohuoneeseen, oli Anira siellä. Hän oli miehen taisteluasussa ja katsoi Lisin naisenvaatteita arvioiden.

– Eikö sinunkin pitäisi etsiä itsellesi varusteet? hän

kysyi. – Kypärän, panssarin ja kilven tarvitset ainakin, jos aiot näyttäytyä muurilla.

– Niin kai, Lis sanoi epäröiden, ja sitten hän laski käden vatsalleen. Se oli vasta vain lievästi pyöristynyt, mutta lapsi liikkui. Anira katsoi häntä myötätuntoisesti.

– Sinun pitäisi tietenkin suojata pienokainen, mutta kaikki odottavat näkevänsä sinut siellä, missä taistellaan, hän sanoi. – Olet ottanut itsellesi miehen vastuun, etkä nyt voi vedota naisen osaasi.

– Ymmärrän kyllä, Lis sanoi.

Hän käveli raskain askelin asevarastolle, ja puki ylleen kirkkaanpunaisen lyhyen mekon. Hän nyöritti paikalleen säärisuojukset, ja asetteli ylleen pronssisen, panssarilevyistä tehdyn paidan. Hän valitsi sellaisen, joka ulottui mahdollisimman hyvin syntymättömän lapsen yli. Asevarastoa hoitava vanhempi mies tuli huolestuneena hänen viereensä, kun hän kiinnitti itselleen asevyön ja alkoi etsiä sopivaa miekkaa.

– Kunnioitettu kuningattaremme, ainakaan silloin, jos hyökätään portista ulos, sinun ei pitäisi olla mukana, mies sanoi. – Sinun on oltava turvassa muurien sisäpuolella.

– Olet väärässä, Lis sanoi. – Muurien sisäpuolella ei kukaan ole vielä turvassa. Kaikista ponnisteluista huolimatta emme pysty pitämään Memnon linnaa hallussamme kovin kauan. Se onnistuu vasta, kun Kareta miehineen on täällä. Meidän on oltava valmiita hyökkäämään ulos portista auttaaksemme heidän tuloaan. Ja mitä ajattelisit johtajasta, joka käskee muut taisteluun, mutta pysyy itse syrjässä?

– Sinusta, kunnioitettu, ajattelisin, että olet nainen, vanha mies sanoi.

Lis hymähti, sillä juuri samoja sanoja käytettiin myös pelkurimaisesta sotilaasta: hän on nainen. Lis valitsi miekan, ja oli kiitollinen siitä, että tiesi osaavansa käyttää tuota asetta kohtuullisen hyvin.

– En ole nyt nainen, olen Karetan sijainen, hän sanoi ja lähti asehuoneen viileydestä iltapäivän helteeseen.

Kareta yritti tuoda sotajoukkonsa mahdollisimman nopeasti Memnoon. Vaikka miehet olivat väsyneitä, hän päätti, että ei leiriydyttäisi yöksi. Matkaa jatkettiin pimeydestä huolimatta, ja soihtujen valossa se onnistui hyvin. Soihdut piti kuitenkin sammuttaa, kun lähestyttiin vuoren huippua. Jos Marenan joukot olivat ehtineet Memnoon, ei saanut kiinnittää heidän vartiomiestensä huomiota.

Kareta antoi pysähtymiskäskyn, ja alipäälliköt alkoivat järjestää miehiään lepotauolle. Päälliköt ja Kareta nousivat vuoren huipulle, vaikka se sujui pimeydessä vaivalloisesti ja kompastellen. Rinne kasvoi metsää, mutta täällä oli vain matalaa pensaikkoa ja korkea kiviröykkiö, jonka päältä näki Memnon linnan. Se oli kirkkaasti valaistu, ja sen ympärillä paloivat leiritulet.

– Se on piiritetty, Seloma sanoi. – Mutta pahimmat aavistuksemme eivät sentään toteutuneet, jostain syystä sitä ei ole vielä vallattu. Pääsiköhän joku läheteistämme sittenkin perille?

– Linnan alueella liikkuu sotilaita paljon enemmän kuin sinne jäi, Verraka ihmetteli. – He ovat varmaan saaneet jostain apuvoimia, vaikka en ymmärrä, miten se on mahdollista.

– Eivät nuo tuolla muurilla ole sotilaita, Kareta sanoi. – Monilla on mustat hiukset ja joillakin naisen vaatteet. Lis on aseistanut kaikki, orjatkin.

– Orjien aseistaminen on äärimmäisen vaarallista, Meisalo kauhisteli. – En muista, että niin olisi koskaan tehty. Orjat voivat aina kääntyä isäntiään vastaan.

– Se oli ainoa mahdollisuus, Seloma sanoi. – Lis on toistaiseksi pelastanut linnan.

– Meidän on yritettävä päästä Marenan saartorenkaan läpi heti kun päivä koittaa, Meisalo sanoi. – Monia kuolee siinä yrityksessä, mutta tähänkään emme voi jäädä.

– Päivänvalossa Memnoon pyrkiminen tietää kuolemaa meille kaikille, koska yllätys ei onnistu, Verraka sanoi. – On toimittava nyt heti.

– Jos yritämme yllätystä, pienintäkään soihtua ei saisi sytyttää, Seloma sanoi. – Emme löydä polkua tuossa pimeydessä.

– Minä käyn vähän tutkimassa maastoa, Kareta sanoi.

Hän kulki hitaasti rinnettä alaspäin. Pimeässä se oli työlästä ja vaikeaa. Hän uskoi löytäneensä polun, ja yritti seurata sitä. Välillä jalkojen alla ei ollut kovaa maata, vain pehmeää kasvillisuutta. Lopulta hän ei tiennyt, oliko hän enää lainkaan polulla, tai oliko hän edes aluksi ollut. Hän kulki silti alaspäin. Pensaikko tiheni, ja pari kertaa hän törmäsi puun runkoon. Hän pysähtyi. Yön viileydessä metsä tuoksui, ja puiden suojassa Memnon linna ja leiritulet lakkasivat näkymästä. Hän tunsi äkillistä, järjetöntä halua jäädä tähän ja unohtaa kaiken kuin pahan unen. He olivat kärsineet ratkaisevan tappion, ja edessä olisi tuho. Linnan suojaan pääseminenkin vain viivyttäisi sitä, jos he jonkin ihmeen avulla pääsisivät sinne asti.

Seloman ääni kuului ylhäältäpäin: – Kareta, älä mene kauemmas, ettet eksy.

Alempaa rinteeltä kuului kohta toinen ääni, yhtä hiljainen: – Kunnioitettu Kareta, älä pelästy, olen ystävä.

Kareta jäi odottamaan, hän tunsi Leonin äänen. Askeleet lähestyivät, paljon rennommin ja varmemmin kuin hän itse oli kulkenut tässä pimeydessä.

– Kunnioitettu, missä olet? Leoni kysyi. – Polku on täällä, tule tähän suuntaan.

Kareta meni Leonin ääntä kohti ja joutui raivaamaan tietään matalan pensaikon läpi. Leoni tuli vastaan ja tarttui hänen käteensä.

– On varmaan parempi, että minä talutan, Leoni sanoi. – Kerran näinkin päin. Aavistimme, että yrität tulla tätä kautta, ja halusin lähteä vastaan.

– Miten pääsit vihollisen saartorenkaan läpi? Kareta ihmetteli.

– Eivät he pidä minua vihollisena, Leoni sanoi.

Hänen äänestään kuuli, että hän hymyili tuttuun, hieman ivalliseen tapaansa.

– Olen sinun panttivankisi, hän selitti. – He arvelivat minun paenneen tuhoon tuomitusta linnasta ja siirtyneen heidän puolelleen. Istuin hetken heidän nuotioillaan ja sitten siirryin syrjemmäs muka yksityisille asioille. Vaikeinta oli löytää polun alkupää, vaikka tiesin sen sijainnin suurin piirtein. Onneksi siinä on muutama kookas kivenlohkare, joista saa hyvän kaiun. Polku on kohtalaisen selkeä kulkea. Päälliköt olivat tunnistaneet Leonin ja tulivat häntä ja Karetaa vastaan. Leonia oli vaikea sovittaa siihen arvojärjestykseen, jonka ylemmät olivat luoneet, mutta selujen kuninkaan Serran veljenä hän tuntui oikeastaan päällikkötason yläpuolella olevalta. Edes Kareta ei edellyttänyt, että Leoni käyttäisi häntä puhutellessaan sanaa kunnioitettu, mutta Leoni teki joskus niin.

Seloma ja Leoni suhtautuivat toisiinsa hiukan varautuneesti. Kumpikaan ei tuonut esiin sitä tosiasiaa, että he olivat serkukset. Molemmat olivat tietoisia siitä, että Seloman äiti oli Leonin isän sisar, mutta Seloman äidin mainitsemista ei ylempien keskuudessa pidetty sopivana.

Leoni kertoi, että Lis oli järjestänyt sotilaat ja taistelukuntoisimmat miesorjat heitä lähinnä olevan portin luo. Sen ulkopuolella oli vain vähän Marenan joukkoja. Kun Kareta sotilaineen lähestyisi, Lis käskisi avaamaan portin, ja linnasta tultaisiin auttamaan heidän pääsyään saartorenkaan läpi.

– Se on rohkea juoni, Seloma sanoi. – Ja se on varmasti ainoa mahdollisuus selvitä kohtuullisen pienellä mieshukalla.

– Ja sinä siis luulet pystyväsi ohjaamaan meidät

polkua pitkin, pilkkalaulujen tekijä? Verraka kysyi.

– Sokeudestakin on joskus hyötyä, en ole pimeässä läheskään niin avuton kuin te näkevät, Leoni sanoi.

– Voin kuitenkin johdattaa vain etujoukkoa. Muut saavat pitää huolta siitä, että pystyvät seuraamaan. Verraka nauroi.

– Jos se onnistuu, saat anteeksi minusta sepittämäsi tekeleet, hän sanoi.

– Tällä hetkellä suunnittelen laulua siitä, miten pelastit Karetan vaunuihisi, kun hänen vaununsa oli kaatunut, Leoni sanoi. – Olen jo tehnyt alkusäkeitä. Haluatko kuulla?

– Nyt ei ole laulujen aika, Verraka ärähti, mutta hänen äänessään oli kätkettyä mielihyvää. Leonin laulujen mukana maine levisi tehokkaasti. Verraka ei ollut kovin saaliinhimoinen, sillä hänen johtamansa Meira oli varakas. Maineestaan ja sen lisääntymisestä hän kuitenkin tuntui nauttivan.

– Se oli todella rohkea teko, Kareta huomautti Leonille. – Verraka tuli keskelle vihollisjoukkoa henkensä uhalla, muista mainita se laulussa.

– Kareta itse oli sitä ennen mennyt sinne henkensä uhalla, Verraka sanoi. – Älä unohda sitäkään.

– Saatte tehdä itse laulunne, jos luulette minun tarvitsevan neuvoja siitä miten ne laaditaan, Leoni naureskeli. – Väittäisin olevani jonkinlainen taitaja sillä alalla.

Joukot järjestettiin liikkeelle lähtöä varten parijonoihin. Miehet olivat väsyneitä ja nälkäisiä, ja mukana oli haavoittuneitakin. He vaikuttivat kuitenkin toiveikkailta, kun tarjoutui mahdollisuus yrittää pelastautua. Edes rintamakarkuruus ei olisi auttanut, sillä läheisten kylien ja kaupunkien alemmat eivät olisi suojelleet ylempiä. Marenan joukkoihin kuuluvat taas olisivat nopeasti pystyneet selvittämään, että he eivät olleet omaa väkeä.

Karetan sotilaat onnistuivat siirtymään rinteen alapuolelle niin ettei heitä huomattu. Sitä auttoi, että Marenan joukkojen leiritulien luona huudeltiin ja naurettiin.

– Olen aina tiennyt, että Marena on huono päällikkö, Seloma sanoi Karetalle. – Näyttää siltä, että hän on antanut luvan juhlia hyvin suoritettua marssia. Hän kai luulee, että olemme heti pimeän tultua leiriytyneet, ja olemme vielä kaukana. Ei koskaan pitäisi luottaa luuloihinsa, pitäisi järjestää kunnon vartiointi.

Memnon linnan muureilla leimuavien soihtujen ja Marenan miesten nuotioiden ansiosta he pystyivät tarkkailemaan tilannetta, mutta pysyivät itse näkymättömissä. Seloma alkoi ylipäällikkönä jakaa ohjeitaan.

– Annan kohta luvan sytyttää soihdut, ja heti sen jälkeen Kareta johtaa henkilökohtaiset joukkonsa hyökkäykseen, hän sanoi. – Seuraavaksi menee Meisalo miehineen. Verraka vie joukkonsa mukaan vasta sitten, koska hänellä on parhaat taistelijat. Luultavasti Marenan joukot on jo silloin saatu järjestykseen. Minä tulen omien miesteni kanssa viimeisenä.

– Otat suurimman vaaran, Verraka sanoi.

– Oletan tietenkin, että jäät jälkijoukkosi kanssa

hiukan suojaamaan meitä, Seloma sanoi.

– Entä kuka ottaa minut vaivoikseen? Leoni kysyi.

– En usko, että voin enää turvallisesti mennä Marenan leiriin. Siellä saatetaan varsin pian arvata, kuka teillä oli oppaana.

– Mene Meisalon joukossa, hän saa valita sotilaan, joka huolehtii sinusta, Seloma sanoi. – Meisalon joukoille tulee vähiten tappioita. Ensimmäisenä menevät joutuvat melkein yhtä suureen vaaraan kuin viimeisinä tulevat.

Kareta siirtyi henkilökohtaisten sotilaittensa luo. Hän oli palkannut ne itselleen vasta vähän aikaa sitten. Hän oli valinnut kokeneita miehiä alipäälliköiksi, mutta hän itse oli päällikkönä yhä melko kokematon, eikä sotilaista ollut vielä muodostunut niin kiinteää ryhmää kuin kauan yhdessä toimineista tuli. Kareta asettui joukkojensa eteen ja odotti Seloman merkkiä, että soihdut sai sytyttää. Sitten hän käski puhaltaa hyökkäysmerkin.

Yllätys oli niin täydellinen, että he pääsivät Marenan sotilaiden leiriin kohdaten ensin vain vähäistä vastarintaa. Sitten paikalle kiirehti Marenan joukkojen alipäällikköjä, jotka alkoivat järjestää miehiä taisteluun. Kareta pyrki sotaineen kohti Memnon linnan porttia. Heitä yritettiin pysäyttää, mutta Marenan sotilaat eivät voineet keskittyä pelkästään siihen. Memnon linnan portti aukeni. Ensimmäisenä siitä ajoi ulos kolme taisteluvaunua. Sotilaat väistivät niitä, sillä hevosten jalat ja vaunujen pyörät aiheuttivat vielä enemmän tuhoa kuin vaunutaistelija keihäineen. Anira ohjasi yhtä vaunuista, niin kuin Kareta oli tiennyt odottaakin.

Vaunujen jälkeen portista tulivat Memnon sotilaat. Heidän johtajansa oli muita pienikokoisempi, ja hänellä oli pitkät vaaleat hiukset. Kareta kauhistui tuntiessaan Lisin. Hän oli tiennyt, että Lis toimisi päällikkönä, mutta hän oli ajatellut Lisin pysyvän syrjässä varsinaisesta taistelusta.

Lis toimi juuri niin kuin pitikin. Hän kehotti huudollaan miehiä kunnostautumaan, ja syöksyi sitten muiden edellä Marenan sotilaita kohti. Oli oltava esimerkillinen omassa rohkeudessaan. Kareta itse oli tehnyt samoin jo ensimmäisissä taisteluissaan, vielä täysin kokemattomana, jolloin hän tuskin oli ollut paljonkaan etevämpi kuin Lis nyt. Lis osasi miekkailla, hän oli oppinut sen Miilassa valmistautuessaan Sirpin vapaustaistelua varten. Hän oli voimakas, sillä hän oli Sirpissä ollut tavallinen, raskaita töitä tekevä tyttö. Karetan valtasi kuitenkin suunnaton huoli. Hän ei enää pelkästään raivannut joukoilleen tietä Memnon linnaan, vaan pyrki pääsemään vaimonsa luo hänen turvakseen.

Kareta yritti tielleen osuvien vastustajien kanssa taistellessaan koko ajan pitää silmällä Lisiä. Lis selvisi aluksi aika hyvin, ja vaikutti siltä, että hän surmasi joitakin vihollisia tai ainakin haavoitti heitä. Lisin apuna oli nuori orjapoika, joka kantoi kilpeä ja näytti suojaavan emäntäänsä tehokkaasti. Sitten Lisin voimat alkoivat selvästi vähentyä. Useat sotilaat tuntuivat huomaavan sen, ja pyrkivät pitämään vastustajat kauempana hänestä. Kun Kareta lopulta pääsi Lisin luo, Lis vaikutti hyvin uupuneelta. Kareta antoi Memnosta tulleille sotilaille käskyn palata linnaan, ja myös hänen henkilökohtaiset sotilaansa alkoivat vetäytyä sinne. Heitä ei enää ahdisteltu, sillä heidän takanaan ottivat Meisalon joukot jo yhteen Marenan miesten kanssa.

– Lis, tule, mennään turvaan, Kareta sanoi. – Sinun paikkasi ei ole täällä.

Lis yritti asettaa miekkaansa kannakkeeseen. Hänen kätensä vapisivat, eikä se onnistunut. Hän katsoi Karetaa ja sanoi: – Kooralle kiitos, olet tullut ja olet kunnossa.

Miekka putosi hänen kädestään maahan. Hän horjui ja oli kaatumaisillaan. Kareta otti hänestä kiinni.

– Onko hän haavoittunut? Kareta kysyi Lisin apuna taistelleelta orjapojalta.

– Luulen, että hän pyörtyi helpotuksesta, orjapoika sanoi iloisesti hymyillen. – Vienkö hänet linnaan ja käsken naisten hoitaa hänet kuntoon?

– Tee niin, Kareta sanoi.

Hän pysähtyi portille katsomaan. Meisalon joukot alkoivat jo olla lähellä, eikä heillä näyttänyt olevan suuria vaikeuksia. Yksi taisteluvaunu suojasi kumpaakin sivustaa, mutta myös Marena oli jo saanut taisteluvaunujaan liikkeelle.

Karetan alipäälliköt olivat ryhmittyneet hänen ympärilleen.

– Porttia pitää suojata, Kareta sanoi heille. – Se tehtävä jää teille siihen asti, kunnes Verrakan miehet ottavat sen.

Marenan joukot pääsivät kaiken aikaa yhä parempaan hyökkäysvalmiuteen. Heillä oli selkeä ylivoima. Se etu, minkä yllätys oli antanut Karetan puolella oleville, olisi pian ohi. Meisalon miehet alkoivat tulla portista linnaan. Heidän joukossaan ei näkynyt Leonia. Yksi sotilaista kertoi, että Leonia auttamaan määrätty mies oli saanut surmansa, eikä tiedetty, minne Leoni oli joutunut.

Lis oli toipunut pyörtymisestään ja tuli portille. Hän oli luopunut aseistaan ja kypärästä, panssaripaidasta ja säärystimistä, ja hänen yllään oli naisen viitta. Sen alla oli kuitenkin miehen sotilasmekko, sillä hän ei ollut ehtinyt pukeutua omiin vaatteisiinsa.

– Mene nyt jo sisään, Kareta sanoi. – Pystyn huolehtimaan lopusta.

– Niin pian kuin suinkin sotilaille pitää kertoa, että meillä ei enää ole orjia, Lis sanoi. – Lupasin vapauden kaikille, jotka nyt taistelivat puolestamme. Sotilaat on saatava ymmärtämään, että entiset orjat ovat ystäviämme, joita on kohdeltava hyvin.

Kareta näytti huolestuneelta.

– Lupasit ehkä liikaa, hän sanoi.

– Ei piiritetyssä linnassa kannata tuhlata voimia jonkin ryhmän alistamiseen, Lis sanoi. – Tarvitsemme heitä yhä nimenomaan ystävinä ja tukijoina. Anira on jo hyväksynyt ratkaisuni.

– Mitäpä minäkään sitten muuta voin kuin hyväksyä, Kareta sanoi. – Ei meilläkään ole varaa keskinäiseen epäsopuun.

143

Kun Meisalon jälkijoukkokin oli päässyt linnaan, tulivat Verrakan sotilaat. He ryhmittyivät suojaamaan porttia, ja Karetan omat miehet saivat lähteä lepäämään. Heille oli tarjolla ruokaa, juomaa ja mahdollisuus kylpeä. Lis muistutti alipäällikköjä vielä siitä, että entiset naisorjat olivat nyt palvelijoita. Karetan talouteen kuuluneita ei ollut ennenkään saanut ottaa vuodekumppanikseen vastoin naisen tahtoa. Nyt sama ohje koski niitäkin naispalvelijoita, jotka eivät olleet Karetan palveluksessa.

Yksi alipäälliköistä naurahti.

– Kunnioitettu, hän sanoi. – Kunnollisella miehellä on tähänkin asti ollut vapaaehtoinen nainen. Vain ne, jotka eivät sellaista saa, ovat käyttäneet pakkoa.

Lis lähti valvomaan palvelijoita ja sotilaita. Kareta jäi portille.

Vihollinen oli vasta nyt saanut voimansa kunnolla keskitettyä. Verraka onnistui kuitenkin miehineen pitämään Marenan joukot poissa portin luota. Seloman sotilaiden etujoukot lähestyivät, mutta Selomaa itseään ei näkynyt. Anira ajoi taisteluvaununsa portista sisään. Hän oli niissä yksin. Hän hyppäsi maahan, ja käski lähellä olevien sotilaiden huolehtia hevosista ja vaunuista. Sitten hän tuli Karetan luo.

– Seloma jäi taistelukentälle, hän sanoi. – Suojasin vaunuilla hänen jälkijoukkonsa sivustaa, kun asemieheni osui keihäs, ja hän putosi vaunuista. Seloma nousi hänen paikalleen, ja täytyy sanoa, että hän käyttää taitavasti keihästä. Leoni oli jäänyt keskelle taistelua. Ohjasin hänen luokseen, ja Seloma huusi hänelle käskyn nousta vaunuihin. Silloin tulivat Marenan taisteluvaunut kohti, Marena oli itse asemiehenä. Hän heitti keihäänsä liian kaukaa, mutta se raapaisi toista hevosista. Se vauhkoutui hetkeksi, ja vaunut heilahtivat rajusti. Sekä Seloma että Leoni putosivat. Käänsin vaunut niin pian kuin pystyin, ja yritin palata heidän luokseen, mutta en enää löytänyt heitä.

Kun Seloman miesten jälkijoukkokin jo oli linnassa, Kareta käski sulkea portin. Oli liian vaarallista pitää sitä auki, ja oli turha toivoa, että Seloma ja Leoni enää pääsisivät sen luo, vaikka olisivat elossa. Marenan miehet olivat jo saartaneet sen.

Kareta nousi muurille katselemaan. Eteen levisi tavallinen taistelun jälkeinen näkymä. Marenan miehet korjasivat talteen kuolleitaan ja haavoittuneitaan ja keräsivät varusteita vihollisilta surmaten samalla ne, jotka vielä osoittivat elonmerkkejä. Koirat olivat ilmestyneet kaupungista taistelukentän laidoille. Jos Seloma ja Leoni olivat tuolla, he joko olisivat kuolleita tai kuolisivat kohta. Vankeja ei näissä oloissa otettu, niiden vartioiminen olisi ollut turhan työlästä.

Kareta tuli raskain askelin saliin, jonne sotilaiden ruokailu oli järjestetty. Lis kiirehti hänen luokseen, ja sitten tulivat myös Verraka ja Meisalo. Palvelijoiksi muuttuneet orjat olivat auttaneet väsyneitä päällikköjä kylpemään ja vaihtamaan vaatteitaan. Seloman poissaolosta ei puhuttu. Sodassa kuoli aina miehiä, myös läheisiä ja merkittävässä asemassa olleita. Tilanteen vaatimista toimenpiteistä neuvoteltaisiin sitten, kun oltaisiin levätty ja jaksettaisiin tehdä suunnitelmia.

Verrakalla oli kädessään punatöyhtöinen kypäränsä ja miekka kannakkeessaan. Hänellä tapasi aina olla yllään sotilasasu, kun hän liikkui yleisillä paikoilla.

– Minulla olisi pieni pyyntö, hän sanoi. – Tyttö, joka kylvetti minut, miellytti minua kovasti. Haluaisin hänet viereeni yöksi tai ehkä useammaksikin, mutta hän sanoi, että sitä on kysyttävä teiltä. En oikein tiedä, miten häntä nimittäisin nyt, kun ei enää saa puhua orjista, mutta hän sanoo kuuluvansa teille.

– Kuka hän on? Lis kysyi. – Jos hän suostuu tulemaan, niin en minä häntä sinulta kiellä.

– En tiedä hänen nimeään, Verraka sanoi. – Mutta hän on tuo tuolla, joka latoo ylijääneitä leipiä koriin.

Verrakan osoittama tyttö oli Liia. Lis viittasi tytön luokseen. Liia tuli posket jo valmiiksi tulipunaisina, sillä hän arvasi asian. Hän kohotti kuitenkin katseensa, joka ensin oli painunut ujosti alas, ja hänen silmänsä olivat kirkkaat ja innokkaat. Hän korjaili hiuksia kasvoiltaan ja järjesti pukunsa poimuja kauniimpaan asentoon.

– Verraka haluaisi sinut vuoteeseensa, Lis sanoi.

– Sinun ei ole pakko suostua, ei edes kohteliaisuudesta suurta päällikköä kohtaan. Haluatko mennä?

– Haluan, Liia kuiskasi.

– Hän ehkä kyllästyy sinuun yhden yön jälkeen ja palauttaa sinut, Kareta sanoi. – Ymmärräthän sen?

– Ymmärrän, Liia sanoi. – Tietysti hän joskus ottaa uuden ja jättää minut. Ei se haittaa, haluan silti.

– Mene sitten, Lis sanoi. – Mutta jos hän kohtelee

146

sinua huonosti, saat palata takaisin koska vain.

Hän käänsi katseensa Verrakaan.

– Sopiihan niin? hän varmisti.

Verraka nauroi ja veti yhä punastelevan Liian tiukasti viereensä.

– Minun naisellani on harvoin ollut aihetta olla tyytymätön, hän vakuutti. – Joskus juovuksissa olen ehkä saattanut ottaa jonkun, jota innoissani luulin halukkaaksi, vaikka hän ei ollutkaan. Useimmat vuodekumppaniksi valitsemani on pitänyt käskeä lähtemään, kun olen kyllästynyt.

Verraka poistui ryhdikkäänä ja joustavin askelin, hento launityttö vieressään. Verraka oli kiertänyt kätensä tytön ympärille, ja Liia nojasi luottavaisesti miehen olkaan.

Olisi pitänyt sopia myös siitä, kenen vastuulla Liian mahdollinen lapsi olisi, mutta jotenkin se tuntui turhalta näissä oloissa. Miehistä tuskin kukaan eläisi enää siinä vaiheessa, ja voittaja olisi jakanut naiset ja lapset omien päätöstensä mukaan. Memnon linnaa pystyttäisiin puolustamaan melko hyvin, mutta muutamassa kuukaudessa loppuisi ruoka. Marenalla olisi aikaa odottaa. Hänen puolellaan olivat kaikki päälliköt, jotka eivät olleet Memnossa. Nekin, jotka eivät olleet mukana taistelussa, olivat ilmoittaneet tukevansa häntä. Voitostaan varma Marena oli julistanut, että hän ei ryhtyisi neuvotteluihin. Hän oli vannonut tuhoavansa Karetan ja tämän kannattajat viimeiseen mieheen.

Seloma avasi silmänsä ja näki vain syvän, läpitunkemattoman pimeän. Hän kuitenkin paleli, eikä Kuoleman saleissa hänen käsityksensä mukaan paleltu. Hän yritti liikkua, mutta kipu rinnassa esti sen. Se oli samanlaista kipua kuin jo parantunut haava oli aiheuttanut. Ehkä hän oli taas haavoittunut. Hän ei kuitenkaan ollut taistelukentällä, sillä täällä tuoksui metsä, ja ympärillä havisi puita.

– Heräsitkö, kunnioitettu? Leonin ääni kysyi vieressä. – Pystytkö puhumaan? Ovatko kipusi kovat?

– Taidamme olla kuolleita molemmat, Seloma sanoi. – Et ole koskaan ennen puhutellut minua kunnioitetuksi.

– En ole tainnut tehdä niin, Leoni sanoi tutulla, pilkallisella äänellään. – Mutta pelastithan henkeni, on se hyvä syy kunnioittaa. Tuskin olisin selvinnyt taistelun keskellä yksin elossa kovinkaan kauan. Otit minut vaunuihin, joita Anira ohjasi.

– Muistan sen, Seloma sanoi. – Mitä sitten tapahtui? Missä olemme?

– Putosimme vaunuista, Leoni sanoi. – En loukannut itseäni, mutta makasin maassa ja odotin, sillä en osannut tehdä muutakaan. Miehiä ja vaunuja oli joka puolella, enkä tiennyt, ketkä olivat ystäviä ja ketkä vihollisia. Arvasin sinunkin pudonneen, ja tunnustelin lähelläni maassa makaavia. Siinä oli muutama kuollut ja sinä. Tunsin sinut rannekorustasi. Se on seluilta ryöstetty esine. Isäsi sai sen saaliikseen samassa taistelussa, jossa äitisi joutui hänen haltuunsa. Tiesin, että käytät sitä. Tunsin sen, koska veljelläni Serralla on samanlainen. Siinä on taikaeläin, jolla on kotkan pää, leijonan vartalo ja käärmeen häntä.

– Isä antoi korun minulle jonain hentomielisenä hetkenään, Seloma sanoi. – Olen pitänyt sitä siitä asti, vaikka sitä on ihmetelty. Äiti sanoi sen kuuluneen hänen isälleen.

– Kun taistelu siirtyi kauemmas meistä, uskalsin liikkua ja aloin kuljettaa sinua metsää kohti, Leoni sanoi. – Joku olisi tietenkin voinut tehdä kauniin laulun siitä, miten kuolit taistelukentällä yrittäessäsi pelastaa sokean miehen hengen. Minua ei kuitenkaan huvittanut kuolla sinne, sillä siitä ei olisi saanut kaunista laulua. Sotien seurauksena kuolleet vammaiset ovat avuttomia uhreja, niin kuin myös naiset, lapset ja vanhukset. Uhrit ovat sodan tympeää arkipäivää, eivät laulun aihe.

– Mikä minuun osui? Seloma kysyi. – Rinnassani on kova kipu, ja hengittäminen tuntuu aina välillä raskaalta.

– Vaunun pyörä kulki ehkä ylitsesi tai jäit hevosten jalkoihin, Leoni sanoi. – Minusta tuntuu, että sinulla ei ole haavaa missään. Yritin silti olla varovainen,

149

kun vedin sinua pois taistelukentältä. Kun pääsimme metsän suojaan, kannoin sinua. Olet aika painava, kunnioitettu.

Seloma nousi istumaan, vaikka häntä heikotti. Leoni tuki häntä kädellään ja nosti toisella kädellä hänen suulleen nahkaista vesileiliä. Seloma joi pitkään, ja Leonin käden kosketus hänen hartioillaan tuntui veljelliseltä ja ystävälliseltä. Hän oli liian huonossa kunnossa ajatellakseen itseään ylipäällikkönä, jolle lauluntekijän sukulaisuus oli kiusallinen, salassa pidettävä asia. Hän oli aikaisemminkin tuntenut vaisua myötämielisyyttä Leonin nokkeluutta ja rohkeutta kohtaan, ja nyt hän tiesi, että Leoni tekisi kaikkensa auttaakseen häntä. Jumalatar vaati selua toimimaan niin, oli Seloman äiti opettanut.

– Siitä hengenpelastamisesta, Seloma sanoi vaipuen makuulle, sillä voimat loppuivat. – Sinähän tässä olet tainnut minun henkeni pelastaa. Tuskin eläisin enää, jos minut olisi löydetty kentältä.

– Niin, Marena varmaan arvelee saavansa sinun ja noiden muiden omaisuuden muutenkin, ei hän ota vankeja eikä pyydä lunnaita, Leoni sanoi. – Olisit sitä paitsi ollut hyvin vaarallinen vankinakin, sillä sinua kunnioittaa yhä myös osa Marenaan liittyneistä. He epäilevät ja vastustavat vain nuorta ja kiihkeää Karetaa.

Seloma yritti taas nousta istumaan, mutta rintaan sattui. Leoni oli varmaan oikeassa, vaunun pyörä oli kulkenut siitä yli. Häntä alkoi yskittää, ja Leoni painoi hänet makuulle.

– Lepää vielä vähän ja kerää voimia, Leoni sanoi.
– Kohta meidän on lähdettävä, että pääsemme pois Marenan miesten ulottuvilta.
– Sellaista paikkaa, johon Marena ei ulottuisi, ei tässä maassa ole, Seloma sanoi. – Vain Memnon linnaan hän ei ehkä ihan heti pääse, mutta kohta hän epäilemättä valloittaa myös sen.
– On paikka, jota Marena ei ainakaan kovin pian pysty valloittamaan, Leoni sanoi. – Se on Kiira, sinun äitisi koti.

Seloma sulki silmänsä, häntä heikotti. Hän ajatteli äitiään, Kiilossa asunutta kaunista mutta surullista naisorjaa. Kovin mielellään heidän ei enää ollut annettu tavata toisiaan sen jälkeen, kun hänet oli päätetty ottaa ylempien joukkoon. Silti hän ja äiti olivat usein salaa jutelleet keskenään vielä Seloman nuoruusvuosinakin, ja Selomaa oli kiehtonut ja ahdistanut naisen surusilmäinen rakkaus.

– Äitini oli kai sinun isäsi sisar, Seloma sanoi.
– Heidän isänsä oli selujen kuningas, jonka mukaan minä olen saanut nimeni. Se nimi oli myös puolittain myyttisellä oikeudenmukaisuutta edustavalla hallitsijallanne, Kiiran pojalla.
– Jos kunnioitettu ylempi vain myöntää, että seluilla on itsenäisyys ja oma hallitsija, Leoni sanoi ivallisesti. – Minähän olen ollut panttivankina juuri siksi, että selut eivät ainakaan käyttäisi itsenäisyyttään liikaa. Toisaalta voin jo nyt tunnustaa, että kun panttivankia vaadittiin, tarjouduin lähtemään. Pääsin pian vangitsijoitteni suosioon ja pystyin viestimään

seluille, jos te ylemmät suunnittelitte heidän häiritsemistään.

– Älä nimitä minua ylemmäksi, Seloma sanoi.
– Tiedät hyvin, etten oikeastaan kuulu heihin. Olen puolittain selu.
– Juuri tuon halusin sinulta kuulla, Leoni sanoi. – Ja huomaatko, mitä kieltä olemme koko ajan puhuneet? Puhut äidinkieltäsi täydellisesti.

Seloma tajusi nyt vasta, että hän oli koko ajan käyttänyt samaa kieltä kuin Leoni, Vuorimaan alempien kieltä. Hän oli aina puhunut sitä äitinsä kanssa, ja hän vastasi usein vaistomaisesti samalla kielellä, jos sitä hänelle puhuttiin. Monet alemmat pitivät sitä huomaavaisuutena, ja se oli lisännyt hänen suosiotaan.

– Tärkein sukulinja on selujen mielestä se, joka tulee äidin puolelta, Leoni sanoi. – Siksi olet meille täysi selu. Olet enemmänkin, sillä kansamme on perinteisesti arvostanut niitä, jotka voivat johtaa äidin puoleisen sukunsa suorassa naislinjassa jumalattarestamme Kiirasta. Enää sellaisia ei ole ketään muita kuin sinä. Arvoasteikossa olet siis ylempänä Serraa, mutta se merkitsee meillä vain kunnioitusta. Vallan antaa kansankokous, ja kuninkuus on annettu veljelleni.

Tuuli oli voimistunut ja humisi puissa heidän yläpuolellaan. Seloma värisi kylmästä. Leoni kietoi hänen ympärilleen jotain vaatetta, ehkä omaa viittaansa.

– Miten pitkällä yö on? Leoni kysyi. – Kun pystyt näkemään, meidän on etsittävä Memnon luota poispäin johtava polku. En uskalla toimia noin huonokun-

152

toisen miehen oppaana. En ole mikään ihmeidente-kijä, vaikka kokeilenkin mielelläni taitojani. Puut ja isot kivenlohkareet eivät ole hankalia, ne voi kiertää, mutta kuoppia, rotkoja ja yllättäviä kompastuskiviä on vaikeampi välttää. Omat kolhuni kestäisin, mutta sinun takiasi pitää olla varovainen.

– Aamu sarastaa jo, taivas vaalenee, Seloma sanoi.

– Voimme varmaan kohta lähteä.

Hän hapuili ympäriltään, mutta ei löytänyt aseitaan. Leoni tajusi, mitä hän etsi.

– Miekka oli kainalokannakkeessaan, mutta irrotin sen, se on tallessa, hän sanoi. – On varmaan parempi, että minä kannan sen, kun olet noin voimaton. Tikari on kiinnikkeessään vyölläsi, ja minulla on oma tika-rini. Muita aseita meillä ei ole. Keihääsi kai putosi ja jäi kentälle. Sinne jäivät myös kypäräsi ja suojava-rusteet, ne olisivat painaneet liikaa. Mutta ehkä mei-dän ei tarvitse olla huolissaan aseistuksesta. Meidän pitää yrittää selvitä joutumatta taisteluun.

– Olet oikeassa, Seloma totesi melkein huvittu-neena. – Pari pahaista pikkupoikaakin voittaisi mei-dät, vaikka olisimme täysissä sotavarusteissa.

– Pikkupojat ne vasta riesa ovatkin, Leoni sanoi.

– Mieluummin tappelen aikuisen miehen kanssa kuin yritän hillitä keskenkasvuisten poikien laumaa. Ilki-myksiä ei edes viitsi kovistella.

– Miten selviät niistä? Seloma kysyi.

– Puhumalla tietenkin, Leoni sanoi. – Ja kärsivälli-syydellä. Olenhan itsekin joskus ollut pieni ilkiö. Useimmista kasvaa kunnon miehiä. Mutta jos joku aikuisena on jäänyt pikkupojan tasolle, sellaista ojennan mielelläni kovakouraisesti. Valitettavasti se onnistuu vain silloin, kun saan itse valita taistelutavan, ja vastustajia on yksi kerrallaan.

– Olet kuuluisa siitä, että sinua ei painissa voita juuri kukaan, Seloma myönsi.

Kun aamu valkeni, he lähtivät kulkemaan Arrovuorten harjannetta luoteeseen, kohti tasankoa. Vuorten pienet liskot säikkyivät heidän askeleitaan ja puikkelehtivat koloihinsa niin että kuiva maa kuhahti. Äänet hymyilyttivät Leonia, mutta Seloma ei kivuiltaan jaksanut huvittua niistä. Sitten auringon lämpö sai puiden kaskaat aloittamaan sirityksensä. Seloman askeleet hidastuivat, ja Leonin ehdotuksesta he pysähtyivät lepäämään suuren villioliivipuun alle.

– Emme voi mennä kyliin, sillä arriitit ovat Marenan puolella, Leoni sanoi huolissaan. – Tarvitsisit kuitenkin välttämättä muulin, et jaksa kävellä.

– Minä yritän jaksaa, Seloma sanoi.

He jatkoivat kohta matkaa, mutta kun aamu vaihtui keskipäiväksi, Seloma ei enää pysynyt jaloillaan. He eivät olleet syöneetkään. Leonia se ei vielä haitannut, mutta Seloma oli ollut ilman ruokaa jo pitempään, pakomatkallaan Taanun luota. He pysähtyivät taas, tällä kertaa matalan pensaikon luo. Sen tuoksuvat pienet violetit kukat saivat Selomankin kasvoille nousemaan vaisun hymyn.

– Siveydenpuu, hän totesi. – Tuon hedelmiä Kareta olisi tarvinnut, niin Sirenan lasta ei olisi tulossa, eikä Marena olisi saanut kannattajia ainakaan siihen vetoamalla.

– Sirenan lapsi on pelkkä tekosyy, Leoni sanoi.

– Mutta luultavasti miehiset halut aiheuttavat suurimman osan sodista. Tietysti taistellaan omaisuudesta ja vallasta, mutta sitähän mies tarvitsee saadakseen naisia.

– Tai suojellakseen naistaan, Seloma sanoi hiljaa.

Leoni käänsi kasvonsa Selomaan päin. Hänen silmänsä eivät näyttäneet sokeilta tuollaisina, kun niissä oli ihmettelevä kysymys.

– Eihän sinulla ole naista suojeltavana, hän sanoi.

– Marena on yhtä vallanhaluinen kuin entinen kuningas, Seloma sanoi. – Vain Kareta haluaa taata, ettei valloitussotia jatketa. Sirpi on turvassa ainoastaan, jos Kareta nousee täällä valtaan.

Leoni naurahti.

– Minähän olen tehnyt laulun siitä, miten Vuorimaan suuri päällikkö Seloma rakastui Sirpin kuningattareen Teraan ja pelasti hänen takiaan Sirpin, hän sanoi. – Niin sitä voi olla oikeassa, vaikka vain mielikuvituksessaan sepittelee tarinoita.

– Onko se sinun tekemäsi laulu? Seloma kummasteli. – Siinähän ihannoidaan minua.

– Vallan anastajan hallitessa olisin menettänyt pääni, jos se laulu olisi paljastunut minun tekemäkseni, Leoni myhäili. – Mutta kai sen nyt jo voi myöntää omakseen. Ja olen tehnyt sinusta toisenkin laulun, jonka varmaan olet myös kuullut, vaikka se onkin tunnetumpi Selovuorilla kuin ympäristössä.

– Seloman paluu omiensa luo, Seloma sanoi hiljaa.

– Olen kuullut sen, mutta sitä laulua kuunnellessa ei voi olla varma, puhutaanko minusta vai oikeudenmukaisuutta edustavasta Kiiran pojasta.

– Tein sen tarkoituksella niin, Leoni sanoi. – Enhän voinut tietää, toteutuisiko tuo paluu, tai mitä se merkitsisi. Siksi vain vihjailen laulussa, että Seloma palaa ja uusi aika koittaa. Ymmärsin, että pyrit toisenlaiseen oikeudenmukaisuuteen kuin muut päälliköt, ja haaveilin, että joskus muistat olevasi selu.

Seloma yritti nousta, oli aika jatkaa matkaa. Leoni kiirehti auttamaan häntä. Seloma tunsi vähäisen vapinan jaloissaan ja kipu rinnassa yltyi, mutta hän lähti kuitenkin liikkeelle. Varjot olivat lyhimmillään ja ilma väreili kuumuutta. Leoni näytti huolestuneelta tukiessaan Seloman askeleita.

– Voisin etsiä kylän, sokeaa kerjäläistä autetaan aina, ja vaikka minut tunnettaisiin, harva vihaa lauluntekijää, hän sanoi. – Mutta sinut tunnistaa noissa vaatteissa ylempiin kuuluvaksi sotilaaksi, ja kohta oltaisiin hakemassa joku, joka alkaisi selvittää henkilöllisyyttäsi tarkemmin. Marenaa pidetään jo varmana voittajana, eikä sinua suojeltaisi ainakaan arriittikylässä.

Seloman kävely vuoristossa osoittautui kuitenkin lähes mahdottomaksi, ja he päättivät laskeutua tielle. He yrittivät kätkeä Seloman sotilaspukua Leonin viitan avulla, mutta se ei onnistunut hyvin, koska se oli tarkoitettu vain hartioita ja käsivarsia suojaamaan, eikä sitä saanut kunnolla kiinni edestä.

– Ehkä sinun on parempi jättää minut ja pyrkiä yksin Kiiraan, Seloma sanoi.

Häntä huimasi ankarasti ja hänestä tuntui, ettei hän kauan pystyisi melkoisen tahdonvoimansakaan avulla pysymään pystyssä. Ja mitä kaikki tämä kannatti? Kiirassa oli Leonin koti, ei hänen. Hänet oli kasvatettu erossa äidistään, hänestä oli tehty yksi ylemmistä. Hän oli itsekin vaiennut sukujuuristaan. Mitä oikeutta hänellä nyt oli hädän hetkellä vedota selujen suojeluun, eihän hän ollut tehnyt näiden hyväksi mitään.

– Istu, Seloma, Leoni sanoi käskevästi. – Istu vaikka tien viereen, ellet löydä kiveä. Tunnen miten kätesi on alkanut vapista, pyörryt kohta.

Seloma näki vähän matkan päässä kiven, huojui sen luo ja vajosi istumaan. Leoni otti vyöltään vesileilinsä, mutta se oli tyhjä.

– Kuulin puron äänen aivan äsken, hän sanoi. – Menen täyttämään tämän. Odota, en viivy kauan.

Aurinko hehkui, ja Seloma katseli paahteessa väreilevän ilman läpi, miten Leoni loittoni. Leoni oli ottanut avukseen kepin, jolla hän tunnusteli tietään. Hän näytti kulkevan vaivattomasti ja luontevasti. Kun Leoni katosi mutkan taakse, Seloma kummasteli, miten turvattomalta olo tuntui hänen mentyään. Karetan armeijan ylipäällikkö oli tällä hetkellä sokean auttajansa varassa.

Hän odotti. Kukkiva rinne oli täynnä tuoksuja, ja hän tunsi liukuvansa kaukaisiin muistoihin, epätodelliseen aikaan, jonnekin lapsuuteensa. Helteestä huolimatta hän tunsi äkkiä vilunväristyksiä ja ymmärsi, että kuume oli nousemassa.

Tietä pitkin tuli muulikaravaani, josta näkyi ensin vain sen nostattama pöly. Seloma tiesi, että hänen olisi pitänyt piiloutua, mutta hän ei jaksanut nousta. Karavaani lähestyi. Matkalaiset huutelivat ja naureskelivat keskenään. He muistuttivat huolestuttavasti rosvojoukkoa. Ensin he olivat menossa ohi, ja Seloma ehti jo huokaista helpotuksesta, mutta sitten yksi pysähtyi ja vaati muitakin pysähtymään. Hän nousi muulin selästä ja tuli Seloman luo katsoen häntä tutkivasti.

– Tarvitsetko apua? hän kysyi.

– Olen sairas, mutta ystäväni tulee kohta, hän on hakemassa minulle vettä, Seloma sanoi.

– Anna hänen olla, joku huusi taaempaa. – Hän on noita kirottuja ylempiä, kuolkoon vaikka siihen. Mitä me siitä välitämme.

Mies avasi Seloman viitan ja näki sotilaspuvun.

– Hän on ylempiä, hän myönsi ääntäen sanan yhtä pilkallisesti kuin edellinenkin oli tehnyt.

Muiden takaa tuli nyt nainen ja koetti kädellään Seloman otsaa.

– Hän on kuumeessa, nainen sanoi seuralaisilleen. Sitten hän kumartui Seloman puoleen ja kysyi ystävällisesti: – Kuka olet? Minne voimme viedä sinut? Kuulut niihin, jotka ovat tuhonneet Vuorimaan vapauden, mutta emme voi jättää sinua siihen avuttomana.

Seloma ihmetteli, keitä näin käyttäytyvät ihmiset olivat. Arriitit olisivat heti halunneet tietää, kuuluiko hän Marenan vai Karetan kannattajiin. Näille se tuntui olevan yhdentekevää, he näyttivät vihaavan molempia. Silti he kumma kyllä halusivat auttaa. Launit, jotka tapasivat olla ystävällisiä kaikille, Seloma olisi ilman muuta tunnistanut. Nämä olivat ehkä ulkomaisia kauppiaita, sillä heidän muuleillaan oli runsaasti kantamuksia. Kauppiaita liikkui Vuorimaassa levottominakin aikoina. Sellaiset vain eivät yleensä puhuneet Vuorimaan kieliä niin sujuvasti kuin nämä, jotka käyttivät keskenään alempien kieltä ja Selomalle puhuessaan ylempien kieltä. Myös kauppiaat osasivat yleensä kumpaakin, mutta kovin puutteellisesti.

Seloma ajatteli, että vain hänen kiihtynyt mielikuvituksensa sai hänet luulemaan, että hänen auttajansa voisivat olla seluja. Useilla heistä oli pähkinänruskeat hiukset ja miehet olivat parrakkaita, mutta kauppiaina kulki monen näköisiä ihmisiä. Selut liikkuivat hyvin harvoin vuoristonsa ulkopuolella, ja olisi ollut suuri ihme, jos heitä olisi sattunut tulemaan tähän. Seloma ei uskonut ihmeisiin, ja kuumeen sekoittamassa mielessään hän välillä ajatteli kohdanneensa uniolentoja.

– Eikö jo jatketa matkaa? joku hoputti. – Sotilaita liikkuu ympäriinsä, ja tuo on yksi heistä. Tuskin saamme kiitosta hänen auttamisestaan. Harvoin he uskaltavat hyökätä meidän kimppuumme, mutta ei sitä koskaan tiedä silloin, kun heitä on paljon.

– Emme voi jättää tätä sairasta, ennen kuin hänen seuralaisensa tulee, nainen sanoi. – Ihmisparalla täytyy olla huolenpitäjä.

– Hänen auttajansa taitaa olla tulossa, joku miehistä sanoi.

Leoni lähestyi epäröiden. Seloma ymmärsi hänen yrittävän kuuntelemalla selvittää, mikä tilanne oli.

– Leoni! nainen huusi äkkiä.

Hän juoksi Leonia vastaan. Leoni levitti kätensä ja sieppasi naisen syliinsä. Sitten he tulivat käsi kädessä karavaania kohti.

– Miehet, tunnetteko häntä enää? nainen kysyi.

– Hän oli vielä keskenkasvuinen, kun hänet lähetettiin kotoaan Memnoon. Voi miten kaipasin häntä, kun hänet vietiin pois. Ja voi miten hänestä on tullut komea mies!

– Leona, ehdit esitellä minut myöhemmin, Leoni sanoi. – Minulla on sairas ystävä mukanani, hän on tulossa kanssani Kiiraan.

Nainen antoi nyt nopeita ohjeita, ja hetkessä muuliparin vetämiin vaunuihin järjestyi vuode. Seloma nostettiin vuoteelle ja peiteltiin. Nainen avasi hänen vaatteitaan ja tunnusteli rintaa. Sen jälkeen hän kävi hakemassa laukkunsa, etsi sieltä kuivattuja lehtiä, murskasi niitä astiaan ja sekoitti joukkoon vettä. Seloma tunsi saman tuoksun kuin oli ollut siinä kääreessä, jonka Anira oli tehnyt hänen haavalleen.

– Sisareni Leona on parantaja, Leoni sanoi Selomalle. – Niitä taitoja minulle ei opetettu, vaikka meidät kasvatettiin yhdessä. Olemme kaksoset, ja sokea poika ja näkevä tyttö olivat isämme mielestä samanlaisia kasvatettavia, koska kummastakaan ei tulisi täyttä miestä. Leonalle opetettiin kaikki miesten tai-

dot, jotka minä suinkin saatoin omaksua, ja minulle
taas paljon naisten taitoja.

– Meillä oli yhteisiä taisteluharjoituksiakin, Leona
muisteli naureskellen. – Minun piti aina olla hyök-
kääjä, kun sinua opetettiin puolustautumaan. Mutta
nyt saat opetella parantajan taitoja sen verran, että
hoidat sairasta ystävääsi. Haude lievittää kohta kipua
ja helpottaa kuumetta, mutta pidä hänet mahdollisim-
man liikkumattomana ja rauhallisena. Hänen rinnas-
saan on vanhan vamman arpi, ja sen alla on varmaan
auennut jotain. Haava on ehkä ulottunut keuhkoon, ja
se on vaarallinen revetessään uudelleen.

– Se ulottui keuhkoon, Seloma sanoi heikosti.

Karavaani lähti taas liikkeelle. Helle paahtoi, mutta
tavaroita aseteltiin niin, että Selomalle saatiin hiukan
varjoa. Leona ratsasti muulilla, ja ohjasi ratsunsa
Leonia ja Selomaa kuljettavan vankkurin lähelle.

– Eikö olekin ihme, että kohdattiin? hän kysyi iloi-
sesti Leonilta. – Haimme Memnosta suolaa, oliiviöl-
jyä ja viiniä, ja veimme sinne turkiksia. Ja meillä on
sinulle yllätys Kiirassa. Vieraanamme on jumalatar,
joka osaa selittää meille Kiiran opetuksia.

– Hän on arka, joka pakeni miestään, kun tämä
yritti tappaa heidän lapsensa, Leoni oikaisi.

– Entä sitten, voi hän silti olla jumalatar, Leona sa-
noi närkästyneenä. – Jumalatar tulee näkyväksi vain
ihmishahmossa, ja vaikka hän ei olisikaan jumalatar,
niin arat ovat ainakin lähempänä Kooraa ja siis Kii-
raakin kuin me. Mutta sinä et ole kertonut minulle,
kuka on tuo suojattisi. Onhan hän sairas, ja apua tar-

vitsevia on autettava, mutta miksi ylempiin kuuluva sotilas on vietävä meille Kiiraan?

– Hän on selu, Leoni sanoi. – Eikö meidän isämme sisaren poika muka olisi selu?

– Onko hän Seloma? Leona kysyi kiihtyneellä äänellä. – Onko hän todella Seloma? Haluaako hän tunnustaa sukunsa ja palata meidän luoksemme?

Seloma sulki silmänsä. Iloiset ja jännittyneet äänet aaltoilivat hänen ympärillään, ja hänen nimeään toisteltiin. Joku yritti puhutellakin häntä, mutta Leoni kielsi.

– Hän on sairas, Leoni sanoi. – Hänet on ensin tuotava kotiin ja hänelle on annettava aikaa parantua.

Kotiin, Seloma ajatteli. Hän menisi kotiin hurjien rosvojen näköisten partaisten miesten luo, jotka olivat halunneet auttaa sairasta ja turvatonta, vaikka tämä näytti kuuluvan vihollisiin. Hän tiesi nyt, ettei hän koskaan ollut kunnolla lakannut olemasta selu. Hän oli aina tiennyt, että hänen äitinsä surullisessa, rakastavassa katseessa oli totuus, jota ei ollut ylempien julmassa itsekkyydessä.

Miehet alkoivat laulaa jotain, ja hän tunnisti, että se oli Leonin sepittämä laulu Seloman paluusta. Siinä laulussa Seloma palasi uljaasti ratsastaen, ei haavoittuneena muulivankkureissa, mutta laulajien äänet olivat innostuneita. Voimakkaimmin kaikui aina kertosäe, joka vakuutti, että Seloman paluun myötä koittaa uusi aika.

– Mitä he luulevat minun voivan tehdä? Seloma kysyi tuskaisesti, kun Leoni kumartui hänen puoleensa

auttaakseen häntä asettumaan mukavampaan asen-
toon.

– Eivät he tiedä, ei kukaan meistä vielä tiedä, Leoni
sanoi. – Mutta aina, kun vanhat rakennelmat särky-
vät, syntyy uutta. Koeta nyt nukkua, olet turvassa ja
matkalla kotiin.

Leoni oli Kiirasta lähtiessään ollut vielä poikaiässä, eikä hänelle kuuluvaa omaisuutta ollut missään vaiheessa erotettu hänen sisarustensa osuudesta. Serra oli sitä mieltä, että omaan kotiinsa palaavaa veljeä ei majoitettaisi edes tilapäisesti vierashuoneeseen. Vaikka Leoni sanoi, että hän ei ehkä jäisi Kiiraan pitkäksi aikaa, Serra siirsi osan huoneistaan ja palvelusväestään Leonin henkilökohtaiseen käyttöön. Tilaa oli runsaasti, ja Leoni antoi sisustaa yhden huoneista Selomaa varten. Serra olisi ehdottomasti halunnut niin merkittävän henkilön omaksi vieraakseen. Leona sanoi kuitenkin, että Seloman piti aluksi olla Leonin luona, koska he tunsivat toisensa ennestään. Selomaa ei saanut liian aikaisin rasittaa uusilla tuttavuuksilla ja sellaisilla ongelmilla, joista Serra epäilemättä halusi keskustella hänen kanssaan.

Muutaman päivän ajan Seloman luona kävi Leonin ja välttämättömien palvelijoiden lisäksi vain Leona, jolla yleensä oli mukanaan Ramu. Ramu toimi muutenkin mielellään Leonan apuna tämän tehdessä parantajan työtään. Hän tunsi oppivansa Leonalta paljon uutta, ja joskus hän saattoi myös kertoa Leonalle sellaista, jota selujen parantajat eivät tienneet.

Kun Seloman toipuminen alkoi edistyä, Leona antoi Oosalle ja Tessille luvan vierailla hänen luonaan. Oosa otti lapsen mukaansa. Seloman huoneessa oli Leoni, jota Tessi ja Oosa eivät olleet aikaisemmin tavanneet. Oosa katsoi Leonia hyvin tarkkaavaisena, ja Tessi arvasi, että Oosalla olisi jossain vaiheessa paljon kysyttävää Leonilta. Oosa ei ollut kovin huolissaan poikansa sokeudesta, mutta halusi tietenkin tietoa siitä, miten hän voisi siinäkin suhteessa parhaalla mahdollisella tavalla tukea lapsensa kehitystä.

Seloma oli vuoteessa, mutta sanoi tuntevansa olonsa jo aivan hyväksi. Omasta mielestään hän olisi jaksanut olla ylhäällä, mutta hän totteli Leonaa, joka oli käskenyt hänen pysyä makuulla. Hän pyysi Oosan lapsen hetkeksi syliinsä ja katseli liikuttuneena veljensä pojanpoikaa. Lapsi hymyili Selomalle ja ravisti kädessään olevaa esinettä, joka kilisi.

– Onko tuo minun vanha palloni? Leoni kysyi.

– Serra askarteli sen minulle. Se on puuta, ja päällystetty nahalla, ja sen sisällä on tiuku.

– On se juuri se, Oosa sanoi. – Serra käski palvelijoita etsimään sen. Se on nyt pojan rakkain lelu, hän haluaa sen aina mukaansa.

– Näytäpä poikaa minullekin, Leoni pyysi.

Oosa ojensi lapsen hänelle ja sanoi: – Käytit sanaa näyttää. Olen miettinyt pitäisikö pojalle puhuessa välttää näkemiseen liittyviä sanoja.

– Minun mielestäni ei tarvitse, kun tarkoitus on selvä, Leoni sanoi. – Pyydän usein, että saisin katsoa jotain, vaikka tarkoitan haluavani sen käteeni tunnusteltavaksi. Voin myös sanoa nähneeni jonkun, vaikka tarkoitan, että olen tavannut hänet. Näkevien käyttämä puhetapa tarttuu, enkä ole pyrkinyt siitä eroon. Tietenkin se aiheuttaa väärinkäsityksiäkin toisinaan, kun joku luulee minun salailevan sokeuttani.

Leoni otti sylissään olevalta lapselta pallon ja kilautti sitä. Poika ojensi heti kätensä tavoittamaan leluaan. Leoni antoi pallon hänelle, mutta otti sen taas kohta uudelleen, kilautti sitä ja kätki sen viittansa reunalla. Poika ojensi käden ääntä kohti, mutta tavoitti vain kangasta. Leoni veti viitan pojan käden alta. Lapsi tunnisti lelunsa ja nauroi. Hän otti sen, mutta ojensi sitä Leonille kuin haluten jatkaa leikkiä.

– Tuosta poika selvästi pitää, Oosa sanoi. – Luulenpa, että minun on leikittävä tuota hänen kanssaan tästä lähtien usein.

– Poika on valpas ja nokkela, Leoni sanoi. – Joko hänellä on nimi?

– Ei vielä, Oosa sanoi. – Olen halunnut jättää Enkalalle oikeuden päättää se, Vuorimaassahan lapsen nimen antaa tavallisesti isä. Toivon yhä, että Enkala alkaisi joskus rakastaa lastaan, ja voisimme taas olla yhdessä. Olen kuitenkin huolissani, sillä muistan, että Enkala karttoi kaikkia vammaisia. En ymmärtänyt huolestua siitä silloin, onhan tavallista, että erilaisuutta vieroksutaan. Ei hän tarkoittanut pahaa, mutta hän ei ikään kuin halunnut tietää heidän olemassaolostaan. Pelkään, että hän suhtautuu poikaan samalla tavalla.

– Ikävä kyllä voit olla oikeassa, Seloma sanoi.
– Enkala ei sinun lähtösi jälkeen enää palannut Memnoon, vaan jäi Kiiloon. Kävin tapaamassa häntä siellä. Hän kaipaa sinua kovasti, mutta lapsesta hän sanoi vain, että koska ei ole oikeutta jättää heitteille yli kuukauden ikäistä, hänen velvollisuutensa on tietenkin huolehtia pojasta parhaalla mahdollisella tavalla. Pelkkä velvollisuudentunto ei vaikuta hyvältä lähtökohdalta isän ja pojan suhteelle.
– Lapsi kärsii, jos huomaa, että isä ei rakasta häntä eikä ole hänestä ylpeä, Oosa sanoi. – En voi antaa pojan kasvaa sellaisen isän luona.
– Olet varmaan oikeassa, Leoni sanoi. – Minusta tuntuu, että minusta olisi tullut aivan toisenlainen, jos isä ja äiti olisivat olleet tyytymättömiä minuun. Isä kasvatti Serran niin kuin poika hänen mielestään piti kasvattaa, taistelukelpoiseksi mieheksi. Koska minä olin sokea, hän totesi, että minusta ei tulisi taistelijaa eikä siis täyttä miestä siinä mielessä, mitä selu tarkoittaa miehellä. Hän hyväksyi minut sellaisena, ja ryhtyi kasvattamaan minusta mahdollisimman kyvykästä sokeaa miestä. Ei minua haitannut ollenkaan, että hänen ajatusmaailmassaan olin jotain miehen ja naisen väliltä, sillä selun suhtautumisessa naiseen ei ole mitään alentuvaa, vaan pidämme naisia monessa suhteessa kyvykkäämpinä ja henkisesti korkeatasoisempina kuin miehiä. Pikkupoikana ajattelin olevani juuri sellainen kuin minun oli tarkoitus olla. Tiesin, että minulla oli ominaisuus, jota sanottiin sokeudeksi. Sitä pidettiin selityksenä, kun en löytänyt jotain tai

törmäilin. Muilla oli kyky, jota sanottiin näkemiseksi. Sen takia he löysivät esineitä helpommin ja törmäilivät vähemmän. En pitänyt omaa sokeuttani tai muiden näkemistä kovin merkittävinä asioina, sillä oli paljon muutakin, missä olin joko parempi tai huonompi kuin muut. Toisaalta olin tietoinen omasta erityislaadustani, jonka takia minun ei tarvinnut kaikessa verrata itseäni toisiin.

– Oikeastaan jokainen on erilainen kuin kukaan muu, Oosa sanoi. – Ja kaikissa on sellaisiakin ominaisuuksia, mitä pidetään vikoina. Jos niitä ei voi korjata, ne pitäisi hyväksyä.

– Vammaisuus on oikeastaan sitä, että poikkeaa enemmistöstä, Leoni sanoi. – Jos kaikki olisivat sokeita, ketään ei pidettäisi vammaisena siksi, että hän ei näe. Eläisimme tyytyväisinä ja tuntisimme olevamme juuri sellaisia kuin meidän kuuluu olla.

Tessi viehättyi ajatusleikistä.

– Mitä tapahtuisi, jos luoksemme tulisi joku näkevä? hän kysyi.

– Luultavasti haettaisiin parantaja, Leoni arveli. – Luulisimme hänen olevan sairas, koska hän puhuu kummallisia.

– Ei hän osaisi kertoa siitä, mitä hän näkee, Tessi väitti. – Kieli opitaan toisilta ihmisiltä, eikä hänellä olisi sanoja sellaiselle, mistä kukaan muu ei tiedä.

– Ehkä hän yrittäisi keksiä nimityksiä havainnoilleen, Leoni sanoi. – Mutta muut eivät tietenkään käsittäisi, mitä hän niillä tarkoittaa.

– Minusta tuntuu vähän sellaiselta joskus, kun minulta kysellään Koorasta, Oosa sanoi. – On lähes mahdoton selittää asioita, joille ei ole sanoja. Enhän minäkään tiedä paljon, mutta en oikein osaa selittää edes sitä vähää. Sanat tuottavat heti väärinkäsityksiä, ja mukaan liitetään kuvitelmia ja ennakkoluuloja.

– Sävelen avulla pystyy joskus kertomaan enemmän kuin sanoilla, Leoni totesi.

Oosa hymyili.

– Olen kuullut täällä laulujasi, ja joissakin on ihana sävel, hän sanoi. – Laulan niitä usein pojalleni, ja koska en muista sanoja, keksin niitä itse.

– Noin minun laulujani viedään minulta, Leoni sanoi. – Olen kuullut niistä monenlaisia muunnelmia. Joskus se harmittaakin, kun hyvää säveltä on väännetty huonommaksi tai sanat on pilattu. Kiusallisinta on kuitenkin, että tarkoituskin on joskus käännetty toiseksi kuin minulla oli. Sankarilaulusta saa helposti pilkkalaulun vain hiukan muuttelemalla, ja päinvastoin.

– Myös jumalasta esitettyjä käsityksiä voidaan muotoilla ja käännellä tarkoittamaan milloin mitäkin, Seloma sanoi. – Jumalien väitetään määränneen sitä ja tätä, vaikka kysymys on ihmisten laatimista säännöistä. Sirpissäkin on Kooran laki, vaikka arat sanovat, että Koora ei ole antanut ihmisille mitään lakia.

– Niin, Koora on vain käskenyt ihmisiä olemaan hyviä toisiaan kohtaan, Tessi myönsi. – Laki on sitten ihmisten yritys määritellä, miten periaatetta käytännössä toteutettaisiin.

– Sirpiläisten tulkinnassa Kooran tahdosta ei ehkä

ole tahallista vääristelyä, Leoni sanoi. – Mutta meidän jumalattarellamme Kiiralla on temppeli ja papitar, Skeena. Papitar ja Serra ovat ajautuneet lähes avoimeen välirikkoon. Skeenaa ei tunnu ollenkaan kiinnostavan, mitä jumalatar todella haluaa, eikä edes se, mikä olisi oikeudenmukaista. Luulen, että Skeena on jo pitkään ollut lahjottavissa antamaan Kiiran nimissä sellaisia lausuntoja, joita häneltä tilataan.

– Miten Skeena suhtautuu Oosaan? Seloma kysyi.

– Emme ole tavanneet, Oosa sanoi. – Skeena kai pitää minua jonkinlaisena kilpailijana, niin olen kuullut Serran ajattelevan.

– Mitä mieltä itse olet siitä, että sinua pidetään jumalattarena? Seloma kysyi.

– Olen tottunut siihen, ja olen alkanut ymmärtää, mitä se tarkoittaa, Oosa sanoi. – Jumalatar ei heidän ajattelussaan merkitse Kooraa tai jumalaa, vaan sellaista, jonka kautta saa yhteyden perimmäiseen totuuteen, hyvään ja oikeaan. Jumalattaren maallisella hahmolla he tarkoittavat ihmistä, jonka he kokevat välittäjänä noihin asioihin. Jumalattaren viestintuoja tarkoittaa lähes samaa, joten kun he keskustelevat siitä, kumpaa minä olen, he ovat eri mieltä vain määrittelytavasta. Tietenkin olen heidän tarkoittamallaan tavalla jumalatar silloin, kun voin auttaa heitä ymmärtämään Kooraa. Mutta sillä tavalla kuka hyvänsä ihminen voi olla toiselle jumalatar tai viestintuoja.

Oosa lähti viemään lapsen päiväunille. Hetken kuluttua tuli palvelija kysymään, voisiko Serra käydä tapaamassa Selomaa. Seloma sanoi ottavansa hänet

170

mielellään vastaan. Tessi aikoi lähteä, mutta Seloma pyysi häntä jäämään. Hän arveli, että keskustelussa Serran kanssa voisi tulla esiin asioita, jotka kiinnostaisivat Tessiä.

Kun Serra tuli huoneeseen, Seloma sanoi: – Olen pahoillani, että en pysty tämän kohteliaammin vastaanottamaan selujen kuningasta. Leona on käskenyt minun pysyä makuulla.

– Olet Kiirassa, meillä ei erityisemmin välitetä muodollisuuksista, Serra sanoi. – Sinun kaltaistasi merkittävää vierasta olisin kuitenkin tullut tapaamaan heti saatuani tiedon tulostasi. Minäkin vetoan Leonaan. Epäkohtelias viivyttelyni tapahtui hänen käskystään. Vasta nyt olet hänen mielestään toipunut niin paljon, että sain häneltä luvan tulla tervehtimään sinua.

– Leona tiesi, että Serra ei malttaisi pelkästään tervehtiä, Leoni sanoi. – Hän on kärsimätön, ja haluaa tietoja tilanteesta. Hän aikoo luultavasti rasittaa sinua myös kysymällä, mitä hän sinun mielestäsi voisi tehdä. Olen kertonut hänelle, että Memnon linnan valtauksen jälkeen ylempien joukot aikovat hyökätä Selovuorille. Päälliköt uskovat, että he pystyvät yhdistynein voimin valloittamaan Kiiran.

– Valitettavasti he saattavat pystyä siihen, Serra sanoi. – Ylemmät ovat aikaisemmin hyökkäilleet yksittäisten päällikköjen toimesta, ja olemme Leonin ansiosta yleensä saaneet heidän aikeistaan tiedon hyvissä ajoin. Siksi olemme pystyneet torjumaan heidät jo alarinteillä. Jos he tulevat yhdistetyin voimin, heidän ylivoimansa on liian suuri.

– Valitse itsellesi mukava istuin, Serra, Seloma sanoi. – Olen ajatellut noita asioita, ja olen odottanut, että pääsisin keskustelemaan niistä kanssasi.

Serra haki itselleen seinän luota tuolin ja toi sen Seloman vuoteen viereen. Hän istuutui, ja katsoi Selomaa hetken miettiväisesti. Sitten hän sanoi: – Tiedät varmaan, että selut kohdistavat sinuun suuria odotuksia. Jos olisit elänyt keskuudessamme, olisit syntyperäsi takia ollut kuningastakin merkittävämpi. Koska äitisi oli suorassa naislinjassa jumalattaremme jälkeläinen, sinun uskotaan pystyvän antamaan viisaimmat neuvot. Vaikka elit ylempien luona ja pidit itseäsi yhtenä heistä, saimme tietoja sinusta ja tekemisistäsi. Kaikki kuulemamme todisti sinusta hyvää. Siksi monet ajattelivat, että olit heidän joukossaan vain valmistellaksesi muutosta, jonka ansiosta selut lopultakin saisivat elää rauhassa vuorillaan.

– Otin vastaan aseman ylempien joukossa poikaiässä, ja aluksi halusin vain kilpailla vallasta, Seloma sanoi. – Myöhemmin aloin haaveilla uudistuksista, jotka toteuttaisin valtaa saatuani. Sitten en enää halunnut valtaa, vaan yritin nostaa kuninkaaksi Karetan, joka on luvannut luopua valloitussodista ja kohdella Vuorimaan alkuperäiskansoja tasa-arvoisina ylempien kanssa.

– Luotan sinuun, mutta en Karetaan, Serra sanoi. – Haluaisin kuitenkin auttaa Karetaa estääkseni Marenan valtaannousun. En vain tiedä, miten voisin sen tehdä. Seluja on liian vähän, emme pysty karkotta-

172

maan Marenan joukkoja Memnon luota.

– Entä jos alempien ryhmät yhdistäisivät voimansa? Seloma kysyi.

Serra pudisti päätään.

– Sitä ei ole koskaan tapahtunut, eikä se tunnu mahdolliselta, hän sanoi. – Launit ja arriitit eivät ole keskenään hyvissä väleissä, ja molemmat pelkäävät meitä. Alempia yhdistää vain viha ylempiä kohtaan. Arriitit ovat joskus kapinoineet heitä vastaan, mutta launit eivät tietääkseni koskaan ole ryhtyneet aseelliseen vastarintaan.

– Launienkin keskuudessa on paljon tyytymättömyyttä, Seloma sanoi. – Heidän joukostaan osallistuttaisiin varmasti taisteluun, jos he uskoisivat sen parantavan heidän asemaansa. Minä olen pyrkinyt kohtelemaan oman alueeni launeja hyvin, ja tiedän heidän johtomiestensä luottavan minuun. He voisivat ottaa yhteyksiä muiden alueiden launeihin. Kutsuisimme johtajat tänne neuvotteluun.

– Arriitit taitavat tuntea minua kohtaan jonkinlaista kunnioitusta, Serra totesi. – Siihen ovat tietysti vaikuttaneet Leonin laatimat laulutkin, joissa minut esitetään suurena sankarina. Arriitit ovat nyt Marenan puolella, mutta voisin kutsua heidän johtajiaan salaisiin neuvotteluihin.

– Olen alkanut ajatella, että tavoittelin Vuorimaan eri kansanryhmien yhdistymistä väärällä tavalla, Seloma sanoi. – Luulin, että jos ylemmille saataisiin oikeudenmukainen kuningas, hän voisi nostaa alemmat tasa-arvoisiksi ylempien kanssa. Nyt ymmärrän, että hän ei koskaan olisi saanut riittävää määrää päällik-köjä suostumaan sellaiseen uudistukseen. Ainoa mahdollisuus on, että alemmat ryhtyvät vaatimaan oikeuksiaan.

– Ymmärrät varmaan, mitä se merkitsisi ylempien kannalta, Serra sanoi. – Vihaa on kertynyt paljon. Jos alemmat ottavat vallan, ylemmät tuhotaan viimeiseen mieheen. Myönnän suoraan, että minua se ei paljon surettaisi. Sinulla on kuitenkin heidän joukossaan niitä, joita haluat suojella.

– Launit voidaan varmaan suostutella yhteistyöhön ylempien kanssa, Seloma sanoi. – Arriitit ovat hyvin kostonhaluisia, ja heitä on luultavasti vaikea hillitä. Luotankin sinuun, Serra. En vielä ole ehtinyt tutustua sinuun kunnolla, mutta veljesi Leoni on kertonut vilpittömästä halustasi toimia oikein.

Serra tuntui vaipuvan syviin mietteisiin. Sitten hän sanoi: – Tänne jumalattaren lähettämänä tullut Oosa on vakuuttanut minulle, että myös niin sanottuja ylempiä on kohdeltava niin kuin selut perinteisesti kohtelevat kanssaihmisiään. Kosto ei kuulu tapoihimme, pelkkä vääryyksien oikaiseminen riittää. Mutta emme ole vielä niin pitkällä, että voisimme ryhtyä jakamaan tuomioita tai armahduksia. Minä lähetän kutsun muutamalle arriittien johtajalle. Sinä kutsut valitsemasi launit. Sen jälkeen selviää, onko meillä mahdollisuutta muodostaa riittävän laaja yhteisrintama.

Tessi ja Leoni istuivat syrjässä ja kuuntelivat, kun Seloma ja Serra keskustelivat siitä, ketkä launit ja ar-

174

riitit kutsuttaisiin ensimmäiseen neuvotteluun. Leoni hymyili ja sanoi Tessille puoliääneen: – Minusta tuntuu, että eräs koko Vuorimaan tunnetun historian merkittävimmistä käänteistä on tapahtumassa juuri nyt, tässä sairashuoneessa.

Kiiran linnassa kävi paljon sellaisia vieraita, joita siellä ei ollut koskaan ennen käynyt. Launien johtomiehet tulivat ensin. He kertoivat, että heidän alueensa ylemmät olivat ryhtyneet verottamaan heitä entistä ankarammin, ja sotilaat saivat ryöstää ja raiskata rankaisematta. Kiilon linnan oli ottanut haltuunsa päällikkö, joka antoi kohdella alempia erityisen huonosti. Launien johtajat olivat tuskastuneita tilanteesta, ja halukkaita taistelemaan alistajiaan vastaan. Ongelmana oli kuitenkin, että launeilla ei ollut asekoulutusta eikä taistelukokemusta. Sovittiin, että launeista valittu ryhmä tulisi Kiiraan saamaan opetusta, ja palaisi sitten pikakouluttamaan muita.

Arriittien johtomiehet kävivät neuvottelemassa pian launien jälkeen. Marena ei ollut maksanut häntä tukeneille arriiteille luvattuja palkkioita. Johtajat uhosivat taistelutahtoa, ja olivat varmoja siitä, että selujen avulla pystyttäisiin tuhoamaan kaikki ylemmät. He olivat pettyneitä kuullessaan, että Karetaa tukevia ylempiä pidettäisiin liittolaisina. He joutuivat kuitenkin suostumaan siihen, koska Serra vaati sitä. He ymmärsivät, että selut olivat koottavan sotajoukon ydin, joka takasi vallankumouksen onnistumisen. Seloma toimisi ylipäällikkönä. Hän oli ainoa, johon launit luottivat. Arriitit olisivat toivoneet ylipäälliköksi Serraa, mutta koska Serra halusi Seloman johtavan, he suostuivat siihen. Oli aurinkoinen loppukesän päivä. Ramu oli lähtenyt aikaisin aamulla vuorille keräämään lääkekasveja ja oli ottanut Sumin mukaansa. Tessi vietti aikaa Oosan ja hänen lapsensa seurassa. Poika oli juuri herännyt päiväunilta. Oosa lojui keskilattian peittävällä pehmeällä matolla lapsi polviensa varassa ja kutitteli pienokaista. Hänen kullanpunaiset hiuksensa levisivät maton tummansinisille kuvioille, ja puvun ohut kangas laskeutui tiiviisti hänen hoikan vartalonsa ylle. Hänen silmissään oli onnellinen ilme, jota niissä ei suinkaan aina ollut. Usein hän selvästi kaipasi Enkalaa ja oli pahoillaan siitä, että joutui olemaan poissa hänen luotaan. Enkalan tilanteesta ei kuitenkaan tarvinnut olla huolissaan, niin kuin piiritetyssä Memnossa olevista. Enkala ei ollut osallistunut viimeaikaisiin sotatoimiin. Kiilon uusi päällikkö piti häntä vaarattomana, ja oli antanut hänen jäädä asumaan Kiilon pienempään linnaan.

Serra tuli huoneeseen antamatta ilmoittaa tulostaan etukäteen. Hän teki usein niin, ja Oosa hyväksyi sen. Oosa sanoi, että arat eivät tavanneet pyytää sisääntulolupia eivätkä koputelleet oville. Heillä ei ollut tarvetta salailla toisiltaan juuri mitään. Tietenkin oli hetkiä, jolloin joku oli mieluiten yksin, tai pariskunta halusi olla kahdestaan, mutta sen huomatessaan tulija poistui. Oosan mielestä käytäntö oli helppo ja yksinkertainen, ja hänen oli ollut vaikea oppia, mitä kaikkea piti peitellä.

Oosa ei noussut matolta, vaan sanoi Serralle ja Tessille: – Katsokaa, miten reipas ja kaunis poika! Ja hän kuulee jo minun ajatukseni, ajatukset kuulee paljon ennen kuin ymmärtää puheen. Mutta hän ei kuule kenenkään muun ajatuksia.

Oosa tuntui olevan siitä hiukan huolissaan. Kyvyttömyys kuulla ajatuksia olikin ehkä aran kannalta vakavampi puute kuin sokeus.

– Etkö koskaan käytä lapsenhoitajia, jotka annoin sinulle? Serra kysyi. – Tekevätkö he yhtään mitään?

– Eivät yleensä muuta kuin pesevät pyykit, Oosa sanoi. – Haluan olla pojan kanssa niin paljon kuin mahdollista.

Hän kuunteli Serran ajatuksia ja muuttui huolestuneeksi. Serra selitti Tessille: – Kiiran papitar Skeena aiheuttaa ongelmia. Hän on jo aikaisemmin ilmoittanut, että jumalatar ei hyväksy Seloman johdolla käytävää sotaa. Olen varma, että Marena on saanut vihiä aikeistamme, ja on maksanut Skeenalle siitä, että hän vastustaa meitä. Nyt Skeena vaatii minua ja selujen johtomiehiä tulemaan temppeliin keskustelemaan hänen kanssaan. Olemme lähdössä, mutta haluaisin Oosan mukaan. Uskon, että Oosa voi vilpittömyydellään saada johtomiehemme ymmärtämään, miten valheellinen Skeena on.

Oosa nousi istumaan vauva sylissään.

178

– En haluaisi tavata Skeenaa, hän sanoi. – Skeena vaikuttaa sellaiselta ihmiseltä, jonka kaltaisia pelkään.

Lapsi alkoi itkeä. Oosa ojensi sen Tessille.

– Poika tuntee, miten kiihtynyt ja peloissani olen, hän sanoi. – Vie pikku kulta hoitajille. Minä lähden tapaamaan Skeenaa, vaikka luulenkin, etten osaa puhua hänen kanssaan.

– Olen vierelläsi koko ajan, ja myös Tessi voi tulla tueksesi, Serra sanoi.

Pihalla heitä jo odotettiin. Selujen johtomiehet olivat järjestäytyneet saattueeksi, jonka kärkeen Serra ja Oosa asettuivat. Tessi kulki mukana pysytellen Oosan lähellä, mutta kuitenkin hiukan syrjässä. Hän oli huolissaan, sillä hänestä tuntui, että Oosan ja Skeenan tapaamisesta ei seuraisi mitään hyvää.

Matka jumalattaren temppeliin ei ollut pitkä. Rakennus oli kaunis, ja sen koristeltujen pylväiden ja maalausten keskellä Tessin jännittynyt olo alkoi lientyä. Oosakin näytti vähemmän kalpealta. Serra ohjasi Oosan temppelin keskellä olevan korokkeen eteen, ja he pysähtyivät siihen. Korokkeen luona oli patsas, jota katsoessaan Oosa hymyili. Tessi ei tiennyt, huomasiko Oosa sitä, mutta patsas vaikutti siltä kuin Oosa olisi ollut sen mallina.

Heitä lähestyi nyt vastakkaiselta puolelta toinen seurue, papitar saattajineen. Korokkeelle asetettiin seetripuinen, runsain leikkauksin koristeltu tuoli. Papitar istuutui siihen. Molemmat saattojoukot ryhmittyivät puoliympyrään kuuntelemaan, ja tunnelma oli

179

hyvin jännittynyt. Oosa oli taas aivan kalpea. Hän vilkaisi hätäisesti Tessiä. Tessi yritti näyttää rohkaisevalta.

Skeena oli kookas, ryhdikäs nainen. Hänen hiuksensa olivat lähes kullanpunaiset, niin kuin Oosalla. Tessi kummastui sitä ensin, mutta sitten hän huomasi Skeenan hiusten luonnottoman kiillottomuuden ja niiden oudon sävyn. Papittaren hiukset oli värjätty, luultavasti muistuttamaan perimätiedon mukaista Kiiran hiusten väriä. Tessi katsoi Oosaa eikä voinut välttää ajatusta, että vastakkain olivat Kiiran aito toisinto ja tökerö kopio.

Papitar kohotti kättään ja alkoi puhua kuuluvalla ja itsevarmalla äänellä.

– Olen kutsunut tänne selujen kuninkaan Serran ja selujen johtomiehet, hän sanoi. – Selujen kuningas halusi tuoda mukanaan naisen, jota pidetään jumalattaremme maanpäällisenä hahmona tai hänen viestintuojanaan. Jumalatar ilmoittaa itsensä meille monin tavoin, joten olen valmis kuuntelemaan vierastani.

Oosa liikehti levottomana ja katsoi hädissään ympärilleen. Serra huomasi hänen avuttomuutensa ja sanoi: – Hän ei omasta mielestään ole jumalatar, mutta se on minun ja monien muiden käsitys hänestä. Hän ei ole tottunut julkiseen esiintymiseen, joten toivon papittaremme Skeenan auttavan häntä kysymyksillä.

Skeena näytti ivalliselta. Hän tuntui ajattelevan, että Oosa oli odotettuakin helpompi vastustaja hänelle ja mitätön tuki Serralle. Tessin mielestä papittaren ilme oli häijy, joten hän ei ihmetellyt lainkaan, että ilkeistä ajatuksista mielensä herkästi pahoittava Oosa vapisi.

– Kuninkaamme on menossa sotaretkelle, jota johtaa ylempien keskuudessa kasvanut, syntyperänsä kieltänyt mies, Skeena sanoi ja katsoi Oosaa pistävin silmin. – Jumalattaremme ei hyväksy Seloman johdolla käytävää sotaa. Onko sinulla jotain perusteluja sille, että kuningas ei halua noudattaa jumalattarelta saamaani ohjetta?

Oosa nosti kädet silmilleen.

– En voi puhua hänen kanssaan, hän sanoi itkuisesti. – Hänellä on kauheita ajatuksia. Hän ajattelee, että olen petturi, teeskentelen kuulevani ajatuksia, ja yritän sillä tavalla vain saada valtaa täällä. Hän ajattelee, että valehtelen kaiken Koorasta. Hän ei yritä ymmärtää, mitä Kiira on tarkoittanut. Hän ajattelee, että kaikki puheet jumalista ovat ihmisten taikauskoa.

Serra tarttui Oosan käteen ja käski hänen lopettaa. Samalla hän vilkuili huolestuneena papittaren seurueen miehiä, jotka olivat alkaneet liikehtiä uhkaavasti. Jotkut vetivät jo miekkoja esiin.

– Kuulitte, mitä hän sanoi Kiiran papittaresta, mutta rauhoittukaa, Skeena sanoi. – Hän on paljastanut likaiset ajatuksensa. Annetaan jumalattaren tuomita hänet.

– Kiiran papitar Skeena, Serra sanoi. – Kiista on sinun ja minun välinen. Vastaan tänne tuomani henkilön puheista. Tiedät, että jos kuningas ja papitar ovat eri mieltä, heidät voidaan alistaa leijonakokeeseen. Sitä vartenhan meillä on perinteisesti ollut linnassa pyhä leijona, vaikka sitä ei tietääkseni ole koskaan käytetty siihen tarkoitukseen.

Tessikin oli kuullut selujen leijonakokeesta. Kaorin ketju irrotettaisiin, ja epäilty suljettaisiin sen kanssa samaan huoneeseen. Aamulla mentäisiin katsomaan, mikä oli jumalattaren tuomio. Jos Kaorin kanssa yönsä viettänyt olisi hengissä, hänen syyttäjänsä saisi viettää seuraavan yön Kaorin seurassa.

Serra olisi saattanut selvitä leijonakokeesta. Hän oli pitänyt Kaoria sylissään ja leikkinyt sen kanssa, kun se oli ollut pentu. Kaori tunsi hänet ja tottelikin häntä hiukan. Ilmeisesti papitar tiesi sen, eikä halunnut leijonakoetta, vaikka Serra lupasikin alistua siihen ensimmäisenä. Oli liian suuri mahdollisuus, että Serra olisi hengissä aamulla. Jos niin kävisi, papittaren kohtalo seuraavana yönä olisi melko varma.

– Epävirallinen leijonakoe on jo tapahtunut, huomautti Serran seurueeseen kuuluva mies. – Kaikki tietävät, että Kaori käyttäytyy Oosan seurassa kuin koiranpentu. Olen itse nähnyt Oosan istuvan sen vieressä ja silittelevän sitä. Papittaremme pitäisi alustavasti näyttää pystyvänsä edes siihen.

– Ei häntä saa vaatia menemään Kaorin ulottuville, Oosa sanoi kauhistuneena. – Kaori tappaisi hänet.

Hänen sanansa saivat aikaan kiihkeää keskustelua. Monet olivat sitä mieltä, että vain jumalatar tai hänen edustajansa pystyi silittelemään Kaoria, ja koska papitar ei uskaltanut edes yrittää samaa, hän ei ollut oikea henkilö kertomaan jumalattaren tahtoa.

– Jos joku väittää papittaren olevan väärässä, tuomion voi antaa myös pyhä käärme, yksi johtomiehistä sanoi. – Sen myrkky on voimakasta, mutta se pystyy käyttämään myrkkyään vain kerran. Voisimme kokeilla heti, temppelissä on aina käärme valmiina. Papittaren ja jumalattaren pitäisi vain asettaa kätensä vierekkäin, ja käärme pudotettaisiin niiden päälle. Saisimme välittömästi tietää, kumpi on oikeassa.

Papitar vaati hiljaisuutta. Sitten hän julisti: – Minä uskon, että tänä yönä jumalatar antaa tuomionsa. Aamulla näemme, kohdistuiko se minuun vai häneen, jota luullaan hänen edustajakseen tai jopa häneksi itsekseen. Jumalattaren yöllä antaman tuomion jälkeen osaamme päättää myös sen, miten suhtaudumme kuninkaamme Serran aikomukseen viedä sotilaansa Seloman alaisiksi.

Oosa katsoi papitarta kauhistuneena.

– Älä ajattele noin, hän sanoi. – Ei sellaista saa tehdä.

Hän alkoi itkeä. Tessi tuli hänen viereensä ja yritti tyynnytellä häntä. Itku kuitenkin jatkui, ja huolestunut Serra pyysi Tessiä viemään Oosan pois. Serra joutui jäämään johtomiesten seuraan, he halusivat neuvotella.

Suorin tie Oosan huoneeseen kulki Kaorin huoneen läpi. Kun Tessi ja Oosa ohittivat leijonan, se ponnahti pystyyn ja ravisti ketjujaan. Se jäi tuijottamaan heidän jälkeensä levottomana. Tessi vilkaisi sitä sulkiessaan oven takanaan, ja hänestä tuntui siltä kuin leijona olisi ollut hyvin huolissaan.

Oosa heittäytyi vuoteelleen ja itki. Tessi yritti kysellä syytä.

– Hän ajatteli niin kauheita, Oosa sanoi nyyhkyttäen.

– Mitä hän ajatteli? Tessi kysyi.

– En voi kertoa sitä, Oosa sanoi. – Ja ehkä hän ei tee niin. Ihmiset ajattelevat kaikenlaista. Serrakin ajattelee joskus ihan sopimattomia minua katsoessaan. Sitten hän kuitenkin heti ajattelee, ettei hän tietenkään tee mitään sellaista.

Kesken huolensakin Tessi hymyili, sillä hän oli arvannut nuo selujen kuninkaan ajatukset. Mies olisi helposti rakastunut Oosaan ja myös osoittanut tunteitaan, jos hänen kunniantuntonsa ei olisi muistuttanut häntä sekä vieraan avuttomasta asemasta että tämän avioliitosta ja lapsesta.

Kun Oosan itku vain jatkui, Tessi lähetti palvelijan etsimään Ramua, joka voisi antaa Oosalle rauhoittavaa lääkettä. Sitten hän kysyi Oosalta, halusiko hän jo lapsen luokseen.

– Ei, pojan pitää olla hoitajien luona, Oosa sanoi. – Hän kuulee ajatukseni, enkä halua hänen kuulevan niitä nyt. Hänen pitää olla hoitajien luona huomiseen asti.

Jonkin ajan kuluttua palvelija tuli kertomaan, että Ramua ei löytynyt, mutta hän oli saanut Oosalle sopivaa lääkettä. Oosa otti hänen antamansa pienen kupin ja joi sen tyhjäksi. Sitten hän katsoi palvelijaa kummastuneena.

– Miksi annoit unijuomaa ja vielä näin vahvaa? hän

184

kysyi. – Tunsin maun liian myöhään, olin jo niellyt sen. Nyt nukahdan kohta.

– Ei se ollut unijuomaa, palvelija sanoi. – Sen toi temppelin lähetti, ja hän sanoi sen olevan Serran pyytämä sinulle tarkoitettu rauhoittava lääke, keltakukkaa. Hän käski tuoda sen sinulle heti ja huolehtia, että joisit sen. Kuninkaamme oli tietenkin myös huolissaan sinusta.

– Se ei ollut keltakukkaa, Oosa sanoi. – Jälkimaku on aivan selvä, sain vahvaa unilääkettä.

– Onko siitä jotain vaaraa? Tessi kysyi hätääntyneenä.

– Ei, minä vain nyt sitten nukun, Oosa sanoi. – Nukun pitkälle huomiseen, ja jos jotain tapahtuu yön aikana, se on Kooran tahto.

Palvelija lähti, mutta Tessi jäi Oosan luo. Oosa nukahti hämmästyttävän pian. Jonkin ajan kuluttua huoneen ovi avattiin, ja Serra tuli sisään.

– Pyysitkö tuomaan Oosalle temppelistä lääkettä? Tessi kysyi.

– En tietenkään, Serra sanoi. – Olen saattanut Oosan suureen vaaraan, eikä ketään temppelin kanssa tekemisissä olevaa saa päästää hänen lähelleen. Ajattelin, että Oosan rehellisyys herättäisi johtomiehemme ymmärtämään, miten valheellinen Skeena on. Juuri niin kävikin, mutta en osannut ajatella, että Skeena yrittäisi ratkaista asian sillä tavalla, mihin hän viittasi. Hän sanoi, että yön aikana jumalatar antaa tuomionsa. Mitäpä muuta se voisi merkitä kuin sitä, että hän yrittää surmata Oosan ja saada sen näyttämään siltä, että Kiira teki sen.

– Oosalle tuotiin temppelistä lääke, jota sanottiin sinun lähettämäksesi, Tessi sanoi. – Oosan mielestä se oli voimakasta unilääkettä. Ei kai se ole myrkkyä? Serra katsoi nukkuvaa Oosaa.

– Eivät he uskalla myrkyttää, hän sanoi. – Jos Oosa kuolisi myrkytettynä, kaikki osaisivat epäillä heitä. Lääkkeen tuojakin toi sen avoimesti ja kertoi sen olevan temppelistä, vaikka valehteli minun pyytäneen sitä. He halusivat ehkä nukuttaa hänet, että emme voi keskustella hänen kanssaan enää tänään emmekä saa tietää, mitä kaikkea temppelissä ajateltiin. Pyydän varmuuden vuoksi Leonaa käymään tarkistamassa, että kysymys on vain unijuomasta.

– Pelkäät kuitenkin heidän yrittävän yön aikana tappaa Oosan? Tessi kysyi.

– Luultavasti he yrittävät, Serra sanoi. – Mutta he haluavat sillä tavalla todistaa, että Oosa ei ole jumalattaren edustaja, ja papitar on, joten heidän on saatava se näyttämään siltä, että jumalattaremme Kiira on antanut tuomionsa. Koska mikään mahti maailmassa ei saa Kaoria käymään Oosan kimppuun, heidän olisi tuotava Oosan huoneeseen pyhä käärme. En käsitä, kuinka he luulevat onnistuvansa. Olen jo asettanut vartijat, ja he tarkastavat vielä linnan kaikki loukot. Kukaan ei pääse tänne yön aikana.

186

Ramu tuli linnaan vasta iltahämärän aikoihin, väsyneenä mutta hyväntuulisena. Hänellä oli mukanaan tyytyväinen ja likainen Sumi, joka oli kerrankin saanut peuhata vuorilla tarpeekseen. Kun Tessi kertoi huolensa, Ramu lähti hänen kanssaan katsomaan Oosaa. Tämä nukkui syvää, mutta rauhallista unta, ja Ramu vakuutti, ettei Oosa ollut saanut myrkkyä. Kaikki merkit viittasivat tavalliseen unijuomaan, josta oli tehty aivan liian vahva. Se ei ollut vaarallista, mutta Oosaa ei saisi heräämään, ennen kuin lääkkeen vaikutus laimenisi. Se tapahtuisi vasta seuraavana päivänä.

Tessi järjesti Oosan peitteet hyvin, korjasi tyynyä parempaan asentoon ja silitti kauniita kullanpunaisia hiuksia kuin yrittäen lohduttaa ystäväänsä unen läpi. Oosan kasvot olivat kalpeat mutta levolliset. Hän oli temppelistä tultuaan tuntunut olevan peloissaan, mutta siitä ei enää näkynyt jälkeäkään.

Ramu kävi kylpemässä, ja Tessi haki yhden palvelijoista avukseen pesemään Sumia. Kylpy oli koiran mielestä yhtä aikaa sekä kauhistuttavaa että ihastuttavaa. Jos sillä ei olisi ollut kahta pitelijää, se olisi saattanut äkkiä ponkaista altaasta ryntäilemään saippuaisena ympäriinsä. Avuksi haettua palvelijaa koiranhoitotyö nauratti, vaikka Tessi ei nähnyt siinä mitään huvittavaa. Hän ymmärsi kuitenkin palvelijaa, sillä Vuorimaassa ei tunnettu sisätiloissa ihmisten huoneissa nukkuvia koiria sen enempää kuin Sirpissäkään ennen kuin Tessi oli tuonut Kooran linnaan Sumin. Vuorimaassa oli vain metsästys- tai vartiokoiria, jotka olivat pihoilla omissa tarhoissaan tai kytkettyinä.

Kun Sumi oli pesty ja kuivattu, Tessi vei sen omaan huoneeseensa ja meni Ramun luo. Ramu oli kylvyn jälkeen jättänyt ylleen vain yksinkertaisen paidan. Sirpiläisten käytännöllisiä housuja, joita käyttivät sekä miehet että naiset, ei täällä tunnettu. Ramun oma vaatevarasto oli taas kerran linnan pesutuvassa, joten hänen täytyi tyytyä pukeutumaan paikalliseen tapaan. Selujen paita paljasti Ramun käsivarret ja reidet. Niiden lihakset olivat jo kuin miehen.

Tessi alkoi taas puhua huolestaan, ja Ramu tyynnytteli häntä parhaansa mukaan. Linna oli vartioitu, eikä ketään ulkopuolista päästettäisi sen alueelle. Myös sisällä oli vartijoita, ja erityisen tarkasti valvottiin kaikkia kulkuteitä siihen osaan linnaa, jossa Ramulla, Tessillä ja Oosalla oli huoneensa.

Tessi tunsi rauhoittuvansa, mutta kun hän lopulta vetäytyi omaan huoneeseensa ja hänen olisi pitänyt pystyä nukkumaan, levottomuus palasi. Oosa oli ennen nukahtamistaan sanonut, että jos yöllä tapahtuisi jotain, se olisi Kooran tahto. Tessi oli varma, ettei kysymyksessä ollut mikään kaunis uskonnollinen sanonta, vaan Oosa oli tyynnytellyt omaa kauhuaan. Kuu paistoi huoneeseen, ja nukkuvan Sumin musta turkki kiilsi sen valossa vielä hiukan märkää puhtauttaan. Tessi nousi ja taputti koiraa käskien sen jatkaa uniaan. Sumi käänsi laiskasti kylkeään, se oli Ramun seurassa laukannut itsensä väsyksiin. Tessi meni käytävään, kulki sen päähän ja katsoi ikkunasta. Vartiomiehiä oli porteilla ja ulko-ovilla. Soihdut valaisivat pihan joka kolkan. Kukaan ei pääsisi huomaamatta linnaan.

Tessi kävi katsomassa Oosaa, joka nukkui levollisesti. Oosan huoneeseen mentiin pienestä aulasta, josta pääsi myös Kaorin luo. Tessi avasi oven, jonka takana Kaori oli, ja näki leijonan olevan hereillä. Se kohotti päätään ja katsoi häntä. Se vaikutti levottomalta, ja Tessi oli pahoillaan, ettei voinut mennä lohduttamaan sitä. Hänestä tuntui, että hänellä ja leijonalla oli yhteinen huoli samasta ihmisestä. Kaorikin ehkä tunsi jotain sellaista, sillä se tuli niin pitkälle Tessiä vastaan kuin sen ketju antoi myöten.

Tessi jätti takanaan olevan oven auki ja meni leijonaa kohti. Hän istui lattialle niin lähelle Kaoria kuin suinkin uskalsi, mutta kuitenkin sen ulottumattomiin. Leijona paneutui makuulle ja katsoi häntä tutkivasti. Tessi kohtasi sen katseen ja mietti, miten paljon hän nykyisin tiesi Kaorista. Oosa keskusteli sen kanssa ajatuksilla päivittäin, ja kertoi sitten Tessille leijonan muistoista ja mietteistä. Sen elämä vankeudessa oli ollut yksinäistä ja ankeaa pentuaikojen jälkeen, kun se alkoi ison kokonsa ja kasvavien voimiensa takia tuntua ihmisistä pelottavalta. Sen ainoa ystävä ennen Oosan tuloa oli ollut Iire, mutta Iirekään ei ollut kuullut sen ajatuksia eikä ollut osannut viestittää sille omiaan.

Ehkä leijonakin tiesi jotain Tessistä, ehkä Oosa oli kertonut sille. Ainakin se tuntui tietävän, että Tessi oli ystävä. Leijonan katse oli myötämielinen ja luottavainen. Samalla siinä kuitenkin oli huolestunut, valpas kysymys.

– En usko, että on mitään hätää, Tessi sanoi sille.

– Mutta miksi ihmeessä sinäkin olet levoton? Kuljimme tästä ohi temppelistä palatessamme. Kuulitko Oosan ajattelevan jotain kauhistuttavaa? Voi kunpa voisit kertoa minulle.

Leijona urahti matalasti, kuin vastaukseksi.

Yö kului, ja Tessi istui paikallaan, sillä tuntui mukavammalta valvoa Kaorin kanssa kuin yksin. Oli kuin he olisivat jotenkin ymmärtäneet toisiaan tänä yönä. Hiljaisuuden rikkoivat vain silloin tällöin pihalta kantautuvat vartiomiesten askelten äänet. Ulkona palavat soihdut loivat valoa seiniin. Pari kertaa Tessi aikoi lähteä omaan huoneeseensa nukkumaan, mutta oli kuin Kaorin katse olisi pidättänyt häntä. Lopulta hän oli vaipumaisillaan uneen istualtaan.

Äkkiä leijona nousi, ja sen ketju kalisi. Tessikin valpastui. Aulasta kuului ääni, kuin ovi olisi avautunut, mutta se kuului seinustalta, jolla ei pitänyt olla mitään ovea. Sitten kuului miehen hiljaista puhetta:

– Tuolla on sen jumalattareksi itseään väittävän

huone, ja tuolla taas on se kauhea Kaori. Onneksi on olemassa tämä vanha salakäytävä, ja onneksi siitä tietävät vain temppelin uskotut.

Kaori karjahti.

– Entä jos joku tulee tuon kuullessaan? hätäili toinen ääni.

– Se karjuu usein pitkästyksissään, eikä sitä kukaan tule katsomaan, ensiksi puhunut sanoi. – Voimme toimia aivan rauhassa. Jos jumalattareksi itseään väittävä joi hänelle tekemäni lääkesekoituksen, hän nukkuu sikeästi. Mutta ei häntä auttaisi, vaikka hän heräisikin. Annamme pyhän käärmeen purra häntä ja poistumme.

Nyt puhui nainen, ja Tessi tunsi papittaren äänen.

– Käy pudottamassa käärme laatikosta hänen kaulalleen, ja poistu sitten nopeasti, nainen sanoi. – Muista sulkea ovi. Käärmeen on jäätävä sinne, että kaikki ymmärtävät Kiiran antaneen tuomionsa.

Tessi kuuli viereisestä aulasta askeleet, jotka lähestyivät Oosan huoneen ovea. Ei ollut aikaa hakea apua, ja syöksyminen tekoa estämään johtaisi vain siihen, että Oosa löytyisi käärmeen tappamana, ja Tessi jollain muulla tavalla surmattuna. Se kaikki oli selvää ilman pohdintaa. Kaori tuijotti Tessiä kuin olisi esittänyt vaatimuksen. Tessi meni sen viereen ja avasi lukon, jolla ketju oli kiinni kaulakahleessa. Valtava leijona ryntäsi liikkeelle.

Tessi ei tiennyt, kuinka kauan hän oli maannut lattialla ja itkenyt. Leijonan karjunta ja ihmisten huudot olivat vaienneet nopeasti, salaovi oli paukahtanut kiinni, ja enää kuului vain Kaorin murina. Tessi pakottautui nousemaan ja meni katsomaan. Miehet olivat päässeet pakoon, mutta Kaori makasi papittaren päällä. Skeena oli kuollut, ja Kaori oli jo aloittanut raatelun. Hetkeksi leijona kohotti päätään. Sen silmät paloivat pihalta heijastuvassa valossa kuin kaksi kekälettä. Sitten se murahti ja keskittyi Skeenaan.

Tessi tunsi itsensä aivan voimattomaksi. Hän onnistui kuitenkin kävelemään Ramun huoneeseen asti. Ramu heräsi ja ymmärsi Tessin sekavasta puheesta sen verran, että Kaori oli irti ja oli tappanut ihmisen. Hän käski pyörtymäisillään olevan Tessin makuulle, ja meni etsimään lähimmän vartijan, joka teki hälytyksen. Ramu palasi Tessin luo. Hänen mielestään Tessin olisi pitänyt levätä ja rauhoittua, mutta kun Tessi kuuli käytävältä Serran äänen, hän halusi mennä kertomaan Serralle, mitä oli tapahtunut. Ramu lähti mukaan.

Serran seurassa oli selujen johtomiehiä. Vaikka yö oli pitkällä, he olivat vielä olleet neuvottelemassa. He seisoivat Oosan huoneen edessä olevassa aulassa. Moni oli vaistomaisesti tarttunut aseisiinsa, mutta he eivät menneet Kaorin lähelle. Kaori oli noussut papittaren ruumiin päältä ja tuijotti heitä.

– Hakekaa Iire kytkemään se, Serra määräsi. – Miten ihmeessä se on päässyt irti?

Iire oli jo käyty herättämässä. Hän tuli kohta ja talutti leijonan aulasta. Kaori ei vastustellut eikä enää vilkaissutkaan uhriaan. Miehet kokoontuivat nyt kuolleen papittaren ympärille. Joku huomasi tämän vieressä olevan laatikon ja nosti sen ylös. Laatikosta kuului sähinää, ja hän oli pudottamaisillaan sen kädestään.

– Siellä on pyhä käärme, hän sanoi. – Papitar aikoi murhata jumalattaren, mutta Kiira antoi tuomionsa ja päästi Kaorin irti.

Tessi yritti tunnustaa osuutensa. Sanat tukahtuivat itkuun, ja Serra katsoi häntä säälivästi.

– Ramu, vie Tessi pois, hän ehdotti. – Nuorelle tytölle tällainen näky on aivan liian hirveä. Onneksi Oosa sai unilääkettä ja nukkuu.

Hän kääntyi antamaan ohjeita palvelijalle, joka oli herätetty yöuniltaan: – Surmansa saanut on kuljetettava pois, ja aula on siivottava. Jumalatar ei saa nähdä mitään jälkiä tapahtuneesta herätessään.

Nyt kuten usein muulloinkin Tessin oli vaikea erottaa, milloin sana jumalatar tarkoitti Kiiraa ja milloin Oosaa, mutta seluille se tuntui joko olevan itsestään selvää tai sitten he eivät tehneet eroa. Jumalattaren tämänhetkinen maanpäällinen ilmentymä oli Oosa, joka oli nukkunut tapahtumien ajan. Kiira taas oli jumalattaren kuolematon henki, joka oli valvonut ja toiminut.

Ramu kuljetti Tessin tämän huoneeseen ja peitteli tytön sänkyyn. Kun hän aikoi lähteä omaan huoneeseensa, Tessi pyysi: – Älä jätä minua yksin.

Tessi teki hänelle tilaa vieressään, ja Ramu asettui makaamaan siihen. Tessi tarttui häneen niin kuin silloin, kun he olivat matkanneet yhdessä Kooravuorella. Silloin he olivat olleet melkein lapsia. Nyt

Ramu tuskastui ja sanoi: – En voi jäädä tähän yöksi, Tessi. Minulla on jo miehen halut.

Mutta Tessi vain itki, ja Ramu oli niin levoton hänestä, ettei uskaltanut lähteä. Tessi nukahti, mutta vaikutti unessakin hätääntyneeltä ja itkuiselta. Ramu valvoi, ja kun Tessi nyyhkytti heräämättä, Ramu silitti hänen poskeaan ja hän rauhoittui.

Ramu ajatteli kummallista osaansa Tessin ystävänä. Hän oli jättänyt kotinsa ja tulevan asemansa tietäjänä Miilassa seuratakseen tätä tyttöä, ollakseen hänelle tukena ja apuna. Olisiko Tessi joskus hänen puolisonsa, niin kuin Sirpin kansa uskoi, ja niin kuin Tessi itse sanoi? Tessi täyttäisi pian kolmetoista. Hänen vartalonsa oli jo nuoren naisen, mutta hänen tunteensa eivät olleet. Hän oli kiintynyt Ramuun kuin veljeen. Ramulle Tessi oli enemmän, mutta hän oli sitoutunut toimimaan Tessin ehdoilla. Hän odottaisi ja tarjoaisi rakkauttaan, ja jos Tessi hylkäisi sen, hän tarjoaisi silti ystävyyttään. Jostain syystä hänen osakseen oli tullut tällainen kohtalo, jossa omaa elämää ja omaa uraa tärkeämpää oli tukea toisen ihmisen elämää ja uraa. Siihen ei ollut edes vaikea suostua, Ramu tunsi itsensä onnelliseksi.

Viimein Ramukin nukahti. Aamulla Tessi sai kerrottua, miten Kaori oli päässyt irti. He menivät yhdessä kertomaan sen Serralle. Serra kuunteli, mutta pudisti sitten päätään.

– Se ei ole mahdollista, hän sanoi. – Tessi ei mitenkään ole voinut uskaltaa mennä Kaorin ulottuville. Se on järkytyksen synnyttämä kuvitelma.

Tessi ei ryhtynyt väittämään vastaan. Serra mietti kuitenkin vielä asiaa ja sanoi sitten: – Jos Tessi tosiaan teki sen, hän ei ole ollut oma itsensä.

Tessi tunsi olevansa tavallaan samaa mieltä. Hän oli ollut aivan poikkeuksellisessa mielentilassa, ja tehnyt sellaista, johon hän ei olisi tavallisissa oloissa pystynyt. Mutta mitä ihmisen "oma itse" oikein oli? Humalaisesta sanottiin, että hän ei ollut oma itsensä, ja niin voitiin sanoa sairaastakin ja erilaisten voimakkaiden tunnetilojen vallassa olevasta. Mutta kai ihminen oli vastuussa teoistaan poikkeustilanteissakin.

He päättivät käydä katsomassa Oosaa. Temppelistä aulaan johtavan salakäytävän paljastuttua Oosan huoneen ovelle oli komennettu vartijat, jotka kertoivat jumalattaren olevan jo hereillä. Kun he menivät sisään, Oosa katsoi heitä totisena ja kuunteli pitkään heidän ajatuksiaan.

– Tiesin olevani vaarassa, hän sanoi. – Skeena päätti, että yön aikana hän tappaisi minut. En kuitenkaan tiennyt, miten hän aikoi menetellä. Olin kauhean peloissani, mutta en voinut tehdä mitään.

– Olisit voinut kertoa minulle, Serra sanoi. – Epäilin hänen aikomuksiaan, mutta en pystynyt toimimaan pelkän epäilyn perusteella. Jos olisit kertonut minulle, että hän todella oli päättänyt tehdä sen, olisin heti antanut surmata hänet seurauksista välittämättä.

– Tiesin sen, ja juuri siksi en voinut kertoa sitä sinulle, Oosa sanoi. – En voinut kertoa Tessillekään, koska Tessi olisi kertonut sinulle.

Hän katsoi Tessiä ja sanoi: – Kuulen ajatuksistasi,

mitä teit, ja miten sinun on paha olla sen takia. Kaori ei kärsi siitä, että se tappoi. Se vain toteutti luontoaan, ja tuntee tehneensä oikein. Minä en olisi voinut tappaa edes itsepuolustukseksi, koska arka ei pysty tekemään niin. Minun luontoni on sellainen, enkä syytä itseäni siitä. Ymmärrän, miten vaikeaa on, kun pystyy toimimaan monella tavalla ja joutuu tekemään valintoja.

– Pahinta se on silloin, kun on kaksi vaihtoehtoa, ja molemmat tuntuvat vääriltä, Tessi sanoi. – Oli väärin tappaa papitar, ja olisi ollut väärin antaa sinun kuolla.

– Olen yrittänyt koko aikuisikäni etsiä vastausta siihen, mistä voisi erottaa oikean ja väärän, Serra sanoi. – Joudun päivittäin tekemään ratkaisuja, eikä ole päivääkään, että en epäröisi, ja joutuisi katumaankin. Usein ei ole mahdollista auttaa yhtä vahingoittamatta toista, ja joskus oikeaksi luulemani ratkaisu osoittautuu vääräksi. Syytän jatkuvasti itseäni virheistäni.

Selujen kuningas näytti tuskaiselta, ja Oosa katsoi häntä myötätuntoisesti.

– Luulen, että aina on tehtävä se, minkä sillä hetkellä ajattelee oikeaksi, Oosa sanoi. – Sen voi myöhemmin huomata vääräksi, mutta itseään kannattaa syyttää vain siinä mielessä, että pyrkii korjaamaan aiheuttamaansa pahaa ja välttämään sellaista tekoa vastaisuudessa. Muut syyllisyydentunteet ovat tarpeettomia, pitää vain edelleen yrittää toimia mahdollisimman oikein.

Kiirassa valmistauduttiin sotaan. Oli saatu tieto, että Memnon linna piti yhä puoliaan Marenan piiritystä vastaan. Linnassa olevilta alkoi kuitenkin luultavasti loppua ruoka, joten Seloma yritti saada joukot liikkeelle mahdollisimman nopeasti. Sodasta tulisi ilmeisesti lyhyt. Monet ylempien päälliköt aavistelivat, mitä oli tapahtumassa, ja olivat lähettäneet Selomalle salaisia viestejä vakuuttaen olevansa Karetan puolella heti, kun taistelut alkaisivat.

Selut lähtisivät liikkeelle ensimmäisinä, ja kävisivät valtaamassa Taanun. Se tulisi olemaan helppoa, koska suurin osa Taanun päällikön Marenan sotilaista oli Memnoa piirittämässä. Taanusta mentäisiin Memnoa vapauttamaan, ja sinne tulisivat myös launit ja arriitit. Sen jälkeen antautuisivat luultavasti useimmat ylemmät, ja muiden linnat pystyttäisiin valtaamaan ilman suurempia ongelmia.

Koska Taanusta mentäisiin suoraan Memnoon, oli sovittu, että Tessi, Ramu, Oosa ja hänen lapsensa kulkisivat sotilaiden mukana. Heille ei aiheutuisi siitä mitään vaaraa, ja he voisivat taistelujen aikana olla turvallisesti leirissä.

Oli vain neljännes kuukautta lähtöön, kun Tessi heräsi siihen, että hänen ovelleen koputettiin, ja Sumi haukkui hurjasti. Aamu oli vielä varhainen. Tessi vilkaisi ikkunasta ja totesi, että aurinko oli juuri ja juuri noussut.

– Täällä on vartija, mies huusi oven läpi. – Pysy huoneessa ja telkeä ovi sisältä päin, Kaori on päässyt irti.

Mies kuului toistavan samaa viestiä muilla ovilla. Tessi nousi ja pukeutui. Sumi meni ovelle, sillä se oli tottunut siihen, että aamulla lähdettäisiin heti ulos.

– Nyt joudut odottamaan, Tessi sanoi koiralle.
– Sinne ei voi mennä, ennen kuin vaara on ohi.

Jonkin ajan kuluttua vartija tuli kertomaan, että sisätilat oli tarkastettu eikä Kaoria löytynyt. Sitä etsittiin nyt ulkoa, ja huoneista sai poistua, mutta oli yhä syytä olla äärimmäisen varovainen. Tessi jätti Sumin huoneeseen, sillä se ei missään tapauksessa saanut joutua vastakkain leijonan kanssa.

Kaorin huoneessa oli miesjoukko. Mukana olivat myös Serra ja Ramu. Tessi meni heidän luokseen.

– Kaori ei ole murtautunut irti, vaan kaulakahle on siististi riisuttu, Serra sanoi. – Iire on heti etsittävä kuulusteltavaksi. Hän on omituinen mies, ja hän on usein sanonut, että Kaori kärsii vankeudessa.

– Myös jumalatar on sanonut niin, joku muistutti.

Tessi tiesi, että Oosa oli ollut huolissaan leijonasta. Oosan mielestä luontoon kuuluvaa eläintä ei saanut pitää ketjuun kytkettynä ihmisten huoneissa. Erityisen pahoillaan hän oli ollut siitä, että Kaori taas jäisi pitkästyneeseen yksinäisyyteensä, kun hänkin lähtisi pois eikä enää keskustelisi sen kanssa.

Tessi kiirehti Oosan huoneeseen ja totesi, että se oli tyhjä. Hän meni lastenhoitajien luo. Oosan poika oli siellä. Hoitajat kertoivat, että jumalatar oli tuonut lapsen heidän huostaansa useammaksi päiväksi. Jumalattarella olisi sellaista tekemistä, jossa poikaa ei voinut pitää mukana.

Tessi palasi sinne, missä miehet yhä tutkivat Kaorin ketjua ja kahleita. Iire oli tuotu paikalle, ja hän kyräili hallitsijaansa kulmiensa alta.

– Olisinhan minä sen mielelläni vienyt vuorille, se kärsii täällä, mies sanoi. – Mutta vaikka olisin vienyt sen kauemmas, se olisi seurannut jälkiäni takaisinpäin. Ihmisiin tottunut leijona on hyvin vaarallinen jäädessään asutuksen lähelle, sehän ei lainkaan pelkää ihmisiä.

– Toisaalta kaikki leijonat tulevat joskus asutuksen lähelle, karjasuojiinkin asti, ja tuskin yksikään niistä pelkää ihmisiä tarpeeksi, joku huomautti. – Meidän on osattava puolustautua niitä vastaan ja oltava varuillamme. Minäkin olisin kyllä kannattanut Kaorin päästämistä vuorille.

– Kaori olisi joka tapauksessa ollut viimeinen Kiirassa vankina pidettävä leijona, Serra sanoi. – Uusi papittaremme on sanonut, ettei leijonakokeesta eikä myöskään pyhän käärmeen käyttämisestä puhuta mitään temppelin tärkeimmissä kirjoituksissa. Ne ovat myöhemmin lisättyjä ohjeita.

Uusi papitar oli Oosan valitsema. Oosa oli ollut

mukana, kun Serra oli keskustellut tehtävään ehdotettujen naisten kanssa. Serran kummastukseksi Oosa oli pitänyt sopivimpana ehdokasta, joka toi vähiten esiin omia mielipiteitään. Käsityksiään selittäessään hän oli ollut epävarma, ja Serran kysymyksiin hän oli usein vastannut, että hän ei tiennyt. Oosan mielestä epävarmuus oli osoitus siitä, että hän ymmärsi ihmistiedon rajat. Tietämättömyytensä myöntäminen taas osoitti vilpitöntä pyrkimystä etsiä oikeita vastauksia.

Iire tunsi ilmeisesti, että häntä edelleen epäiltiin, sillä hän sanoi: – Näettehän, että ketju on kiinni seinässä ja kaulapanta on ketjussa. En edes minä pysty kuljettamaan Kaoria ilman niitä.

– Oosa on poissa, ja on ilmoittanut olevansa poissa monta päivää, Tessi sanoi. – Ehkä sillä on yhteyttä Kaorin katoamiseen.

Serra pohti asiaa. Sitten hän sanoi: – Luulen, ettei ole huolta. Jumalatar on päättänyt viedä Kaorin vuorille. Olen oppinut luottamaan hänen päätöksiinsä, joten varmaan hän vie leijonan asumattomalle seudulle ja selittää sille, ettei se voi palata. Hän pystyy keskustelemaan Kaorin kanssa ja saa eläimen ymmärtämään asioita, joita me emme pysty sille selittämään.

Väki alkoi hitaasti hajaantua. Tessi ja Ramu hakivat Sumin ja veivät sen ulos linnan takana olevaan puutarhaan. Siellä oli vanha nainen tekemässä kylvötöitä, sillä sateet alkaisivat pian.

– Huomenta, nainen sanoi heille. – Kyllä tuo Sumi säikytti minut aamuhämärissä, se tuntui niin valtavan kookkaaltakin.

– Sumi on tänä aamuna ulkona ensimmäistä kertaa, Tessi vakuutti.

– Kiira varjelkoon, nainen huokasi. – Sitten jumalatar todella liikkui sen pedon kanssa. Hän keskeytti työnsä, painoi rintaansa molemmin käsin ja näytti kauhistuneelta.

– Näit siis Oosan aamulla? Ramu kysyi.

– Hän meni ulos keittiöpuutarhan pienestä portista, jolla ei taaskaan ollut vartijoita, nainen sanoi. – He unohtavat sen usein, ja onhan sen sisäpuolella tietysti vahva salpa. Säikähdin kovasti isoa eläintä hänen vieressään, mutta sitten ajattelin, että hämärä pettää aisteja, ja Sumi vain vaikuttaa niin suunnattomalta.

Tessi meni portille ja avasi sen. Sumi ryntäsi heti rinteelle ajamaan takaa liskoa, joka livahti pakoon. Koira jäi pettyneenä haukkumaan kivenkolon luo. Tessi katsoi aamutaivasta, joka kaartui seetrimetsän yli. Jos olisi noussut vain hiukan ylemmäs, olisi nähnyt häivähdyksen pohjoisista Sumuvuorista sinisenä jonona kaukana etäisyydessä.

– Tuonnepäin he varmaan menivät, Tessi sanoi.

– Oosa aikoo lähettää leijonan Sumuvuorille, koska hän sanoi viipyvänsä niin kauan. Mitenkähän hän selviää takaisin, kun Kaori ei enää ole hänen turvanaan?

– Sudet pitävät Oosasta eivätkä vahingoita häntä, Ramu lohdutti. – Ja kerroithan, että hän sai villiinkin leijonaan ajatusyhteyden. Sitä paitsi hän on syntynyt ja kasvanut vaikeakulkuisella Kooravuorella, hän osaa liikkua tiettömillä seuduilla.

Tessi oli kuitenkin huolissaan Oosasta, joka ei palannut seuraavana päivänä, eikä sitä seuraavana. Tessi kuljeskeli ympäriinsä ja katseli lähtövalmisteluja. Kiiran linnan piha oli tungokseen asti täynnä sotilaita. Ramusta ei saanut seuraa, sillä hän auttoi Leonaa täydentämään lääkevarastoja. Linnan sisäpihalla istui Leoni näppäilemässä yhtä soittimistaan. Tessi meni kysymään, häiritsisikö hän, jos hän tulisi seuraksi.

– Et ollenkaan, Leoni sanoi. – Tämä on niitä tilanteita, jolloin sokeuteni suututtaa minua. En pysty olemaan hyödyksi missään.

– En minäkään, koska en osaa juuri mitään, Tessi sanoi. – Enkä oikein tiedä, haluaisinko edes auttaa. Tietenkin toivon Lisin ja Karetan ja kaikkien minulle rakkaiden pelastuvan, mutta tuntuu pahalta ajatella, että Taanun valtauksessa kuolee paljon ihmisiä.

– Ihmisluonto on sellainen, että sotia ei voi välttää, Leoni sanoi. – Siksi on oltava sen puolella, joka kokonaisuutena ajatellen tuottaa vähiten kärsimystä ja pyrkii edistämään parempia asioita kuin kilpailijansa. Jos Marena saisi hallita, Vuorimaassa olisi paljon epäoikeudenmukaisuutta, ja luultavasti hän ryhtyisi käymään myös valloitussotia. Sinunkin kotimaasi olisi taas vaarassa.

– Mutta eikö voisi hyökätä vain Marenan sotajoukon kimppuun? Tessi kysyi. – Miksi pitää vallata Taanu?

– Taanu on Marenan tukikohta, eikä hänelle pidä jättää paikkaa, minne hän voi linnoittautua, Leoni sanoi. – Ja Taanussa on Marenan sotatoimien syy tai oikeastaan tekosyy. Sirenan lapsi on syntynyt, ja se on poika. Sille on annettu nimi Kareta, niin kuin Vuorimaan kuninkaan esikoispojalla ja vallanperijällä kuuluu olla. Seloman mielestä Sirenan poika on ehdottomasti saatava pois Marenan ja kaikkien muidenkin sellaisten ulottuvilta, jotka voisivat yrittää sen holhoojaksi ryhtymällä nousta sijaiskuninkaaksi.

– Mitä vauvalle tapahtuu? Tessi kysyi.

– Poikaa ei varmaan jätetä henkiin, Leoni sanoi.

– Seloman mielestä sen surmaaminen on välttämätöntä, että sen nimissä ei tehtäisi vallankaappausyrityksiä, ja poikahan saattaisi aikuistuttuaan itsekin ryhtyä vaatimaan kuninkuutta.

– Ei voi olla oikein surmata pikkuvauvaa, Tessi sanoi.

– Seloma on vastuussa suuresta määrästä ihmishenkiä, Leoni sanoi. – Silloin joutuu miettimään, tapetaanko yhden vauvan henkiin jättämisen takia satoja muita.

– Ymmärrän, Tessi sanoi masentuneena. – Mutta silti se tuntuu väärältä.

Hän ajatteli, että oli itsekin päästänyt leijonan irti pelastaakseen Oosan. Oikeastaan hän oli ajautunut ristiriitaan omantuntonsa kanssa jo silloin, kun hän yksitoistavuotiaana oli heittänyt kivellä vuorimaalaista sotilasta puolustaakseen Karetaa. Ehkä jokainen sellainen teko heikensi kykyä ymmärtää väärä vääräksi, ja lopulta hyväksyi hyvinkin julmia asioita, kunhan niitä pystyi puolustelemaan niistä saatavalla hyödyllä.

– Minä en ole koskaan osannut ottaa selkeää kantaa siihen, mikä lopulta on oikein tai väärin, Leoni sanoi. – Mutta olen pahoillani Sirenan pojan kohtalosta, ja huolissani Sirenasta itsestään. Sirena on minulle hyvin läheinen. Hän oli pieni tyttö, kun minut keskenkasvuisena poikana tuotiin Memnoon. Koska olen sokea, hänen hoitajansa määrättiin huolehtimaan meistä molemmista. Kaipasin sisartani Leonaa, ja Sirena oli kai ensin jonkinlainen korvike hänelle, vaikka olikin nuorempi. Ja omalla tavallaan Sirena kiintyi minuun.

Leoni hymyili muistoilleen.

– Minua pidettiin lapsena aika kauan, sokeuteni takia, hän sanoi. – Ehkä meistä huolehtivien oli vaikea ymmärtää, että sokeallakin on miehen haluja. Ehdin rakastua Sirenaan ja tunnustaa hänelle rakkauteni, ja Sirena lupasi silloin, että hän aikuiseksi tultuaan tulee vaimokseni. Suunnittelimme asuvamme yhdessä Selovuorten alarinteillä. Siellä on paljon vapaata maata, jota kukaan ei omista. Ajattelimme elää perustamalla sinne viinitarhan. Kaikenlaista sitä siinä iässä kuvittelee.

– Mitä Sirenalle tapahtuu, kun Taanu valloitetaan? Tessi kysyi.

– Taanussa olevia kohdellaan niin kuin valloitettujen linnojen asukkaita aina on tavattu kohdella, Leoni sanoi. – Seloma, Serra ja arriittien johtajat ovat jo kaavailleet jonkinlaista jakoa. Arriittien johtajat halusivat, että Sirena annettaisiin orjaksi jollekin heistä. Taanun linnan ympärillä elävien arriittien olot ovat olleet erityisen huonot, ja he haluaisivat nöyryyttää Marenan sukulaisia niin paljon kuin suinkin. Seloma ja Serra pyrkivät antamaan Sirenan vähän turvallisempaan paikkaan. Luulen, että he ovat aikoneet hänet Verrakalle.

– Seloma ja Kareta ovat luvanneet lakkauttaa orjuuden, Tessi sanoi.

– Se on tarkoitus, mutta muutoksia ei voi tehdä nopeasti, Leoni sanoi. – Orjien vapauttaminen pitää järjestää niin, että heillä on paikka minne mennä ja mahdollisuus hankkia toimeentulonsa. Naisten asemaakin on tarkoitus parantaa, mutta se voi tapahtua vain vähitellen. Suurin ongelma on kuitenkin, mitä tehdään kaikille niille niin sanotuille ylemmille, jotka eivät osaa mitään muuta kuin taistelutaitoja. Heistä pitänee muodostaa Vuorimaan sotavoimien ydinjoukot, mutta sekin aiheuttaa ongelmia, sillä kestää varmaan kauan, ennen kuin ylemmät oppivat ajattelemaan, että alemmat ovat tasa-arvoisia heidän kanssaan. Siksi on oikeastaan välttämätöntä, että yhteiseksi kuninkaaksemme tulee Kareta, joka kuuluu ylempiin.

Selovuorten kirkkaan ilman läpi paistoi iltapäivän aurinko. Tessi ajatteli, että täällä oli kaikki kovin erilaista kuin Sirpissä. Valo oli kesälläkin viileämpää ja väreistä puuttui syvyys. Edes taivaan sinisyys ei tavoittanut sinikukan tummaa sävyä, ja täällä asuvien ihmisten sielunmaisema muistutti heitä ympäröivää luontoa. Tessin valtasi äkkiä voimakas koti-ikävä, ja hän tunsi syvää sääliä Karetaa kohtaan, josta tulisi tämän julman ja väkivaltaisen maan kuningas.

Kolmas päivä Oosan katoamisesta kului iltaan. Tessi alkoi huolestua yhä enemmän, vaikka hän tiesikin, miten oikeassa Ramu oli siinä, että Oosa jos kuka selvisi vuorilla erinomaisesti. Pimeän tultua Tessi meni pihalla olevien sotilasosastojen läpi isolle portille. Lähtökiireissä korjattiin vaunuja ja kengitettiin hevosia soihtujen valossa. Aseita ja varusteita kunnostettiin, ja pakkausten tekokin oli aloitettu.

Iso portti oli auki, eikä kukaan kiinnittänyt huomiota ulos pujahtavaan Tessiin. Hän käveli pois soihtujen ja nuotioiden valopiiristä. Kirkas tähtitaivas kaartui pohjoisen metsänrajan yllä. Kevyen tuulen mukana tuli seetrien rauhoittava tuoksu kuin tervehtien. Puiden alla tähdet lakkasivat antamasta vaisua valoaan, mutta Tessi eteni niin kauas pimeään, että hän joutui tunnustelemaan polkua jaloillaan sokean tavoin.

Hiljainen ääni kutsui häntä nimeltä. Tessi tunsi sen ja pysähtyi odottamaan. Oosa tuli häntä vastaan ja johdatti hänet aukiolle, jota tähdet himmeästi valaisivat. Kaatuneen puun rungolla istui joku, jonka viereen Oosa ohjasi Tessin. Oosa istuutui tuntemattoman toiselle puolelle.

Tessi ei esittänyt kysymyksiään ääneen, koska tiesi Oosan kuulevan ne.

– Koora käski minua viemään Kaorin Sumuvuoria kohti, Oosa sanoi. – Kuljin sen kanssa ja selitin sille asioita, joista se ei vankeudessa kasvaneena tiennyt mitään. Se oppi nopeasti, ja metsästi itselleen ruokaakin. Se olisi tarjonnut saalistaan myös minulle, mutta olin ottanut omat eväät. Kerroin Kaorille, että sen pitäisi karttaa ihmisiä ja etsiä itselleen leijonapuoliso. Sitten Kaori sanoi osaavansa jo kulkea yksin. Minä lähdin paluumatkalle. En voinut tulla suoraan, sillä Koora käski minun käyttää kiertotietä. En ymmärtänyt, miksi minun piti tehdä niin, mutta enhän voinut vastustella.

– Minä olin siellä, Oosan vieressä istuva pieni hahmo sanoi hiljaisella nuoren tytön äänellä. – Ruokavarastoni oli loppu. Minulla oli ollut hevonen, mutta se oli pelästynyt jotain ja kadonnut. Olin eksynyt polulta enkä enää ollenkaan tiennyt, minne minun pitäisi yrittää jatkaa matkaa. Yö oli tulossa. Pelkäsin ja itkin ja rukoilin Äitijumalaa. Häntä ei tunneta täällä, mutta Autiomaasta orjaksi tuotu nainen oli hoitanut minua pienenä ja kertonut, että Äitijumala suojelee naista miesten pahuutta vastaan. Miesten pahuuttahan minä pakenin.

Tessi kosketti vaistomaisesti kaulassaan riippuvaa kultaista granaattiomenaa, Äitijumalan tunnusta, joka oli usein lohduttanut häntä.

– Minullakin oli Autiomaasta tullut hoitaja, joka

kertoi Äitijumalasta, Tessi sanoi. – Hänen mielestään Äitijumala on aina alistetun puolella alistajaa vastaan.

– Minä pakenin veljeäni, tuntematon sanoi. – En tiedä, mitä hän seuraavaksi suunnitteli minulle, mutta tunsin kärsineeni jo tarpeeksi hänen vallanhalustaan. Päätin lähteä etsimään turvapaikkaa selujen luota. Aukiota reunustavat seetrit muodostivat ohuen harson, jonka läpi kulkiessaan tähtien valo muuttui vihertäväksi. Oudossa valaistuksessakin näki silti, että nuoren naisen hiukset olivat hyvin vaaleat. Hänen täytyi kuulua ylempiin.

– Miksi ajattelit, että juuri selut auttaisivat sinua? Tessi ihmetteli.

– Minulla oli ystävänäni selu, josta tuli minulle kuin veli ja enemmänkin, tuntematon sanoi hiljaisella äänellä. – Hän kertoi veljestään, selujen kuninkaasta, joka on kiivas, mutta oikeudenmukainen. Sisarestaan hän kertoi, että sisar on lempeä ja ymmärtäväinen, ja haluaa auttaa kaikkia apua tarvitsevia. Olen varma, että he ottavat minut vastaan ja suojelevat minua.

Tessi tajusi nyt vasta, kuka tämä tyttömäinen nuori olento oli. Hän ymmärsi, että Oosa oli odottanut täällä, koska hän halusi tuoda suojattinsa linnaan salaa. Sirena piti saada kuljetettua Serran luo niin että kukaan ei tunnistaisi häntä. Kiiran linnan luona oli myös launien ja arriittien edustajia. Arriitit halusivat kostaa Marenan taholta kokemansa vääryydet kaikille Marenan sukulaisille. Serra saattaisi taipua suojelemaan Sirenaa, mutta luultavasti hän haluaisi asian pysyvän salassa.

– Missä lapsi on? Tessi kysyi.

– Poika on Taanussa, Sirena sanoi. – Minun oli pakko hyväksyä se, että tulin raskaaksi ja synnytin lapsen. Sen jälkeen en halunnut edes nähdä sitä. Veljelleni lapsi on tärkeä hänen valtapelissään, veljeni pitäköön sen.

Tessin mielestä oli kummallista, että Sirena suhtautui torjuvasti pieneen vauvaan. Eihän ollut pojan syytä, mitä ennen hänen syntymäänsä oli tapahtunut. Tessille oli myös opetettu, että jokainen aikuinen oli vastuussa kenestä hyvänsä lapsesta, joka sattumankin kautta ajautui hänen huostaansa.

– Sirena pystyy näkemään pojan vain Karetan lapsena, Oosa sanoi. – Pieni Kareta muistuttaisi häntä pelosta ja nöyryytyksestä. Ei kenenkään ole hyvä kasvaa sellaisen äidin luona, joka ei tunne rakkautta häntä kohtaan. Sirena teki oikein antaessaan pojan muiden hoitoon.

– Voisimmeko jo mennä linnaan? Sirena kysyi. – Odotan kovasti Serran ja Leonan tapaamista. Vaikka Leoni on kuollut, hänen sisaruksensa ottavat minut varmasti suojelukseensa.

Oosa ei siis ilmeisesti ollut kertonut Sirenalle, että Leoni oli elossa. Tessikään ei kertonut sitä, sillä hän ei ollut lainkaan varma siitä, että Sirenalle järjestyisi turvapaikka Serran luona. Leonikin oli tuntunut hyväksyvän sen, että Sirena luovutettaisiin saaliinjaossa orjaksi. Serra ja Leoni pyrkivät huolehtimaan vain siitä, että Sirenaa ei orjana kohdeltaisi kovin huonosti.

Oosa ehdotti, että Tessi menisi edellä ja pyytäisi Serran hänen yksityishuoneistoonsa kuuluvaan kirjastoon. Oosa toisi jonkin ajan kuluttua Sirenan sinne.

– Miten aiot viedä hänet vartijoiden ja kaiken muun väen ohi ilman että hänet tunnistetaan? Tessi kysyi.

– Kummallisesta asemastani jumalattarena on tässä tapauksessa hyötyä, Oosa sanoi. – Sirena peittää kasvonsa, ja kiellän vartijoita kysymästä, kuka hän on. Pyydän muutaman sotilaan turvaksemme, että paikalla olevat arriitit ja launit antavat meidän kulkea rauhassa. Selut tottelevat minua. Olen silloin tällöin kuullut jonkun sotilaan ajattelevan, että vaikka vastustaisin itseään Serraa, jumalattaren käsky kumoaisi kuninkaan käskyn.

Tessi palasi linnaan. Hän sai vaivoin Serran uskomaan, että tulossa oli niin tärkeä henkilö, että tämän oli keskeytettävä muut työt ja oltava tavattavissa. Serran yksityispuolen kirjastossa olivat Leoni ja Leona. Leona oli lukemassa veljelleen ja kysyi, halusiko tulossa oleva vieras tavata Serran kahden kesken. Tessi sanoi, että he voisivat jäädä paikalle, asia koski oikeastaan heitäkin. Leona alkoi taas lukea, ja Leoni keskittyi kuuntelemaan. Serra odotti ärtyneenä ja kävi aina välillä katsomassa ikkunasta, miten lähtövalmistelut edistyivät pihalla.

Viimein ovelle koputettiin, ja Serran karjaistua sisääntuloluvan Oosa ja hänen suojattinsa tulivat huoneeseen. Oosa jäi taaemmas, kun Sirena meni Serraa kohti ja pysähtyi hänen eteensä. Sirena otti huivin päästään, ja hänen vaaleat hiuksensa paljastuivat.

– Etsin turvapaikkaa, hän sanoi, mutta ei polvistunut armonanojan asentoon. – Olen paennut veljeltäni, Taanun päälliköltä Marenalta.

Sirena ei näyttänyt pelokkaalta, hänen jännittyneisyytensäkin tuntui puolittain uteliaisuudelta. Hän katsoi Serran vihaista ilmettä kuin olisi osannut odottaa sitä ja tietäisi, että se kohta muuttuisi ystävälliseksi.

Leona oli keskeyttänyt lukemisen. Hän tuli Sirenan viereen, kiersi suojelevasti kätensä hänen ympärilleen ja katsoi uhmaavasti Serraa.

– Hän ei ole vihollisemme, hän on sodan takia kärsimään joutunut nainen, Leona sanoi.

Leoni nousi seisomaan, ja Sirena huomasi hänet.

– Olet elossa, Sirena sanoi. – Luulin sinun kuolleen. Kerrottiin, että jäit kentälle taistelussa Memnon luona.

Hän otti pari askelta Leonia kohti, mutta pysähtyi, sillä Leoni ei tullut vastaan. Sirena painoi päänsä ja näytti surulliselta.

– Kutsun vartijat, Serra sanoi. – Emme voi pitää häntä täällä. Hänet viedään Memnoon, ja hänestä päätetään samaan aikaan kuin muistakin saaliiksi otetuista naisista.

– Veljemme Leoni rakastaa häntä, Leona sanoi.

– Voit vaatia hänet Leonille, kun saaliinjaon aika tulee, ja siihen asti hän saa asua meillä.

Sirena katsoi Leonia kuin toivoen ja kysyen, mutta Leonin hienopiirteisillä kasvoilla oli raivostunut ilme. Koska hän tavallisesti hallitsi itsensä hyvin, se hätkähdytti kaikkia.

– Nyt kuuntelette minua, Leoni sanoi vihaisesti. Serra yritti kaikesta huolimatta vielä sanoa jotain, mutta Leoni tuli Serran eteen. Hänen kasvoistaan kuvastui taistelunhaluinen uhma. Selujen kuningas katsoi pikkuveljeään ällistyneenä ja vaikeni.

– Tänne on tullut turvapaikkaa anova nainen, Leoni sanoi, ja hänen äänensä jyrisi melkein samanlaista kiivautta kuin Serran ääni tämän suuttuessa. – Etkö tosiaan tiedä, mitä Kiira silloin sinulta vaatii? Muistatko ollenkaan, ettei selu koskaan jätä häneen vetoavaa naista ilman apua?

Sitten hän kääntyi Leonaan päin ja sanoi: – Sirena on kärsinyt tarpeeksi, häntä ei painosteta sokean lapsuudenystävänsä puolisoksi. Hän lähtee täältä ainoastaan arvoiseensa avioliittoon, jota hänelle varmasti tullaan tarjoamaan, kun olot rauhoittuvat.

Huoneeseen laskeutui hiljaisuus. Viimein Serra puhui.

– Olet oikeassa, veli, hän sanoi katuvalla äänellä.

– Kunniallinen selu ei koskaan käännytä pois naista, joka tarvitsee turvapaikkaa. Häntä ei luovuteta Memnon saaliinjakoon, vaikka se vaikeuttaakin neuvotteluja, ja joudun sitten tekemään muissa asioissa raskaita myönnytyksiä.

Hän ojensi molemmat kätensä Sirenalle. Tämä tarttui niihin hymyillen, kuin olisi koko ajan tiennyt, että näin tulisi käymään.

– Et ole vanki, Serra sanoi. – Olet vieraamme, ja

Leona majoittaa sinut.

Sirena katsoi selujen kuningasta silmiin ja sanoi:
– Kun olimme lapsia, Leoni kertoi minulle sinusta ja Leonasta. Olette juuri sellaisia kuin hän kuvaili. Sitten hän otti pari epäröivää askelta Leonia kohti.
– Leona luuli sinun rakastavan minua, hän sanoi.
– Niin minäkin luulin. Mutta en ole enää sellainen kuin silloin, kun lupasit ottaa minut vaimoksesi ja perustaa kanssani viinitarhan Selovuorten alarinteille.
– Ne olivat lasten kuvitelmia, Leoni sanoi hymyillen. – Ei viinitarhoja noin vain perusteta, ilman työtä ja vaivannäköä. Sellaiseen sinä ja minä emme ole tottuneet, ja sokeudestakin on töissä enemmän haittaa kuin etua. Minä olen vain laulaja, eikä sinua ole tarkoitettu tällaisen vaimoksi, vaan merkittävämpään asemaan. Mene nyt Leonan kanssa, hän majoittaa sinut. Olet turvassa, ja järjestämme sinulle aikanaan arvoisesi avioliiton.

Sirena epäröi, ja katsoi lopulta anovasti Oosaa.
– Sinä kuulet ajatuksia, hän sanoi. – Mitä hän ajattelee? Onko hän vihainen minulle siitä, että antauduin Karetalle?
– Hän ymmärtää, ettet voinut etkä uskaltanut muuta, Oosa sanoi.
– Mutta eikö hän enää ... eikö hän ajattele niin kuin ennen? Sirena kysyi. – Eikö hän enää ...?
– Hän luulee, että sinä et halua, Oosa sanoi.

Sirena nyyhkäisi ja syöksyi Leonin syliin. Leoni kiersi kätensä hänen ympärilleen, ja Sirena painoi päänsä miehen rintaa vasten ja itki. Muut olivat hiljaa, ja Tessi huomasi, että parrakas, jäyhän näköinen Serra pyyhki silmiään.

– Vaadin hänet Leonille, mitä myönnytyksiä sen takia sitten tarvitaankin, Serra sanoi lopulta. – Ja luulen, Leona, että sinun on turha etsiä hänelle huonetta. Leoni varmaan ottaa hänet omaan huoneistoonsa. Käsittääkseni veljeni tai hänen tuleva vaimonsa eivät ole niin kainoja, että odottavat vihkimistä. Sellainen ei ole koskaan kuulunut selujen tapoihin.

Sirena nosti päänsä.

– Emme me odota, hän sanoi. – Eivätkä ne asiat ole meille uutta, hoitajamme Memnon linnassa luulivat meitä lapsiksi aivan liian kauan.

Leoni nauroi.

– Mene nyt kuitenkin ensin Leonan kanssa, saat kylvyn ja ruokaa ja vaatteita, hän sanoi. – Minä käsken palvelijoiden vähän valmistella huoneitani parempaan kuntoon ottamaan vastaan sinut.

Kareta odotti alakerran pienessä kokoushuoneessa Verrakaa ja Meisaloa. Tuo huone oli hänen mielestään linnan julkisista tiloista miellyttävin, siitä puuttui muiden kokoushuoneiden mahtailu. Sanottiin, että huone oli jäänne alkuperäisestä linnasta, joka oli ollut pieni ja vaatimaton.

Ikkunan takana oli yö, ja hän oli tullessaan käynyt portailla katsomassa, miten ulkona kulkevien sotilaiden vaisusti palavat soihdut heijastivat kuvioita pihan märälle kiveykselle. Kuivakuut olivat loppuneet, ja elettiin ensimmäisen syksykuun alkua. Siihen aikaan vuodesta kerääntyi sadepilviä vain harvoin, mutta nyt oli kaatosade. Ukkonen oli jyrissyt koko illan, eikä tuntunut laantuvan.

Kareta oli väsynyt ja surullinen. Sotaa oli käyty vuosi. Hän ajatteli kuolleiden valtavaa määrää sekä omalla että vihollisen puolella. Hän oli tullut Vuorimaahan tekemään sankaritekoja, edistämään oikeudenmukaisuutta, ja hän oli onnistunut tuottamaan vain tuhoa. Hän oli päättänyt, että viimeiset turhat uhrit toivottomalle taistelulle oli annettu. Näin ei saisi jatkua.

Verraka tuli ensimmäisenä, hän tapasi olla nopea. Hänen vaatteensa olivat kastuneet, sillä hän ei asunut päärakennuksessa, vaan sivummalla olevassa pienessä talossa. Hän oli muuttanut siihen, koska Liia piti siitä.

Verraka riisui viittansa ja heitti sen seinustan penkille.

– Oletko kutsunut tänne muita? hän kysyi.

– Sinun lisäksesi tulee vain Meisalo, Kareta sanoi.

– Asiani on sellainen, että päällikköjen on tehtävä päätös.

Verraka oli Seloman poissaolon takia linnassa olevien joukkojen ylipäällikkö. Hänen lisäkseen ainoastaan Karetalla ja Meisalolla oli komennossaan omia sotilaita, kuten päälliköllä piti olla. Seloman sotilaita johti Teeka, mutta hän oli arvoltaan vain alipäällikkö.

– Aiot ilmeisesti kertoa, että ruoka loppuu, Verraka sanoi. – Sen on nähnyt jo jonkin aikaa annosten pienenemisestä. Paljonko meillä on jäljellä?

– Huomenna jaetaan se, mitä vielä on, Kareta sanoi.

Huoneessa oli hämärää, vain yksi öljylamppu paloi kituliaasti. Verraka istui matalalle rahille, ja hänen pitkä miekkansa raapaisi lattiaa aiheuttaen vihlovan, kitisevän äänen. Hän naurahti ja korjasi miekan parempaan asentoon. Sitten hän riisui kypäränsä, jota hän käytti pihalla liikkuessaan silloinkin, kun taisteluista ei ollut tietoakaan. Kypärän punainen töyhtö roikkui märkänä, mutta pörhistyi heti, kun hän ravisteli siitä veden. Myös Seloma oli tavannut käyttää kypärää ollessaan sotilaittensa näkyvillä. Kypärä lisäsi miehen pituutta, ja sen värikäs töyhtö huomattiin helposti. Varsinkin vaikeina aikoina oli tärkeää, että päällikkö näytti voimakkaalta ja rohkealta. Se antoi turvallisuuden tunnetta.

Kareta ajatteli, ettei hän itse ollut enää pitkään aikaan jaksanut olla Verrakan kaltainen voitontahdon ja toiveikkuuden esimerkki sotilailleen. Siitä huolimatta linnassa ei juuri esiintynyt kapinamieltä eikä antautumisen halua. Verraka kannusti ja ohjasi sotilaita väsymättä, ja Lis piti yllä tavallisen arkipäivän toimintoja niin hyvin kuin se näissä oloissa oli mahdollista.

– Kuulin, että lapsellesi on annettu nimi kaikessa hiljaisuudessa, Verraka sanoi hiukan moittivasti.

– Miksi sen nimi ei ole Kareta, vaan Seloma? Tietysti on kaunista kunnioittaa Selomaa nimeämällä lapsi hänen mukaansa, mutta Ukkosjumalan pojan esikoispojan kuuluu olla Kareta.

– Minun esikoispoikani on syntynyt Taanussa ja saanut hänelle kuuluvan nimen, Kareta sanoi.

Memnon linnaan ei yleensä tullut mitään uutisia, mutta Sirenan lapsen syntymää oli kuulutettu Marenan leirissä moneen kertaan ja kovaäänisesti. Oli varmaan tarkoitus, että linnassa olevat kuulisivat sen ja masentuisivat entisestään.

– Esikoispojastasi puhumalla myönnät epäsuorasti sen, mihin Marena vetoaa, Verraka sanoi.

– Onhan miehen tunnustettava siittämänsä lapsi, Kareta sanoi.

– Lapsista puheen ollen, Verraka huomautti, ja hänen totiset kasvonsa kirkasti äkkiä poikamainen hymy. – Minäkin olen tainnut saada aikaan jotain, Liialla on naisten toivottuja vaivoja.

Sitten hän vakavoitui ja katsoi Karetaa silmiin.

– On tietenkin typerää olla siitä iloinen näissä oloissa, hän sanoi. – Mutta jotenkin kuvittelen, että Liia onnistuu pakenemaan ja piiloutumaan ja pääsee lopulta sukulaistensa hoiviin Kiilovuoristoon. Eihän kukaan välitä erityisesti pitää silmällä tai ahdistella jotain launityttöä, jos kukaan ei kerro voittajille, että hän on ollut minulle mieluinen.

He olivat kumpikin hetken hiljaa, ja nuori ylipäällikkö katseli tutkivasti kuningastaan. Sitten hän nousi ja laski kätensä Karetan olalle. Hänen ilmeensä oli anteeksipyytävä.

– Puhuin ajattelemattomasti, hän sanoi. – Tiedän, että sinun vaimollasi tuskin on mitään pelastumisen mahdollisuutta.

Verrakan toteamus oli suora ja kaunistelematon, ja hänen katseensa oli vilpittömän myötätuntoinen. Hän ei tarjonnut valheellista lohdutusta, vaan mahdollisuuden puhua vaikeista asioista kiertelemättä.

– Kun Marenan joukot tulevat linnaan, joitakin pääsee sekasorrossa pakenemaan, Kareta sanoi. – Valitettavasti he varmasti huolehtivat siitä, että Lis ei kuulu pelastuneisiin, häntä pidetään yhtä vaarallisena kuin päällikköjä. Olemme kuitenkin yrittäneet järjestää pojallemme mahdollisuuden jäädä eloon.

Verraka meni takaisin istumaan.

– Siksi siis levitetään huhua, että Lisin lapsi kuoli

synnytyksessä, hän totesi. – Minäkin tiedän pojasta oikeastaan vain siksi, että Liia viettää paljon aikaa Lisin luona. Lapsen nimenkin kuulin Liialta.

– Kun Marenan joukot tulevat linnaan, eräs naispalvelijamme yrittää paeta lapsi mukanaan, Kareta sanoi. – Jos hän ei onnistu pakenemaan, hän väittää poikaa omakseen. Haluan ainakin kuvitella, että hän lopulta saa vietyä pojan Sirpiin Meetan luo.

Meisalo tuli huoneeseen. Hänen vaatteensa olivat kastuneet, vaikka hänen asuntonsa oli päärakennuksessa. Hän riisui viittansa ja heitti sen seinän luona olevalle kivipenkille Verrakan viitan viereen. Ulkona leimahti äkkiä salama, ja huone kävi aivan valoisaksi. Sitten kuului jyrinä, joka kaikui kauan kiviseinissä.

– Kävitkö ulkona? Kareta ihmetteli.

– Kävin sanomassa, että muurilla olevat vartijat saavat tulla alas ukkosmyrskyn ajaksi, Meisalo sanoi. – Ennen tällaisen sään loppumista Marena ei saisi miehiään liikkeelle edes parhaita ystäviään pelastamaan, saati sitten hyökkäämään tänne.

– Sinun vuorosi on valvoa vartiointia tänään, Verraka totesi paheksuvaan sävyyn. – Minä kyllä olisin vaatinut miehiä pysymään paikoillaan muurilla.

– Sinä varmaan et pelkää edes ukkosta, Meisalo sanoi leppoisasti. – Minä pelkään ja ymmärrän hyvin, että sotilasta ei miellytä seistä muurilla kuin tarjolla salaman iskua vastaanottamaan.

Hän istui huoneen mukavimpaan, selkänojalliseen ja käsinojalliseen tuoliin. Se oli tarkoitettu paikalla olijoista arvokkaimmalle, mutta koska Kareta oli jättänyt sen vapaaksi, Meisalo otti sen itselleen. Hän oli vanhentunut ja väsynyt, ja hän näytti usein surulliselta. Hänen huoliaan lisäsi, että hänen aikuiset poikansa olivat hänen mukanaan Memnossa. Nuorin heistä makasi vakavasti haavoittuneena sairashuoneessa.

– Tämä on sietämätöntä, Meisalo sanoi. – Ruoka loppuu, ja sotilaat napisevat. Emme kai odota kapinaa muurien sisällä? Meidän on otettava tosiasiat huomioon ja antauduttava.

– Ei ikinä, Verraka sanoi kiivaasti. – Teemme viimeisen suuren hyökkäyksen ja kuolemme taistellen.

Hän liikahti puhuessaan kiivaasti, ja miekka raapaisi taas kivipintaa. Hän nousi, otti miekan kannakkeestaan ja laski sen lattialle.

– Mitä hyötyä on taistella, koska lopputulos on täysin sama kuin antautumalla? Meisalo kummasteli.

– Olemme vastustaneet niin pitkään ja ankarasti, että kaikki miehet tapetaan armotta, ja naiset jaetaan tietysti sotasaaliina tavan mukaan.

– Mutta onhan kunniakkaampaa kuolla taistellen, Verraka sanoi.

Kareta ei voinut olla hymyilemättä hiukan surullisesti.

– On selvää, että sinä, Verraka, olet meistä suurin sankari, hän sanoi. – Sinä jaksat vielä ajatella kunniaa. Mutta minullakin on ehdotus.

Hän kokosi ajatuksiaan. Hän halusi esittää suunnitelman tyynesti ja asiallisesti, ja pyrki sivuuttamaan siihen liittyvät tunteenomaiset seikat.

– Marena haluaa Vuorimaan kuninkuuden Sirenan pojalle, eli käytännössä itselleen, hän sanoi. – Te ette ole hänen tiellään, vaan minä. Teette hänen kanssaan sopimuksen. Luovutatte minut hänelle, ja hän antaa teidän poistua rauhassa linnasta. Voitte etsiä turvapaikkaa jostain Vuorimaan ulkopuolelta. Sirpi saattaisi olla sellainen ainakin aluksi, vaikka Marena valloittaa varmaan myös sen ennen pitkää.

– Se olisi häpeällistä, Verraka sanoi kiivaasti.

– Sellaista ei edes harkita.

Mutta Meisalo selvästi harkitsi.

– Marena ei tyytyisi sinuun, vaan vaatisi myös Lisin, hän sanoi.

Kareta tiesi sen, ja se tuntui pahemmalta kuin oma kohtalo. Hän yritti kuitenkin hillitä itsensä ja esiintyä levollisesti.

– Olen puhunut siitä Lisin kanssa, hän sanoi. – Lopputuloshan on meidän kannaltamme joka tapauksessa sama.

– Niin se on, Meisalo myönsi. – Teidän tilanteenne on toivoton. Se ei huonone, vaikka yrittäisitte pelastaa meidät muut antautumalla Marenalle.

Verraka katsoi Meisaloa paheksuvasti.

– Et kai suunnittele suostumista Karetan ehdotukseen? hän kysyi.

Meisalo käännähteli tuolissaan.

– Ei mitään vaihtoehtoa kannata oikopäätä torjua, hän huomautti. – Karetan ehdotuksessa on hyviä puolia, mutta siinä on yksi vika. Marena voi luvata säästää linnan puolustajat kostoltaan, jos luovutamme

222

Karetan ja Lisin hänelle. Mutta kuka meistä tuntee Marenan kovinkaan hyvänä lupaustensa pitäjänä? En usko, että Karetan ja Lisin luovuttaminen hänelle parantaisi meidän tilannettamme.

– Et siis suostu, Verraka sanoi. – Se on hyvä, sillä vähän aikaa jo luulin, että joudun pitämään sinua vihollisena.

– Jos ette suostu ehdotukseeni, mitään ei ole tehtävissä, Kareta sanoi.

– Hyväksytään tosiasiat, Meisalo sanoi. – Ei pitkitetä toivotonta tilannetta, joka on alkanut käydä kaikille raskaaksi. Avataan huomenna portit ja antaudutaan.

– En minäkään halua enää siirtää sitä, mitä emme voi välttää, Verraka sanoi. – Mutta haluaisin kuolla kuin mies.

Hän tuntui jäävän kuuntelemaan omia sanojaan ja hymähti sitten.

– Ei se ole rohkeutta, se on pelkuruutta, hän totesi. – Taistelussa kuoleminen tuntuu helpommalta, se voi tapahtua nopeasti. Ei ole miellyttävää tietää, miten Marena on tavannut kohdella vangittujen vastustajiensa johtajia ennen heidän surmaamistaan.

– Siirretään ratkaisu huomiseen, Kareta sanoi.

Meisalo nousi ja sanoi käyvänsä sairashuoneessa katsomassa poikaansa. Verraka viivytteli lähtöään. Hän näytti kummastuneelta, ja Kareta tiesi hänen ihmettelevän, miksi päätöksen tekemistä siirrettiin. Hetken epäröityään Verraka kuitenkin lähti.

Kareta kääntyi katsomaan ikkunasta pihalle. Kaatosade jatkui, ja salamat leimusivat. Jyrinä oli melkein taukoamatonta. Se kuului eri puolilta, välillä kauempaa ja välillä aivan kohdalta.

Huoneen ovi avautui ja sulkeutui sitten. Kevyet askeleet tulivat Karetaa kohti. Kareta tiesi, kuka tulija oli. Hän ei kääntynyt, vaan katsoi yhä ikkunasta ulos, ja sanoi: – He eivät suostuneet.

Lis tuli hänen viereensä.

– Arvasin sen, Lis sanoi. – Meidän on nyt tehtävä niin kuin päätimme siinä tapauksessa tehdä.

– Jos menisin sittenkin yksin, Kareta sanoi pyytävästi. – En kestä ajatusta siitä, miten sinua ehkä kohdellaan.

– Olen ikävä kyllä jo oppinut tietämään, että miestäkin voi nöyryyttää monin tavoin, Lis sanoi. – Mutta meitä kohdeltaisiin aivan yhtä huonosti, vaikka meidät vangittaisiin vasta myöhemmin. Kun menemme nyt Marenan armoille, hän menettää ainakin osan kiinnostuksestaan Memnon linnaa kohtaan. Ystäviemme taas ei enää tarvitse pyrkiä suojelemaan meitä. Kumpikin vaikuttaa siihen, että Memnon linnassa olevat voivat neuvotella paremmat antautumisehdot.

Kareta kääntyi ja lähti ovea kohti.

– Mennään, hän sanoi. – Mennään pian, ennen kuin rohkeuteni loppuu. Ymmärrän, että se on velvollisuutemme, mutta on sietämättömän vaikea ajatella sinun kohtaloasi.

Pihalla syöksyi sade alas kuin harmaa seinä. Lisillä oli päällysviitta, mutta Kareta ei halunnut mennä hakemaan omaansa. Hän pelkäsi, ettei hänen päättäväisyytensä kestäisi, jos hän viivyttelisi.

Verraka oli pihalla, ja hänen seurassaan oli muutamia sotilaita. Hän ei tuntunut huomaavan Karetaa ja Lisiä, jotka kiirehtivät hänen ohitseen kohti pienintä ja syrjäisintä porttia. Sen luona oli kaksi miestä. Kareta tervehti heitä ja sanoi haluavansa tarkistaa, oliko portti kunnolla kiinni. Hän oli hetken tutkivinaan salpoja, ja sanoi sitten: – Tässä on jotain hiukan huonosti toimivaa, kuten minulle väitettiinkin. Menkää etsimään Teekaa, hänellehän tämä portti kuuluu. Haluan keskustella hänen kanssaan, pitääkö hakea seppä korjaamaan tätä.

– Menemmekö molemmat? toinen sotilaista kysyi.

– Löydän kyllä Teekan helposti yksinkin.

– Menkää molemmat, minä ja vaimoni odotamme tässä portilla, Kareta sanoi.

Sotilaat tuntuivat hiukan kummastuneilta, mutta noin korkealta taholta tulevaa käskyä ei tietenkään sopinut vastustaa tai kysellä syitä siihen. He lähtivät, ja Kareta irrotti salvat ja avasi portin. Hän ja Lis menivät muurin ulkopuolelle.

Kareta ei ehtinyt tarkkailla ympäristöään, sillä oli toimittava nopeasti. Linnan piiritys oli kaiken aikaa ollut niin huolellista, että jokainen sieltä ulos pyrkivä huomattaisiin hetkessä. Portti piti kiireesti sulkea ulkoapäin katkaisemalla nahkainen hihna, jonka jälkeen sisäpuolella oleva salpa putoaisi pidikkeeseensä.

Karetan sulkema portti paiskattiin saman tien auki,

ja siitä tuli joukko sotilaita. Salama leimahti, ja sen valossa Kareta näki, että heitä johti Verraka. Verraka asettui Karetan eteen ja sanoi: – Mene takaisin muurien suojaan ja ota Lis mukaasi, tai viemme teidät turvaan väkisin.

Kareta katsoi huolissaan ympärilleen, sillä hän pelkäsi, että Marenan sotilaat olisivat kohta heidän kimpussaan. Vasta nyt hän huomasi, että muurin luona oleva rinne vaikutti autiolta. Siellä oli tavannut olla sotilaiden nuotioita, ja miehiä niiden ympärillä. Verraka huomasi saman.

– Vaikuttaa kummalliselta, hän sanoi. – Ei vartiointia tuolla tavalla keskeytetä pelkän rajuilman takia.

Salamat leimusivat taas, ja niiden valossa näkyi Marenan leiri. Telttojen ja kuormastojen luona juostiin, ja osa teltoista oli purettu.

– Tuo näyttää pakokauhulta, Verraka sanoi. – Lähetän tarkkailijat muurille ja tiedustelijat heidän leirinsä lähistölle. Ensin menemme kuitenkin takaisin linnaan, vaikka ei tänne näytä olevan ketään tulossa.

Hän antoi ohjeita sotilailleen. Sitten hän siirtyi Karetan ja Lisin mukana muurien sisäpuolelle, ja sotilaat seurasivat heitä. Portti suljettiin, ja sotilaat sytyttivät soihtuja. Monet heistä katsoivat vakavina ja melkein kuin huolestuneina Karetaa ja Lisiä.

Verraka sanoi sotilaille: – Kunnioitettu Kareta ja kunnioitettu Lis aikoivat antautua Marenalle pelastaakseen meidät muut.

– Oliko tuo välttämätöntä? Kareta kysyi moittivasti.

– Joskus on hyvä kertoa totuus ja vain totuus, Verraka sanoi. Hän kääntyi taas sotilaiden puoleen ja sanoi: – Tulitte kanssani estämään jalon uhrauksen, jota emme voi sallia. Kiitän teitä.

Karetan vaatteet olivat kastuneet likomäriksi, koska hänellä ei ollut suojaavaa päällysviittaa. Yksi sotilaista tuli ja asetti oman viittansa Karetan hartioille.

– Sallithan, kunnioitettu, hän sanoi.

Kareta kääntyi hymyillen kiittämään ja luovuttamaan viittaa takaisin.

– Olen jo kastunut, ei tämä enää tästä pahene, hän sanoi. – Kiitän teitä kaikkia, jotka Verraka toi minun ja puolisoni avuksi.

Verraka lähetti sotilaat pois, ja nousi sitten Karetan ja Lisin kanssa muurille, josta Marenan leirin tilanteen näki parhaiten.

Ukkonen oli siirtynyt kauemmas, ja sade heikkeni. Piirittäjät olivat aivan ilmeisesti poistumassa. Pohjoisesta Memnoa kohti johtavalla tiellä oli tulossa soihturivistö. Se eteni niin reippaasti ja järjestäytyneenä, että kysymyksessä täytyi olla sotilasosasto.

– On selvää, että tulija on Marenan vihollinen, koska hänen joukkonsa pakenevat, Verraka sanoi.

– Ikävä kyllä tulija voi olla yhtä vaarallinen meillekin. On kuitenkin toivoa, ja on sekin jotain. Toivoa on viime aikoina ollut kovin vähän.

Meisalo nousi muurille.

– Tulkaa vartiohuoneeseen, hän sanoi. – Myös Memnon kaupungista päin on tulossa joukkoja. Ne

227

vaikuttavat arriiteilta.

– Pohjoisesta tulevat ovat seluja, Verraka sanoi.
– Tunnistan heidän ryhmittäytymistapansa. Taisin olla toiveikas liian aikaisin. Menkää vartiohuoneeseen. Minä käyn määräämässä vahvistetut joukot porteille ja muureille.

Vartiohuoneessa oli Ake keskustelemassa Aniran kanssa. Heille oli tullut tieto, että arriitit näyttivät pystyttävän leiriä ja vaikuttivat siltä, että aikoivat yöpyä. Arriitit olivat tulleet lähelle, mutta eivät kuitenkaan nuolenkantaman päähän.

Vartiohuoneeseen tuotiin vähitellen lisää tietoja, mutta tilanne tuntui aina vain sekavammalta. Meisalo lähti katsomaan, miten Verraka oli sijoitellut joukkoja. Karetan piti pysyä vartiohuoneessa, että hänet tarvittaessa löytäisi ilman viivytystä. Lis pysyi hänen luonaan.

Vähän ennen keskiyötä Verraka tuli Karetan luo. Hänellä oli kädessään kirjekäärö.

– Pääportille tuli viestintuoja, hän sanoi. – Viesti on sinulle. Haluatko kuulla sen yksityisesti, vai luenko sen tässä?

Kareta pystyi lukemaan hankalia tavumerkkejä vain auttavasti. Se ei kummastuttanut ketään, sillä täydellinen lukutaito oli Vuorimaassa harvinaista päällikkötasollakin. Enemmän ihmeteltiinkin sitä, että Verraka oli vaivautunut opettelemaan useita merkkijärjestelmiä ja oli kerännyt itselleen melkoisen kokoelman kirjoja.

– Lue se tässä, Kareta sanoi.

Verraka istuutui ja avasi kirjekäärön. Lis otti öljylampun käteensä ja tuli pitämään sitä Verrakan vieressä.

– Kirje on Selomalta, Verraka totesi. – Kirjeen tuoja sanoi sen olevan häneltä, mutta halusin varmistua asiasta ennen kuin kerron sen teille. Tunnen Seloman käsialan, ja kirjeen loppuun merkityt salaiset tunnussanat ovat oikein.

– Seloma on siis elossa, Kareta sanoi. – Mitä hän kirjoittaa?

Verraka luki: – Kareta, ystävä. Pyydän sinua vastaanottamaan minut, selujen kuninkaan Serran, arriittien päämiehen Temean ja launien päämiehen Tanikan sekä joitakin sinulle ja minulle läheisiä henkilöitä. Vaikka on jo myöhä, haluaisimme leiriolosuhteiden sijasta majoittua mukavasti linnaan. Huomenna aloitamme neuvottelut Vuorimaan hallinnon järjestämisestä.

He istuivat pitkään hiljaa, ja sitten Kareta sanoi:
– Tätä on vaikea uskoa todeksi.

Lis nousi ja sanoi: – Minun on heti mentävä valmistelemaan majoitusta ja ...

Hän vaikeni muistaessaan, että ei ollut juuri mitään tarjottavaa.

– Tässä on jälkikirjoitus, Verraka sanoi. – Ruokaa ja juomaa tuomme mukanamme, sitä riittää teillekin.

Hän nousi ja sanoi: – Menen antamaan käskyn pääportin avaamisesta.

Memnon linnan valtaistuinsalissa istui viisi miestä neuvottelemassa Vuorimaan hallinnon järjestämisestä. Seloma johti keskustelua, mutta ei osallistunut päätöksentekoon. Kareta, Serra, Temea ja Tanika sopivat asiat keskenään.

Heidän ympärillään oli suuri, kaikuva sali. Sen seinustoilla odotteli jokunen palvelija ja sotilas valmiina ottamaan vastaan määräyksiä. Silloin tällöin neuvottelu keskeytettiin, koska joku halusi käydä keskustelemassa neuvonantajiensa kanssa.

Oli päätetty, että ei enää puhuttaisi ylemmistä ja alemmista. Alempien sijasta olisi seluja, arriitteja ja launeja. Ylempiä päätettiin ryhtyä nimittämään entisiksi ylemmiksi.

Seloma oli saanut kaikki vakuuttuneiksi siitä, että valta piti keskittää yhdelle henkilölle. Hänestä käytettäisiin nimitystä Vuorimaan kuningas, jota oli käytetty myös Karetasta. Silti ei ollut itsestään selvää, että juuri Karetasta tulisi ylin uudelleen järjestetyssä hallinnossa. Serra ei kuitenkaan ollut kiinnostunut muusta kuin selujen johtamisesta. Temea sanoi, että hän ei missään tapauksessa hyväksyisi kuninkaaksi

230

launia, ja Tanika sanoi, että launit eivät hyväksyisi arriittia. Ainoaksi mahdollisuudeksi jäi, että kuningas olisi Kareta. Kuninkuus olisi periytyvä, niin kuin ennenkin. Serra yritti tarjota selujen mallia, jossa seuraavasta kuninkaasta äänestettiin. Seloman mielestä se olisi lisännyt juonitteluja, joita kuninkaan ympärillä muutenkin aina oli kiusallisen paljon. Temean, Tanikan ja Serran arvonimeksi tuli alakuningas. Serra oli uudesta arvostaan huvittunut ja huomautti, että selut varmaan nimittäisivät edelleen häntä selujen kuninkaaksi.

Serra ei ollut kovin halukas luopumaan itsenäisyydestä, jota selut tähän asti olivat onnistuneet puolustamaan. Seloma oli kuitenkin jo hyvissä ajoin selittänyt hänelle, että Kareta ei luultavasti pysyisi kauan vallassa ilman selujen tukea. Selut taas hyötyisivät siitä, että voisivat liikkua vapaasti oman alueensa ulkopuolella, eikä heidän tarvitsisi puolustautua muita Vuorimaassa asuvia vastaan. Serra suostui liittämään selut Karetan johtamaan Vuorimaahan, mutta vaati heille laajan itsehallinnon. Seluille sen saattoi myöntää, mutta kun Temea ja Tanika vaativat launeille ja arriiteille oikeutta samaan, se todettiin mahdottomaksi. Temean hallintaan tosin jäi alue, jolla asui pääosin arriitteja, ja Tanikan hallitsemalla alueella suurin osa oli launeja. Enemmistöjen seassa asui kuitenkin vähemmistönä toista ryhmää, ja molempien alueille jäisi suuri määrä entisiä ylempiä. Temean ja Tanikan päätöksille piti siksi hakea Karetan vahvistus. Jos Karetan ja alakuninkaan välillä oli erimielisyyttä, asia ratkaistaisiin kokouksessa, johon osallistuisivat kuninkaan lisäksi kaikki kolme alakuningasta.

Kun vallanjaon periaatteista oli sovittu, siirryttiin sotilasasioihin. Sota ei ollut vielä kokonaan ohi, vaikka se olikin käytännössä jo voitettu. Arriittien alueella oli entisiä ylempiä, jotka eivät olleet antautuneet. He olivat vetäytyneet linnoihinsa ja valmistautuivat puolustautumaan.

– He pelkäävät arriittien kostoa, Temea sanoi. Hän hymyili, ja lisäsi sitten ilmeisen tyytyväisenä: – Se pelko on aiheellinen.

– Olemme jo alustavissa neuvotteluissa sopineet, että kostotoimia ei sallita, Seloma muistutti.

– Olen antanut siitä tiedon sotilasosastojeni johtajille, Temea sanoi. – He ovat luvanneet yrittää estää ne. He sanoivat kuitenkin, että joissakin tilanteissa miehiä on mahdoton hillitä. Oikeastaan en usko heidän edes yrittävän kovin pontevasti. Minäkään en ole erityisen anteeksiantavainen. Ylemmät ovat kohdelleet hyvin huonosti monia läheisiäni, ja arriitteja on surmattu vähäisistäkin syistä.

Vuorimaan sotajoukkojen ylipäällikön valinta sujui yksimielisesti. Seloma ei enää halunnut hoitaa sitä tehtävää. Arriiteilla ja launeilla ei ollut riittävää taistelukokemusta, ja Tanika sanoi, että hän ei missään tapauksessa hyväksyisi selua ylipäälliköksi. Oli valittava joku entisistä ylemmistä. Kaikkien mielestä Verraka oli ainoa, joka oli kohtalaisen luotettava ja riittävän pätevä.

Yksi sotilaista lähetettiin kutsumaan Verraka paikalle. Ylipäällikön piti ryhtyä heti hoitamaan tehtäväänsä, sillä tilanne oli kaikkea muuta kuin vakiintunut. Memnon luona leirissä olevat arriittisotilaat olivat jo käyttäytyneet uhkaavasti launisotilaita kohtaan, ja arriitit ja selut olivat nahistelleet keskenään. Verraka tuli, ja lupasi ryhtyä heti järjestämään Vuorimaan sotajoukkoa sellaiseksi, jossa jokainen tiesi paikkansa ja tehtävänsä. He lähtisivät sen jälkeen valloittamaan ne entisten ylempien linnat, jotka eivät olleet vielä antautuneet. Hän vakuutti, että tehtävä oli helppo, ja siitä suoriuduttaisiin nopeasti. Heidän ylivoimansa oli niin suuri, että jousimiehet pystyisivät pitämään linnojen puolustajat poissa muureilta, ja muurit voitaisiin murtaa joltakin heikolta kohdalta, tai ne ylitettäisiin tikkaiden avulla.

Neuvottelut jatkuivat iltaan asti. Niiden päätyttyä Kareta vetäytyi omiin huoneisiinsa. Verraka tuli sinne tapaamaan häntä. Hän näytti yllättyneeltä, mutta ei lainkaan paheksuvalta, kun hän löysi kuninkaansa vuorimaalaiselle miehelle kovin oudossa puuhassa, kylvettämässä vauvaa. Lapsen piti Lisin mielestä alusta asti oppia tuntemaan molemmat vanhempansa. Hän oli siksi rohkaissut Karetaa osallistumaan pojan hoitamiseen, ja Kareta teki sen mielellään.

Verraka tuli Karetan viereen katsomaan lapsen kylvettämistä, ja vettä roiskui hänen sotilaspuvulleen. Tapansa mukaan hän oli päällikön asussa, vaikka oli sentään jättänyt aseet, rintapanssarin ja kypärän pois. Kareta oli yksinkertaisessa värjäämättömässä pellavapaidassa, mutta se ei vaivannut Verrakaa, joka oli jo tottunut Karetan ja Lisin epämuodollisiin tapoihin. Kun vauva oli kylvetetty, Lis otti sen huostaansa. Kareta kysyi, halusiko Verraka keskustella hänen kanssaan kahden kesken.

– Tulin kysymään neuvoasi yksityisasiassa, mutta ei sitä tarvitse Lisiltä salata, Verraka sanoi. – Ongelmani koskee Liiaa.

– Olen luullut, että olet häneen hyvin tyytyväinen, Kareta sanoi. – Mutta jos haluat luopua hänestä, hän saa tulla takaisin minun ja Lisin luo.

Verraka naurahti.

– Olen Liiaan enemmän kuin tyytyväinen, hän sanoi. – Ja nyt, kun hän odottaa minun lastani, tekisin hänestä mielelläni vaimoni.

– Siihenhän ei ole mitään estettä, Kareta sanoi.

Verraka heilautti vaaleita kiharoitaan ja oikaisi ryhtiään. Hän sanoi: – Olen jo nyt joutunut monta kertaa melkein ylipääsemättömään tilanteeseen, kun joku on kysynyt minulta Liian syntyperää. Hänen äitinsä on launi ja orja, tai entinen orja, koska orjuus ilmeisesti lakkautetaan kaikkialla Vuorimaassa. Äidin asemasta me entiset ylemmät emme ole koskaan kovin paljon välittäneet, mutta on ongelmallista, että Liian isää ei tiedetä. Sellainen aiheuttaa ikäviä puheita.

Kareta ymmärsi sen. Isättömyys oli Vuorimaan ylempien mielestä ihmisen suurimpia häpeän aiheita. Launit ja arriitit jakoivat saman käsityksen. Vain selujen keskuudessa häpeä kohdistettiin pelkästään vastuustaan luikahtaneeseen isään, ei äitiin tai lapseen.

– Mutta nythän on uusi aika, Kareta sanoi. – Isättömille annetaan sama arvo kuin muillekin ihmisille.

Verraka huokasi.

– Ennakkoluulot eivät häviä noin vain, hän sanoi. – Ja minä olen kiivas, tiedät sen. Tapan vielä jonkun, joka puhuu Liiasta halveksivasti.

Verrakan otsalle levisi harmin puna, kun hän vain ajattelikin mahdollisesti syntyvää tilannetta, ja Kareta ymmärsi, että ongelma oli vakava. Liialle pitäisi vaikka sepittää kelvollinen isä, tai muuten Verraka tosiaan kiivaudessaan syyllistyisi vielä miestappoon. Kiusanteonhaluisia ihmisiä riitti aina, ja moni kadehti Verrakaa tai tunsi muista syistä katkeruutta häntä kohtaan. Liian isättömyys oli armeijan ylipäällikön heikko kohta, johon kiistoissa mielellään kajottaisiin.

– Ajattelin kysyä sinulta, tietäisitkö sinä mitään hänen isästään, Verraka sanoi. – Jostain syystä Liia ei suostu kertomaan, vaikka tuntuukin tietävän asian. Olen ajatellut, että isä ei ehkä ollut orja, vaan kuului jonkun vierailevan kauppiaan seurueeseen. Sellaisesta launi vaikenisi, varsinkin jos mies olisi ollut Autiomaasta. Mutta mitäpä siitä, vaikka isä olisi kotoisin sieltäkin, kunhan hän vain olisi tiedossa.

– Liian äiti on Seloman taloudenhoitaja, Kareta sanoi. – Seloma ehkä tietää Liian isän.

Hän otti paljaisiin jalkoihinsa sandaalit, mutta ei muuten mitenkään kohentanut asuaan. Miehet lähtivät yhdessä Seloman asunnolle, ja löysivät hänet viettämässä vapaailtaa. Hän oli yhtä epämuodollisesti

235

pukeutuneena kuin Kareta, yllään pelkkä paita ja avojaloin, sillä huoneessa oli lämmin matto. Hän oli riisunut jopa korunsakin, minkä vuorimaalainen mies harvoin teki. Kareta taas oli pitkään käyttänyt ainoana korunaan Selomalta saamaansa rannerengasta, ja sitäkin hän sanoi käyttävänsä vain sen tunnearvon takia. Verraka helisytti kultaisia rannekorujaan ja katsoi muita huvittuneena.

– Jos tuosta tulee uusi muoti, minunkin on kai opeteltava pukeutumaan noin, hän naureskeli. – Vaikka pelkään kyllä, että silloin menettäisin jopa palvelijoitteni kunnioituksen.

– Etkö sitten edes kotioloissa riisu säärisuojuksiasi? Seloma kiusoitteli, sillä Verrakalla tosiaan oli kauniisti koristellut kaarevat hopealevyt jalkoihinsa nyöritettyinä. – Menet ehkä vuoteeseenkin sen suloisen tyttösi kanssa täysissä varusteissa.

– Siihen minulla on melko hyvät luontaiset varusteet, Verraka heitti takaisin. – Mutta juuri siitä tytöstä on kysymys.

Hän esitti nyt asiansa Selomalle, joka ymmärsi hyvin Verrakan huolen.

– Liian äiti on ollut palveluksessani kauan, Seloma sanoi. – Hän on kunnollinen ja vastuuntuntoinen nainen, ja minusta oli kovin outoa, kun hänelle syntyi lapsi, jonka isästä ei ollut tietoa. En halunnut nolostuttaa häntä tiukkaamalla asiaa, koska hän selvästi halusi salata lapsen isän. Mutta tarvitset kyllä tietosi, joten kysytään Lanetalta itseltään.

Seloma pyysi palvelijaa hakemaan Lanetan. Lanetan mukana tuli Liia, joka oli ollut tapaamassa äitiään.

– Laneta, tunnet varmaan Verrakan, joka nyt olisi halukas ottamaan tyttäresi puolisokseen, Seloma sanoi. – Hän haluaisi tietää jotain tulevan vaimonsa isästä. Ymmärräthän, että pahanilkiset ihmiset käyttävät tilaisuutta kiusoitteluun, jos isä ei ole tiedossa.

Liia katsoi Verrakaa moittivasti.

– Kielsin sinua! hän puuskahti.

Liian äiti näytti hetken miettivän asiaa. Hän katsoi tytärtään ja sitten Verrakaa, ja viimein katse siirtyi Selomaan. Sitten se palasi takaisin tyttäreen.

– Tuleva aviomiehesi tarvitsee sen tiedon, hän sanoi. – Ja ehkä isäsikin on hyvä tietää nyt. Hän ei tulevaisuudessa asu kanssamme, eikä hän siis enää joudu tietonsa takia kiusallisiin tilanteisiin, niin kuin aikaisemmin olisi käynyt.

– Tytön isä on siis yhä elossa? Seloma kysyi.

– Kunnioitettu, Laneta sanoi ja hymyili vaisusti. – Liian ikä on aina ollut helppo muistaa. Hävitystä taistelusta, jossa entinen Kareta kannattajineen surmattiin, kului vuoden kolmestatoista kuukaudesta tasan kymmenen Liian syntymään.

– Niin se taisi olla, Seloma myönsi.

– Sinun veljesi Erina surmattiin silloin, nainen sanoi ja katsoi isäntäänsä myötätuntoisesti. – Itkit saatuasi siitä tiedon ja joit itsesi humalaan, mitä yleensä et koskaan tee.

– Niin, Seloma sanoi hiukan vaivautuneena.

– Mutta mitä se kuuluu tähän Liian asiaan?

237

– Kunnioitettu, Laneta sanoi. – Autoin parin muun orjan kanssa sinut vuoteeseen. Muut lähtivät pois, mutta pidit minusta kiinni. Halusit minut viereesi, ja sillä tavalla sain itkusi loppumaan. Ja aikanaan syntyi Liia.

Huoneen takassa paloi tuli, joka loi Seloman kasvoille vaihtelevat varjot. Liia katsoi häntä ja sitten Verrakaa moittivasti.

– Ymmärrätkö nyt, ettei sinun olisi pitänyt yrittää saada selvyyttä? Liia kysyi Verrakalta. – Kunnioitettua Selomaa ei olisi saanut vaivata tällaisella asialla.

– Mutta miksi et kertonut? Seloma kysyi Lanetalta.

– Se olisi tuntunut hiukan samalta kuin hyötyminen toisen erehdyksestä, Laneta sanoi. – Olithan humalassa, et ollut oma itsesi, etkä muistanut koko asiaa jälkeenpäin. En halunnut mitenkään käyttää hyväksi tekoa, joka johtui surustasi ja sekavasta olostasi.

Laneta hymyili äkkiä ja katsoi isäntäänsä silmiin.

– Ehkä myös häpesin, hän sanoi. – Kaikki naisorjasi tietävät, ettet pakota ketään vuoteeseesi. Olisin voinut kieltäytyä pelkäämättä rangaistusta, mutta en kieltäytynyt.

– Jotain olen sentään jaksanut pitää mielessäni siitä, mitä äitini opetti minulle selujen kunniakäsityksestä, Seloma sanoi. – Ja olisin kyllä ymmärtänyt, että toimit säälistä. Halusit auttaa minua siihenastisen elämäni varmaan vaikeimpana hetkenä.

– Niin, kunnioitettu, Laneta sanoi. – Olen aina ollut kiintynyt sinuun, mutta en niin kuin vaimo, vaan niin kuin sisar. Leikimmehän lapsina yhdessä, ennen kuin sinusta alettiin kasvattaa ylempiin kuuluvaa, ja äitisi hoiti minua, kun olin menettänyt vanhempani. En halunnut minkään muuttuvan välillämme yhden erehdyksen hetken takia.

– Olisin kuitenkin halunnut huolehtia lapsesta, jonka olen saanut aikaan, Seloma sanoi.

– Huolehdithan sinä minusta ja hänestä joka tapauksessa, Laneta sanoi. – Meillä on ollut kaikki mitä tarvitsimme.

Kareta jätti Verrakan tulevan vaimonsa ja tämän vanhempien seuraan, ja palasi omaan huoneistoonsa. Hänestä tuntui, että Seloma oli myöntänyt tekonsa niin kuin miehen tuli tehdä, luontevasti ja selittelemättä, ja valmiina ottamaan siitä vastuun. Kareta ei pystynyt samaan. Hän tiesi, että Sirena asui Leonin kanssa siinä huoneistossa, jossa Leoni oli Memnossa ollessaan ennenkin asunut. Kareta oli nähnyt heidät kauempaa, mutta hän ei ollut mennyt tervehtimään. Jopa Leonin kohtaaminen tuntui vaikealta, vaikka olikin selvää, että Leoni oli tiennyt Karetan ja Sirenan välillä tapahtuneen jo kauan.

Lis istui ompelemassa. Öljylampun valossa hänen kasvonsa näyttivät kauniilta ja levollisilta. Kareta jäi seisomaan hänen viereensä ja sanoi: – Haluaisin mennä pyytämään Sirenalta anteeksi, mutta en pysty siihen.

– Olen puhunut asiasta Sirenan kanssa, Lis sanoi. – Kävin kysymässä häneltä, tarvitsevatko hän ja Leoni lisävarusteita huoneeseensa. Samalla kerroin, että sinä olet pahoillasi ja häpeät sitä, mitä teit. En tiennyt, haluatko pyytää häneltä anteeksi. Kysyin kuitenkin, toivooko hän sitä. Hän sanoi, että hän ei halua anteeksipyyntöäsi. Hän ei halua puhua kanssasi siitä mitään, sillä hänkin tuntee häpeää. Hän syyttää itseään siitä, että hän muita miehiä pelätessään tarjoutui sinulle, eikä uskaltanut näyttää sinulle vastahakoisuuttaan.

– Ei hänen tarvitse hävetä, Kareta sanoi. – Olin selvillä hänen pelostaan, ja pitäähän miehen muutenkin ymmärtää, miten turvaton nainen tuollaisessa tilanteessa on. Syy on kokonaan minun.

– Niin on, Lis sanoi lempeästi. – On kuitenkin hyvä, että ymmärrät sen. Silloin ei ole vaaraa, että toimisit toista kertaa samoin.

– Oletko sinä antanut minulle anteeksi? Kareta kysyi.

Hän ei ollut kysynyt sitä aikaisemmin. Oli ollut niin paljon muita huolia, ja hän oli tainnut pitää itsestään selvänä, että Lis suhtautuisi ymmärtäväisesti kaikkiin hänen virheisiinsä.

– Ei minulla ollut siinä kovin paljon anteeksiannettavaa, Lis sanoi. – Luottamukseni sinuun sai pienen kolauksen, ja se alkaa jo korjautua. Itsellesi teit enemmän vahinkoa, menetit itsekunnioitustasi. Suurinta vääryyttä teit kuitenkin Sirenalle. Sitä et voi korjata, ja sinun on hyväksyttävä, että Sirena ei halua keskustella kanssasi siitä asiasta.

Kareta ajatteli, että Lis oli oikeassa. Lis oli usein ennenkin osannut neuvoa häntä niissä asioissa, joita hän ei ollut pystynyt yksin ratkaisemaan. Hän oli aikonut olla puhumatta Lisille mitään siitä hirvittävästä päätöksestä, jota häneltä vaadittiin. Nyt hänestä tuntui, että juuri Lis oli se, jonka kanssa hänen oli asiasta neuvoteltava. Lis osaisi kertoa, mikä oli oikein. Karetan ja Sirenan poika Kareta oli yhä elossa. Seloman tarkoitus oli ollut surmauttaa lapsi heti kun se Taanussa päätyi hänen johtamiensa joukkojen haltuun. Serra oli kuitenkin vastustanut pienokaisen surmaamista ja vaatinut, että se tuotaisiin Karetalle, joka päättäisi sen kohtalosta. Karetan käskystä lapsi oli sijoitettu hoitajansa kanssa syrjäiseen huoneeseen, jota sotilaat vartioivat.

Seloma ja Verraka olivat selittäneet Karetalle, että pojan surmaaminen oli välttämätöntä. Kuninkuus oli periytyvä. Olisi ollut vastuutonta jättää henkiin lapsi, joka oli laillinen vallanperijä. Kuka hyvänsä voisi sen nimissä ryhtyä tavoittelemaan valtaa, ja lapsi itsekin voisi tehdä sen aikuiseksi vartuttuaan. Lain muuttaminen ei auttaisi, sitä pidettäisiin vain yrityksenä verhota tapahtunut vääryys.

Kareta selitti asian Lisille. Lis kuunteli, vaikka vaikuttikin siltä, että hän oikeastaan jo tiesi kaiken sen, mitä Kareta kertoi. Lopulta Kareta sanoi: – Sinä olet viisaampi kuin minä, neuvo minua.

– Olen odottanut, että kysyisit, Lis sanoi. – Miehet ovat joskus niin kummallisia. He pohtivat asioita, vaikka ratkaisu on itsestään selvä. Minä selitän, mitä pitää tehdä.

Verraka oli lähtenyt valloittamaan ne linnat, joiden päälliköt eivät olleet vielä antautuneet. Hän oli jättänyt Memnoon vain sen verran sotilaita kuin sen turvaksi tarvittiin. Hänen mielestään piti toimia nopeasti ja tehokkaasti.

Kareta ja alakuninkaat olivat ryhtyneet jakamaan hallinnon keskeisiä tehtäviä. Seloman pyynnöstä Tessi kävi selittämässä heille Sirpin järjestelmää, jossa johtoaseman ratkaisivat vain kyvyt, ei sukupuoli. Tanika kuunteli häntä kiinnostuneena ja sanoi, että perimätiedon mukaan launeja olivat ensin hallinneet naiset. Tapa oli kulkeutunut Autiomaasta, josta launien esi-isät olivat siirtyneet Sirpiin ja sitten sieltä nykyisille asuinsijoilleen. Tanikan mielestä nainen saattoi hallita, kun kylät olivat pieniä. Se oli myös välttämätöntä silloin, kun miehet viipyivät pitkään poissa kotikylästä metsästysretkillä ja kauppamatkoilla. Kaukaisessa pohjolassa, josta Anira oli kotoisin, oli ilmeisesti yhä sellaiset olot.

– Naisia ei pidä valita mihinkään vaativiin tehtäviin, Temea sanoi. – Poikkeusoloissa naiset joutuvat hoitamaan miehille kuuluvia töitä parhaan kykynsä

242

mukaan, mutta se on eri asia.

– Nainen on monessa suhteessa miestä korkeatasoisempi, Serra totesi. – Selujen tärkeimmät arvot ovat naisten luomia ja ylläpitämiä, mutta miesten tehtävä on valvoa järjestystä ja turvallisuutta.

Selomakin myönsi lopulta, että Vuorimaassa ei vielä voinut asettaa naisia johtotehtäviin.

– Sirpiä johtaa hyvä ja viisas naishallitsija, hän sanoi. – Siellä se onnistuu, mutta täällä miehet ovat tottumattomia sellaiseen.

Kareta sanoi: – Lis osaa ratkaista monia vaikeita asioita paremmin kuin minä. En kuitenkaan haluaisi asettaa ketään naista kiusallisiin tehtäviin, joita levottoman maan vielä kovin vakiintumattoman järjestyksen ylläpitäminen vaatii. Päätöksistäni aion neuvotella vaimoni kanssa, mutta en halua hänelle lisävaltuuksia niiden lisäksi, jotka hänellä minun puolisonani jo on. Neuvonantajakseni olen kuitenkin päättänyt nimittää yhden naisen, äitini Aniran.

Anira käytiin kutsumassa paikalle, sillä neuvonantajan nimittäminen piti vahvistaa nimitetyn suostumuksella. Anira tuli, mutta kaikkien yllätykseksi hän kieltäytyi.

– Olen mielestäni palvellut Vuorimaata riittävän paljon, hän sanoi. – Meeta lupasi ennen lähtöään, että hän hakee rauhan tultua minut Sirpiin. Minusta tulee merikauppiaan vaimo, ja opetan sirpiläiset tytöt kutomaan niin kauniita kankaita, ettei Sirpiin tarvitse enää ostaa Autiomaasta hienoimpiakaan laatuja.

– Olen pahoillani, koska menetän sinut, Kareta sanoi. – Samalla olen kuitenkin iloinen siitä, että olet valinnut hyvän osan. Olet varmasti onnellisempi Sirpissä Meetan luona kuin täällä.

Oli sovittu, että uudelle hallinnolle uskollisuutta lupaavat päälliköt saisivat pitää linnansa ja sotilaansa. Verrakan, Meisalon ja Seloman linnat palautettiin kuitenkin Marenan niihin asettamilta päälliköiltä takaisin heille. Seloma luovutti Kiilon linnan launien alakuninkaalle Tanikalle, sillä Seloma lähtisi Sirpiin ja keskittyisi siellä vanhojen Koorasta kertovien kirjoitusten tutkimiseen.

Tanika oli ainoa launi, joka oli halukas toimimaan päällikkönä. Heidän muut johtomiehensä olivat ilmoittaneet siirtyvänsä entisiin töihinsä kauppiaiksi ja maanviljelijöiksi. Luultavasti myös monet rivisotilaina taistelleet launit palaisivat aikaisempiin ammatteihinsa. Useimmat niistä launeista, jotka halusivat jäädä sotilaiksi, hakeutuisivat varmaan Tanikan joukkoihin. Hänen johtoonsa jäisi ehkä myös entisiä Seloman sotilaita, jotka olivat tottuneet asumaan Kiilossa.

Taanun päällikkö Marena oli surmattu. Hänen linnaansa tarjottiin Temealle. Temea piti sen sijaintia liian syrjäisenä, ja hän ehdotti sen antamista lähimmälle miehelleen Ratealle. Kenelläkään ei ollut mitään sitä vastaan, koska Ratea oli halukas muodostamaan sotajoukon ja toimimaan sen päällikkönä. Temea halusi itselleen jonkun niistä linnoista, joita Verraka oli vasta lähtenyt valloittamaan.

Alakuninkaita huolestutti se, että päälliköissä tulisi

244

olemaan vain yksi launi ja kaksi arriittia, suurin osa olisi entisiä ylempiä. Päälliköille ei kuitenkaan tulisi varsinaista valtaa Vuorimaan asioissa. Kuninkaan koolle kutsuma päällikköjen kokous antaisi vain suosituksia, joita tosin kannatti kuunnella tarkkaan ennen päätösten tekoa. Kuninkaalla, ylipäälliköllä ja alakuninkailla oli kaikilla oma sotajoukkonsa, mutta vain Serralla oli enemmän sotilaita kuin kenellä hyvänsä merkittävällä päälliköllä. Käytännössä kuningas ei voinut toteuttaa mitään, mitä päällikköjen enemmistö vastustaisi, sillä uhkana olisi uusi sisällissota.

– Minä haluaisin nimittää päälliköksi myös erään henkilön, jolla ei ole sotajoukkoa, Serra sanoi.

– Hänellä täytyy siinä tapauksessa olla jokin muu merkittävä ansio, Kareta sanoi.

– Hän on veljeni Leoni, Serra sanoi.

– Hänellä on enemmän kuin riittävästi ansioita, Kareta totesi.

– Hän on usein vaikuttanut asioiden kehitykseen kuin pieni sotajoukko, Temea huomautti hymyillen.
– Minun mielestäni hänet voi hyväksyä.

– Seluilla on paljon sotilaita, mutta kaikki ovat Serran alaisuudessa, Tanika sanoi. – Minun mielestäni seluilla voi olla päällikköjen kokouksessa kaksi edustajaa, ja jos Serra valitsee veljensä, se sopii minulle.

Leoni käytiin hakemassa saliin, ja hän otti hiukan huvittuneena vastaan uuden arvonsa. Sitten hän pyysi Serran syrjään ja sanoi hänelle: – Jos suinkin ehdit, sinua tarvittaisiin Oosan luona. Hän itkee, emmekä saa häntä rauhoittumaan.

– Ei minulla ole täällä oikeastaan mitään tekemistä, Serra sanoi. – Useimmat asiat eivät millään tavalla koske seluja.

Hän katsoi sinne, missä Kareta ja Seloma istuivat, ja pyysi lupaa poistua. Kareta ja Seloma vilkaisivat toisiaan. He vaikuttivat epävarmoilta siitä, kumman asia oli myöntää lupa. Seloma johti edelleen neuvotteluja, mutta alakuninkaaksi suostuneen Serran piti toimia Karetan ohjeiden mukaan. Serra odotti hetken, ja alkoi olla kärsimätön. Selujen kuninkaana hän ei ollut tottunut pyytämään lupia keneltäkään. Lopulta hän lähti ovea kohti ilmeisenä aikomuksenaan poistua lupaa odottamatta. Huomatessaan sen Kareta sanoi kiireesti: – En usko, että sinua tarvitaan ennen iltapäivää. Voit niin halutessasi olla poissa siihen asti. Jos tulee jotain tärkeää päätettävää, lähetän sanan.

Serra ja Leoni lähtivät Oosan asuntoa kohti, ja Serra kysyi, mitä Oosalle oli tapahtunut.

– Hänen miehensä on tullut Memnoon ja halusi tavata hänet, Leoni kertoi. – Meitä oli Oosan luona minun lisäkseni Tessi ja Ramu. Palvelija ohjasi Enkalan sisään, ja hän yritti ensi töikseen käskeä meidät pois. Oosa sanoi, että hän halusi meidän jäävän. Enkala ehti pyytää Oosaa tulemaan takaisin kotiin, mutta Oosa alkoi itkeä ja käski hänen lähteä. Kun hän ei totellut, Oosa haki vartijat ja käski heitä viemään Enkalan ulos. Vartijat olivat seluja, ja tottelivat tietenkin jumalatarta.

– Enkala ei siis tehnyt tai sanonut mitään pahaa?

246

Serra kysyi.

– Ei varsinaisesti, Leoni sanoi. – Mutta Tessi ja Ramu kertoivat, että hän ei näyttänyt ollenkaan kiinnostuneelta lapsesta, vaan pikemminkin vältti katsomasta häntä. Oosa selitti pahoittaneensa mielensä siitä, mitä hän ajatteli pojasta. Minun mielestäni se, mitä Oosa sanoi hänen ajattelevan, oli vain ihan tavallisia, vähätteleviä ennakkoluuloja. Minä kohtaan niitä päivittäin. Mutta ehkä Oosa on oikeassa, ehkä pienelle lapselle on vahingollista, jos hänen isänsä ajatukset hänestä ovat sellaisia.

– Oosa on ehdottoman oikeassa, Serra sanoi. – Lapsen pitää saada tuntea, että hän on vanhemmilleen ilon ja ylpeyden aihe.

Kun he tulivat Oosan huoneeseen, Oosa itki edelleen. Ramu tyynnytteli häntä, ja Tessi oli ottanut huolestuneelta vaikuttavan lapsen syliinsä.

– Olen kaivannut Enkalaa, Oosa nyyhkytti. – Toivoin, että hän tulisi ja huomaisi kaiken sen hyvän, mitä pojassa on. Mutta hänen ajatuksissaan oli vain pojan sokeus. Hän ajatteli sitäkin, että pojalle pitäisi keksiä nimi. Kun odotin lasta, hän sanoi, että jos se on poika, siitä tulee hänen isänsä mukaan Erina. Nyt hän ajatteli, että sitä nimeä ei voi antaa vammaiselle lapselle.

– Minun tekisi mieli vähän ravistella tuota Enkalaa, Serra sanoi.

– Useimpien ihmisten mielestä sokeus on säälittävää, Leoni sanoi. – Minäkin kohtaan jatkuvasti sääliä. Enkala ei tarkoita pahaa.

– Ei hän tarkoita pahaa, mutta hän luulee, että minun ihana pieni kultani on surkea olento, jota kaikki halveksivat, Oosa sanoi itkien. – Hän luulee, että kukaan ei voi koskaan katsoa poikaa ihaillen. Hän luulee, että häntäkin halveksitaan, koska hänen poikansa on tuollainen. Ei hän saa tulla lapsen lähellekään ajattelemaan sellaista. Huomasin, että poika kuuli hänen ajatuksensa, vaikka hän on tähän asti kuullut vain minun ajatukseni.

– Kysymys on ilmeisesti Enkalan huonosta itsetunnosta, Leoni sanoi. – Hän olisi halunnut pojan, joka pystyisi olemaan sitä, mitä hän ei itse ole pystynyt olemaan.

– Niin, Oosa sanoi. – Hän oli heikkovoimainen poika, ja häntä kiusattiin. Hän luulee, että häntä halveksittiinkin, vaikka moni varmaan ihaili hänen älykkyyttään ja pyrkimystään olla oikeudenmukainen. Hän olisi halunnut pojan, joka olisi voimakas ja rohkea. Nyt hän luulee, että sokea ei voi olla sellainen.

Leoni kääntyi Serran puoleen ja hymyili.

– Mitä arvelet, veli, mitä tehdään? hän kysyi.

– Etsitään hänet, Serra sanoi. – Tule mukaan, Ramu, en tunne häntä ulkonäöltä. Ja voimme tarvita parantajaakin.

– En usko, että väkivalta auttaa, Ramu sanoi.

– Tässä tapauksessa se voi olla suuri apu, Leoni sanoi.

Oosa oli lakannut itkemästä. Hän sanoi: – Mene mukaan, Ramu, eivät he vahingoita häntä. He ovat oikeassa, heillä on hyvä suunnitelma.

Ramu lähti epäröiden Serran ja Leonin kanssa pihalle. He löysivät Enkalan päärakennuksen luota. Ramu jäi syrjään. Serra meni esittelemään itsensä Enkalalle. Sitten hän sanoi: – Veljeni Leonin jo tapasitkin, vaikka unohdit tervehtiä häntä.

Leoni aloitti välittömästi riidan haastamisen.

– Olen tähän asti ollut kovin surullinen siitä, että synnyin sokeana, hän sanoi. – Nyt olen kuitenkin huomannut, että on olemassa vielä säälittävämpiä ihmisiä. On varmaan raskasta, kun joutuu aikuisenakin olemaan ilman järkeä.

– Minun ei tarvitse keskustella kanssasi, Enkala sanoi.

– Etkö halua keskustella veljeni kanssa? Serra kysyi muka huolestuneena. – Hän saattaa pahastua siitä.

– En minä pahastu, en ainakaan vielä, Leoni sanoi. – Hän ei tunnu sen arvoiselta, että hänen puheistaan kannattaisi välittää.

– Etsittekö tekosyytä, että Serra voisi käydä minun kimppuuni? Enkala kysyi.

– Veljeni ei välitä tappaa hyttysiä, Leoni sanoi. – Minä hoitelen pienet kiusankappaleet.

Enkala ymmärsi, että häntä yritettiin ärsyttää tappelemaan. Hän kiivastui kuitenkin ja sanoi Leonille:

– Jos et olisi sokea, opettaisin sinulle tapoja.

Leoni naurahti.

– Veli, hän sanoi Serraan päin kääntyen. – Minusta tuntuu, että Enkala loukkaa minua. Sano sinä vanhempana veljenä, pitäisikö minun tehdä jotain.

– Minustakin tuntuu, että Enkala loukkaa sinua,

veli, Serra sanoi teennäisen totisena. – Eiköhän sinun pitäisi opettaa hänelle tapoja.

Enkala oli huolestunut, mutta hän ei voinut perääntyä tilanteesta. Ympärille alkoi kerääntyä katselijoita.

– Luulen, että hän aloitti, ja minä voin määrätä aseet, Leoni sanoi.

– Hän aloitti, Serra vakuutti. – Hän sanoi, ettei hänen tarvitse keskustella kanssasi, ja hän sanoi haluavansa opettaa sinulle tapoja. Sinä voit määrätä aseet.

Leoni oli miettivinään.

– Keihäällä tai jousella sokea ei oikein osu, hän pohti. – Miekkakin on hankala. Tikarilla tappaisin hänet helposti, mutta ei kai ole tarkoitus tappaa?

– Ei, ei ole tarkoitus tappaa, Serra sanoi samaan sävyyn.

Sotilaita kertyi ympärille yhä enemmän. Joku selu huusi kauemmas: – Tulkaa katsomaan, Leoni haastaa puolison, joka loukkasi jumalatarta ja hänen lastaan.

– En halua ikävyyksiä, Enkala sanoi. – Lopetetaan tähän.

– Pelkään, ettei se käy päinsä, Serra sanoi. – Halusit antaa opetuksen veljelleni, ja jos mies sanoo miehelle niin, se on suuri loukkaus.

– Sanoin myös, etten tee sitä, koska hän on sokea, Enkala huomautti.

– Se pahensi loukkaustasi, Leoni sanoi tyynesti.

– Mutta en välitä aseista. Tapellaan niin kuin poikaiässä. Kaikki on sallittua, paitsi aseet, ja suurta vahinkoa ei saa aiheuttaa. Tehkää meille tilaa.

Naureskelevat miehet kerääntyivät ympyräksi.

250

Leoni riisui päällysmekkonsa. Aluspaita paljasti käsivarret, ja sen ohut kangas laskeutui ihonmyötäisesti. Enkala huomasi, että Leoni vaikutti yllättävän lihaksikkaalta. Hän piti silti sokean miehen voittamista helppona asiana, ja oli pahoillaan vain siitä, että koko tilanne oli niin nolostuttava. Hän riisui oman päällysmekkonsa.

– Voitte aloittaa, Serra sanoi.

Leoni ei tehnyt mitään eikä Enkalakaan. He seisoivat vastakkain, ja Leoni näytti kuuntelevan tarkkaan, mutta ei yrittänyt lähestyä.

– Älä pelkää, Leoni sanoi härnäävällä äänellä. – En vahingoita sinua vakavasti, mutta satutan kyllä. En usko, että opit muuten.

Nauru kiersi taas katselijoiden keskuudessa, ja Enkala päätti lopettaa pilan lyhyeen. Hän ei ollut taistelijana kovin etevä, mutta paini oli hänen vahvoja lajejaan. Hän oli voittanut niitäkin, jotka pitivät itseään melkoisina taitajina. Siksi hän arveli, että olisi helppo kaataa Leoni ja pakottaa hänet tunnustamaan tappionsa. Hän tarttui Leoniin, mutta lujat käsivarret kiertyivät hänen ympärilleen. Kamppailusta tuli lyhyt, Leoni heitti kohta hänet maahan, tuli päälle ja piti hänet aloillaan painaen molempia olkavarsia käsillään.

– Päästä hänet ylös, veli, Serra määräsi. – Ehkä yllätit hänet, hänen on saatava toinen tilaisuus.

Leoni nousi hymyillen ja odotti. Enkala nousi myös ja ravisteli käsiään, kunnes niiden kipu asettui. Ympäröivässä miesjoukossa aaltoili nauru, ja Enkala raivostui. Hän hyökkäsi taas eikä enää yrittänyt painiotetta, vaan suuntasi nyrkiniskun suoraan Leonin kasvoihin. Se osui, mutta saman tien Leonin käsi sulki Enkalan käden kuin pihtiin, ja Leoni pyöräytti hänet ympäri ja kuristi takaapäin toisella käsivarrellaan.

– Eihän hän ole sininen, veli? Leoni tiedusteli muka huolestuneena. – Haluan vain opettaa, ja kuollut ei opi mitään.

– Päästä hänet, Serra määräsi. – Minun mielestäni nyrkin isku kasvoihin ei kuulu asiaan silloin, kun ei ole tarkoitus vahingoittaa vakavasti. Jatketaan silti, ehkä hän haluaa yrittää kolmannen kerran.

Leonin nenästä valui verta, mutta hän hymyili ja odotti valppaana. Enkala ymmärsi nyt, että Leoni oli avuton vain siihen asti, kunnes sai otteen vastustajasta. Hän odotti kosketusta ja oli valmis tarttumaan kiinni, ja hän oli täysin ylivoimainen sen jälkeen.

– En halua enää yrittää, Enkala sanoi. – Tunnustan tappioni, Leoni. Olet minua voimakkaampi.

Sokea mies tarjosi heti käsiään ystävällisesti hymyillen, ja Enkala tarttui niihin.

– Olen pahoillani, että löin pään alueelle, Enkala sanoi. – Niin ei pitäisi tehdä silloin, kun ei ole tarkoitus vahingoittaa pahasti. Kiivastuin ja menetin malttini.

– Sinun pitää hyvittää asia antamalla minun tarjota sinulle vähän viiniä, Leoni sanoi.

– Mennään minun asunnolleni, Serra ehdotti. – Sirena ei varmaan pitäisi Leonin tämänhetkisestä ulkonäöstä.

252

– Haluaisin tutkia, mitä Leonin nenälle ja poskelle voi tehdä, Ramu sanoi. – Verenvuoto ei näytä asettuvan, ja poskipäähän voi nousta paha mustelma.

– Pahemmat mustelmat tulevat varmaan Enkalan olkavarsiin, Leoni sanoi. – Taisin painaa tarpeettoman kovaa. Innostun helposti esittelemään voimiani liikaa.

– Mustelmat paranevat, Enkala sanoi. – Ja joskus myöhemmin kokeilisin mielelläni painimista kanssasi vähän ystävällisemmissä merkeissä. Otteesi vaikuttivat tehokkailta, voisin oppia niistä paljon.

Hän ei ehkä itse huomannut sitä, että hän puhui Leonille eri tavalla kuin vielä hetki sitten. Hänen äänessään oli ihailua. Leoni huomasi kuitenkin muutoksen, ja sen huomasivat myös Serra ja Ramu.

Hetken kuluttua he istuivat Serran käytössä olevassa huoneessa. Leoni oli pessyt kasvonsa ja Ramu oli saanut verenvuodon lakkaamaan. Palvelija toi viiniä ja vettä, joista jokainen teki mieleisensä sekoituksen.

– Olen aliarvioinut sinua sokeutesi takia, Enkala sanoi Leonille. – En ymmärtänyt, että sokeakin voi olla täysi mies.

Leoni hymähti ja sanoi: – Olisin pahoillani, jos minun täytyisi vaatia itselleni kunnioitusta pelkästään siksi, että hallitsen joitakin taistelutaitoja. Mielestäni pystyn tekemään paljon hyödyllisempiäkin asioita.

– Ymmärrän sen, Enkala sanoi. – Mutta silti toivon sinun opettavan pojalleni nuo vähemmän hyödylliset taidot, jos Oosa suinkin sen sallii. Hänen olisi silloin

253

helpompi elää maailmassa, jossa aina riittää kiusantekoon halukkaita.

– Siitä syystä minäkin olen ne opetellut, Leoni sanoi. – Kun poikasi kasvaa, opetan häntä mielelläni.

– Poikasi on kaunis ja ihastuttava lapsi, Serra sanoi.

– Jos minulla olisi sellainen, olisin hänestä ylpeä.

– En ole uskaltanut kuin vilkaista häntä, Enkala sanoi. – Nyt haluaisin tutustua häneen, mutta Oosa ei luultavasti suostu enää tapaamaan minua eikä anna minun nähdä lasta.

– Minusta tuntuu, että Oosa jo suostuisi, Ramu sanoi. – En tietenkään kuule ajatuksia, mutta luulen, että Enkalan ajatukset eivät enää ole niitä, joita Oosa kauhistui.

– Niin, ehkä Oosa kuulee, että ajatukseni pojan sokeudesta ovat muuttumassa, Enkala sanoi. – Olen ajatellut pelkästään hänen vammaansa, enkä ole ymmärtänyt, että hänessä on paljon muutakin.

Ramu meni kysymään, haluaisiko Oosa tulla tapaamaan Enkalaa. Hetken kuluttua hän palasi, ja mukana oli Oosa, joka piti lasta sylissään. Enkala nousi ja meni heitä vastaan. Oosa katsoi miestään ensin arastellen, mutta hymyili sitten. Enkala katsoi lasta, ojensi kätensä, ja Oosa antoi lapsen hänen syliinsä.

– Älä tutki ajatuksiani kovin ankarasti, Enkala pyysi. – Poika on kaunis, ja hänestä tulee varmaan komea mies. En kuitenkaan voi olla tuntematta sääliä, kun ajattelen, miten paljon helpompaa hänen elämänsä olisi, jos hän ei olisi sokea.

– Se on myötätuntoista sääliä, Leoni sanoi. – Sitä

hän tulee kohtaamaan läpi elämänsä, ja sen kestää hyvin. Vähättelevä sääli on loukkaavaa, ja jos vanhemmat pitävät lastaan vähäarvoisena, he vahingoittavat hänen kehitystään.

– Huomaan, että ajatuksesi lapsesta ovat täysin toiset kuin äsken, Oosa sanoi miehelleen. – Pienillä yksityiskohdilla ei ole väliä. Tärkeintä on, että kuulen sinun olevan iloinen hänen olemassaolostaan.

– Lapselle on mahdollisimman pian annettava nimi, Enkala sanoi. – Ajattelimme joskus, että jos syntyisi poika, hän olisi Erina, niin kuin isäni. Tuntuuko sinusta edelleen, että se on sopiva nimi? Minä toivon, että hänestä tehtäisiin Erina.

– Sitä minäkin toivon, Oosa sanoi.

– Meidän pitäisi neuvotella siitäkin, missä asumme, Enkala sanoi. – Saisimme jäädä Kiilon pienempään linnaan, mutta minun pitäisi siinä tapauksessa ryhtyä Tanikan joukkojen alipäälliköksi. En enää haluaisi kuulua kenenkään sotajoukkoihin. Olen ajatellut hankkia maata ja elää sen tuotolla. Ehkä istutan oliivipuita.

– Minä suunnittelin joskus viinitarhaa, Leoni sanoi. – Mietin sitä vieläkin.

– Oliivipuuistutukset olisivat kovin hitaita, Enkala totesi. – Viinitarha alkaisi tuottaa nopeammin.

– Vuorimaassa ei tällä hetkellä valmisteta hyvää viiniä, ja Selovuorten alarinteillä on paljon vapaata maata, jota voisin luovuttaa, Serra sanoi.

– Kemereiltä voisi ostaa taimet, jotka sopivat meidän oloihimme, Leoni sanoi. – Luulen, että Miilassa käytetty viiniköynnös ei menesty tässä ilmastossa.

– Voisitko harkita yhteistyötä? Enkala kysyi Leonilta. – Pojan takia pitäisin mielelläni sinut lähellämme. Voisit opettaa hänelle paljon, mutta olisit hänelle myös rohkaiseva esimerkki siitä, millaiseksi hän voi kehittyä.

– Tarvitsisin yhteistyökumppanin, Leoni myönsi.

– Olisi hyvä, jos varsinaista viljelytyötä ja viininvalmistusta johtamaan ei tarvittaisi ulkopuolista. Jos sinä huolehtisit siitä, minä hoitaisin myyntipuolen.

Leoni ja Enkala sopivat, että asiaan palattaisiin myöhemmin. Enkala lähti vaimonsa ja lapsensa kanssa.

Serra laski kätensä veljensä olkapäälle.

– Olen pahoillani, että jouduit menemään hänen nyrkkinsä eteen, hän sanoi. – Mutta nuo entiset ylemmät ymmärtävät kuitenkin lopulta parhaiten pelkkää voimaa. Joskus tuntuu, etteivät he muuta ymmärräkään.

– Enkala vaikuttaa siltä, että hän ei ole heistä pahimpia, Leoni sanoi. – Mutta häntäkin pystyi auttamaan ajattelemisen alkuun vain väkivallalla. Siinä suhteessa he ovat kuin villieläimiä.

Sota oli ohi. Verraka oli johtanut joukkonsa nopeaan ja tehokkaaseen hyökkäykseen antautumasta kieltäytyneitä entisiä ylempiä vastaan. Kaikkien linnat oli vallattu. Verraka ei kuitenkaan vaikuttanut iloiselta voitoistaan. Hän sanoi, että oli vuodatettu liikaa verta. Vasta äskettäin koottujen sotajoukkojen kurissa pitäminen oli ollut lähes mahdotonta. Varsinkin arriittisotilaat olivat riehuneet linnoissa, jotka olivat jo antautuneet.

Kareta halusi antaa valloitettujen linnojen päällikköjen pitää linnansa ja sotajoukkonsa. Hän vaati heitä vain lupaamaan uskollisuutta Vuorimaan uudelle hallinnolle. Arriitteja edustava alakuningas Temea vastusti ehdotusta, mutta hävisi äänestyksessä, sillä muut alakuninkaat hyväksyivät Karetan ratkaisun. Temean harmia lievensi se, että hänelle pystyttiin antamaan kookas ja hyväkuntoinen linna, jonka päällikkö ja hänen lähimmät miespuoliset omaisensa olivat kuolleet valtauksen yhteydessä.

Meetan laiva oli Memnon satamassa valmiina lähtemään kohti Sirpiä. Syksykuut olivat loppumassa, ja sadekuiden myötä alkaisivat vaaralliset talvimyrskyt.

Tessi ja Ramu olivat päättäneet palata kotimaahansa. Ake tulisi mukaan, samoin Malee, jonka Tessi oli luvannut palkata seuralaisekseen Kooran linnaan. Heidän kanssaan matkustaisivat myös Anira ja Seloma. Muut olivat jo siirtyneet laivaan, mutta Seloma ja Tessi aikoivat olla Memnon linnassa seuraamassa vallanperijän esittelyä. Se oli vanhan perinteen mukainen tilaisuus, jossa kuningas toisi esikoispoikansa päällikköjen nähtäväksi. Meeta oli kärsimätön lähtemään, ja Seloma ja Tessi olivat luvanneet heti juhlamenojen jälkeen kiirehtiä muiden joukkoon.

Seloma ja Tessi istuivat alakerran pienessä kokoushuoneessa, jossa heidän lisäkseen olivat myös Meisalo poikiensa kanssa ja Verraka. Vallanperijän esittelyn alkamiseen oli vielä aikaa, ja sen jälkeen olisi ensimmäinen Vuorimaan uuden hallintojärjestyksen mukainen päällikköjen kokous.

– Tyytymättömyyttä tuntuu olevan joka puolella, Meisalo sanoi. – Jo nyt näyttää siltä, että muutamat päälliköt suunnittelevat liittoutumista Karetaa vastaan. Tätä menoa olemme pian uudessa sisällissodassa.

– Ehkä se voidaan välttää, Verraka sanoi. – Tarkoitukseni on vahvistaa asemiamme muodostamalla Vuorimaan armeija, jonka sotilaat ovat suoraan ylipäällikön alaisuudessa.

– Sinun omien joukkojesi lisäksi? Meisalo kysyi.

– Minun omien joukkojeni lisäksi, Verraka myönsi.

– Ja tietenkin Karetakin pitää edelleen henkilökohtaiset joukkonsa. Mutta Vuorimaan armeijasta on tarkoitus tehdä huomattavasti suurempi kuin yksittäisten päällikköjen joukot.

– Se on viisasta, Meisalo totesi. – Ei pidä olla liian riippuvainen päälliköistä ja heidän sotilaistaan. Seloma siirtyi keskustelemaan Verrakan kanssa. He vetäytyivät hiukan syrjään muista, mutta olivat niin lähellä Tessiä, että hän kuuli keskustelun.

– Kareta ei ole pystynyt tekemään sitä, Verraka sanoi. – Kävin aamulla katsomassa, poika on edelleen huoneessaan.

– Meidän on tehtävä se Karetan puolesta, Seloma sanoi. – Olen jo kuullut suunnitelmia pojan sieppaamisesta, ja sitten vaadittaisiin hänen nimissään Karetan syrjäyttämistä.

– Olet oikeassa, Verraka sanoi. – Hänen olemassaolonsa johtaisi uuteen sisällissotaan. Käyn siellä heti.

– Minä tulen mukaan, Seloma sanoi.

He lähtivät huoneesta, ja Tessi seurasi heitä. Aulassa oli päällikköjä sotilaineen, mutta Seloma ja Verraka kiirehtivät tungoksen läpi vastaamatta niille, jotka tervehtivät heitä. He menivät käytävään. Tessi tiesi, että sen päässä oli huone, jossa Sirenan poika ja hänen hoitajansa olivat sotilaiden vartioimina.

Seloma oli pukeutunut yksinkertaiseen matkaviittaan, mutta Verrakalla oli yllään täydellinen ylipäällikön varustus. Kultalevyin koristellut panssarit rahisivat, ja pitkä miekka kilahteli, kun se hänen kävellessään osui säärisuojukseen.

– Minä teen sen, että sinun ei tarvitse, Verraka sanoi. – Olen tehnyt jo niin paljon pahaa, että painajaisuneni eivät voi tulla pahemmiksi.

– Älä ota sitä painolastia itsellesi, Seloma sanoi.

– Minulla on paljon raskaita muistoja, jaksan kantaa niiden lisäksi vielä tämän yhden.

Tessi kiirehti askeleitaan ja tuli miesten rinnalle.

– Ette saa tehdä sitä, hän sanoi. – Olen aivan varma siitä, että se on väärin.

Miehet vilkaisivat häntä yllättyneinä hänen mukanaolostaan, mutta eivät hidastaneet askeleitaan.

– Mene valtaistuinsaliin odottamaan, Tessi, Seloma sanoi. – Tämä on kauhea asia, mutta välttämätön, että estetään vielä pahemmat tapahtumat. Sisällissodissa kuolee paljon ihmisiä, myös sylilapsia.

– Minä en anna teidän tehdä sitä, Tessi sanoi.

Hän ei kuitenkaan tiennyt, miten hän pystyisi estämään miesten aikomuksen. Seloman ja Verrakan kasvoilla oli sulkeutunut, torjuva ilme. He tulivat ovelle, jonka Verraka avasi. Sen takaisessa aulassa olisi pitänyt olla vartijoita, mutta se oli tyhjä. Verraka avasi oven siihen huoneeseen, jossa Sirenan poikaa oli pidetty. Siellä oli vain itkevä lapsenhoitaja, joka kohotti katseensa tulijoihin.

– Hänet on viety, hän sanoi. – Kostakoot kaikki jumalat lapsenmurhan. Hänet haettiin äsken.

– Kenen käskystä? Seloma kysyi.

– Kuninkaan sotilas haki hänet, nainen sanoi. – Voi ihmisten julmuutta, pieni vauvahan se vain oli.

– Kareta siis sittenkin ryhdistäytyi, Verraka sanoi.

– Meidän kannaltamme on tietenkin helpompi näin.

Tessi itki. Hän itki sekä pienen Karetan kohtaloa

että taakkaa, jonka lapsen isä oli ottanut omalletunnolleen. Seloma laski lohduttaen kätensä hänen olkapäälleen, mutta Tessi ei saanut itkuaan loppumaan. Tämä oli julma maa, jossa tapahtui hirveitä asioita. Oli hyvä, että Meetan laiva pian nostaisi ankkurinsa ja veisi hänet takaisin Sirpiin.

– Yritä rauhoittua, Tessi, Seloma sanoi lempeästi kuin pikkulapselle puhuen. – Mennään valtaistuinsaliin, juhlallisuudet alkavat kohta. Ei Kareta tehnyt sitä julmuuttaan, vaan velvollisuudentunnosta.

Verraka lähti ja jätti Seloman lohduttamaan Tessiä. Jonkin ajan kuluttua Tessi tyyntyi, ja itkun tilalle tuli painava, paha olo. Hän meni Seloman kanssa valtaistuinsaliin. Päälliköt olivat jo ryhtyneet asettumaan paikoilleen. Karetakin oli tullut ja noussut pienelle korokkeelle, jonka päällä valtaistuin oli. Hän seisoi korokkeen reunalla ja keskusteli juhlamenojen ohjaajan kanssa.

Seloma ja Tessi jäivät salin takaosaan, jossa ei ollut istumapaikkoja. Juhlamenojen ohjaaja siirtyi aulaan ja kuulutti, että kaikkien tilaisuuteen osallistuvien piti tulla saliin. Ovet suljettaisiin kohta. Kareta meni istumaan valtaistuimelle. Salissa alkoi olla tungosta, kun aulassa seisoskelleet tulivat sinne.

Juhlamenojen ohjaaja kuulutti: – Kunnioitettu Lis pyytää lapsuudenystäväänsä, Sirpin hallitsijan tytärtä Tessiä tulemaan oven luo.

Tessi lähti sinne minne häntä pyydettiin, ja Seloma tuli hänen kanssaan. Lis istui oviseinustan kivipenkillä nukkuva pienokainen sylissään.

– Jouduin etsimään sinua kuulutuksen avulla, koska palvelija ei löytänyt sinua, hän sanoi Tessille.
– Olen jännittyneempi kuin taistelun edellä. Halusin varmuuden siitä, että olet täällä ja katselet minua myötätuntoisesti.
Hän nousi ja ojensi lapsen Tessille.
– Pidä huolta pojasta ja odota minua tässä, hän sanoi.
– Sinun on vietävä lapsi mukanasi, Seloma sanoi Lisille. – Pojalla olisi myös pitänyt olla perinteinen juhla-asu, mutta sen hakeminen on myöhäistä.
– Tämä ei nyt mene ihan perinteen mukaan, Lis sanoi. – En voinut kertoa siitä kenellekään, koska mukana on henkilö, jolle tämä on hyvin vaikeaa. Hän halusi, että kukaan ei saisi tietää etukäteen.
Juhlamenojen ohjaaja antoi käskyn sulkea oven. Kun se kolahti kiinni, Lis lähti liikkeelle. Hän käveli hitaasti kohti Karetaa, nousi korokkeelle ja asettui seisomaan Karetan viereen.
Kun huomattiin, että Lis ei tuonut mukanaan poikaansa, salissa syntyi levotonta liikehdintää ja kuiskuttelua. Se keskeytyi, kun ovi avattiin hetkeksi, ja siitä tuli Sirena. Hän kantoi sylissään lasta, jolla oli kultakirjailtu mekko. Lis tuli korokkeen etuosaan odottamaan häntä. Sirena käveli pystypäisenä ja ilmeettömänä Lisin luo, pysähtyi ja sanoi selkeästi ja levollisesti: – Vuorimaan kuningatar, Ukkosjumalan pojan puoliso, mieheni Leonin luvalla luovutan Karetalle synnyttämäni pojan isälleen ja sinulle. Ole hänelle äiti.

Vallanperijän esittelyn aikana olisi pitänyt käyttäytyä arvokkaasti ja hillitysti. Katsojat alkoivat kuitenkin kohista. Juhlamenojen ohjaaja joutui vaatimaan hiljaisuutta. Juuri kukaan ei katsonut Sirenaa, joka palasi kiireisin askelin ovelle. Se avattiin hänelle, ja Tessi ehti nähdä, että hän juoksi aulassa odottavan Leonin luo.

Lis seisoi lapsi sylissään ja katsoi Karetaa.

– Sinulle on syntynyt esikoispoika, joka kaikkien lakiemme ja tapojemme mukaan on laillinen vallanperijä, hän sanoi. – Ota esikoispoikasi ja kierrä näyttämässä häntä päälliköille.

Kareta tuli ja otti pienen Karetan syliinsä. Hän oli vakava ja vaikutti hyvin liikuttuneelta. Hän meni päällikköjen eteen ja pysähtyi poika sylissään hetkeksi jokaisen kohdalla. Sitten hän palasi korokkeelle, antoi lapsen Lisille ja sanoi: – Kunnioitettu puolisoni, kasvata pojasta meille hyvä kuningas.

Seloma pyyhkäisi silmiään.

– Ratkaisu oli paras mahdollinen, hän sanoi hiljaa.

– En kuitenkaan ehdottanut sitä, sillä en tiennyt, että Lisissä on tuollaista suuruutta. Ajattelimme kaikki, ettei häneltä missään tapauksessa voi vaatia, että hän hyväksyisi toisen naisen lapsen.

– Lis ei ole niitä, jotka osaavat rakastaa vain itse synnyttämiään lapsia, Tessi sanoi. – Hän tulee olemaan hyvä äiti pienelle Karetalle. Mutta minua hävettää nyt, että epäilin taas kerran turhaan Karetan oikeudentuntoa. Olen tehnyt niin ennenkin, ja olen aina ollut väärässä.

Esittely oli ohi. Lis lähti korokkeelta ja tuli pieni Kareta sylissään Tessin ja Seloman luo. Lapsi oli hereillä ja kitisi hiukan. Lis tyynnytteli sitä ja sanoi:
– Pojalla on varmaan nälkä. Luulen, että minulta riittää maitoa molemmille. Mutta miten voin kantaa kahta yhtä aikaa?

Hän oli jättänyt penkille kookkaan huivinsa, sillä se ei kuulunut juhlapukuun. Hän ojensi tulevan kuninkaan hetkeksi Selomalle, otti huivin penkiltä ja kiersi sen väljästi olkapäilleen jättäen eteen syvän laskoksen. Sitten hän asetteli molemmat pienokaiset vierekkäin huivin suojaan.

– Se onnistuu, hän sanoi tyytyväisenä. – Kun he kasvavat, pitää tietenkin keksiä muita tapoja.

– Vuorimaan kuningatar, Seloma sanoi hymyillen.

– Tämän muiston vien mukanani Sirpiin, ja se lämmittää mieltäni.

Tessi ja Seloma kiirehtivät Memnon satamaan, jossa Meetan laiva odotti lähtövalmiina. Tuuli oli heikko, joten Meeta komensi miehet soutamaan. Raskaat puiset airot iskisivät tahdinantajan komentojen mukaan veden vaahtoamaan. Tessi ja Ramu seisoivat kannella ja Sumi makasi heidän jaloissaan. Vuorimaan ranta loittoni.

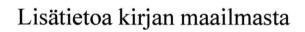

Lisätietoa kirjan maailmasta

Ajanlasku

Vuorokausi jakautuu kahdeksaan tasapitkään hetkeen, joiden laskeminen aloitetaan keskiyöstä. Kuukausden pituus on 28 vuorokautta, jolloin kuukausia on 13, mutta koska vuosi on noin 365 vuorokautta, tarvitaan tasauspäiviä, että uuden vuoden alku saataisiin aina osumaan yhteen kesäpäivänseisauksen kanssa.

Kuukaudet kesäpäivänseisauksesta alkaen ovat:
- kolmas kuivakuu
- neljäs kuivakuu
- viides kuivakuu
- kuudes kuivakuu
- ensimmäinen syksykuu
- toinen syksykuu
- ensimmäinen sadekuu
- toinen sadekuu
- kolmas sadekuu
- ensimmäinen kevätkuu
- toinen kevätkuu
- ensimmäinen kuivakuu
- toinen kuivakuu

Vuosi alkaa kesäpäivänseisauksesta. Vuodet määritellään Sirpissä hallitsijan hallintokauden vuosina. Muissakin maissa käytetään usein heidän hallitsijoittensa hallintokausien vuosia, tai lähtökohtana on jokin kansallinen merkkitapahtuma. Kauppiaspiireissä on tapana laskea vuodet Metallin jumalan temppelin käyttämällä tavalla. Lähtökohtana on vuosi, jolloin temppeli alkoi järjestelmällisesti ottaa vastaan talletuksia ja myöntää lainoja. Metallin temppelin ajanlasku tunnetaan melko hyvin kansainvälisesti.

Pituusmittoja

Askel on metrijärjestelmään muunnettuna 80 cm.
Väli on sata askelta.
Matka on sata väliä.

Henkilöt

Ake on merikauppias Meetan poika, joka syntyi Sirpissä Matalan kylässä ensimmäisen kevätkuun 25. päivänä, Metallin temppelin ajanlaskun mukaan vuonna 106.

Anira (Karetan äiti ja Vuorimaan entisen kuninkaan Karetan leski) on syntynyt Susimaassa.

Askora on vuorimaalainen päällikkö.

Enkala on vuorimaalainen sotilas, joka syntyi Kiilon linnassa neljännen kuivakuun 12. päivänä, Metallin temppelin ajanlaskun mukaan vuonna 101. Hänen isänsä on Erina.

Erina (vanhempi) syntyi Vuorimaassa ensimmäisen sadekuun 23. päivänä, Metallin temppelin ajanlaskun mukaan vuonna 81. Hänen isänsä on Kiilon linnan päällikkö Jameta.

Erina (nuorempi) syntyi Vuorimaassa ensimmäisen kevätkuun 26. päivänä, Metallin temppelin ajanlaskun mukaan vuonna 120. Hänen isänsä on Enkala ja hänen äitinsä on Oosa.

Kareta (vanhemman Karetan isä) surmattiin vallankaappauksen yhteydessä toisen syksykuun 28. päivänä, Metallin temppelin ajanlaskun mukaan vuonna 106.

Kareta (vanhempi) syntyi Vuorimaassa Memnon linnassa toisen syksykuun kymmenentenä päivänä, Metallin temppelin ajanlaskun mukaan vuonna 104. Hänen isänsä on Vuorimaan kuningas Kareta ja hänen äitinsä on Karetan puoliso Anira.

Kareta (nuorempi) syntyi Vuorimaassa Taanun linnassa kuudennen kuivakuun viidentenä päivänä, Metallin temppelin ajanlaskun mukaan vuonna 121. Hänen isänsä on Kareta, joka tunnusti isyytensä, ja hänen äitinsä on Sirena, joka luovutti lapsen tämän isälle. Koska Karetalla on sama nimi kuin isällään, häntä ryhdyttiin jo varhain selvyyden vuoksi vähemmän virallisissa yhteyksissä nimittämään Retaksi.

Kiira (myyttinen henkilö), ehkä Seilan tytär, joka avioitui muinaisen selujen kuninkaan kanssa, ja joka selujen mielestä oli jumalatar.

Laneta on Seloman orja.

Leona (Serran ja Leonin sisar) syntyi Kiirassa viidennen kuivakuun 12. päivänä, Metallin temppelin ajanlaskun mukaan vuonna 103.

Leoni (Serran ja Leonan veli) syntyi Kiirassa viidennen kuivakuun 12. päivänä, Metallin temppelin ajanlaskun mukaan vuonna 103.

Liia syntyi Vuorimaassa Kiilon linnassa viidennen kuivakuun 28. päivänä, Metallin temppelin ajanlaskun mukaan vuonna 106. Hänen äitinsä on Seloman orja Laneta, ja hänen isänsä on Seloma.

Lis (Karetan puoliso) syntyi Sirpissä Matalan kylässä toisen syksykuun seitsemäntenä päivänä, Metallin temppelin ajanlaskun mukaan vuonna 105. Hänen äitinsä on Aima ja hänen isänsä Aiman puoliso Endor, joka tuli Sirpiin Vuorimaasta.

Malee on kotoisin Autiomaasta, eikä tiedä, keitä hänen vanhempansa ovat.

Marena on vuorimaalainen päällikkö.

Meeta (Aken isä ja Karetan kasvatusisä) on sirpiläinen merikauppias, joka syntyi Sirpissä ensimmäisen kevätkuun 27. päivänä, Metallin temppelin ajanlaskun mukaan vuonna 80.

Meisalo on vuorimaalainen päällikkö.

Oosa syntyi Sirpissä arkojen kyläyhteisössä neljännen kuivakuun kolmantenatoista päivänä, Metallin temppelin ajanlaskun mukaan vuonna 104. Hänen isänsä on arkojen kyläyhteisön johtaja Maamo ja hänen äitinsä on Maamon puoliso Evi.

Ramu syntyi Sirpissä Miilan kylässä kolmannen kuivakuun 20. päivänä, Metallin temppelin ajanlaskun mukaan vuonna 107. Hänen isänsä on sirpiläinen parantaja Ramu ja hänen äitinsä Ramun puoliso Meme.

Sarnaki on vuorimaalainen päällikkö.

Ratea on arriitti, josta tulee Vuorimaan uudessa hallinnossa päällikkö.

Seila on kauan sitten elänyt arka, jonka kerrotaan avioituneen arkoihin kuulumattoman sirpiläisen kanssa.

Seloma (vanhempi) on vuorimaalainen päällikkö, joka syntyi Vuorimaassa Kiilon linnassa viidennen kuivakuun yhdeksäntenätoista päivänä, Metallin temppelin ajanlaskun mukaan vuonna 79. Hänen äitinsä on sotavankina Kiilon linnaan orjaksi päätynyt Marra, selujen kuninkaan Seloman tytär. Hänen isänsä on Kiilon linnan päällikkö Jameta.

Seloma (myyttinen henkilö) on Kiiran poika, jonka kerrotaan olleen eräs selujen muinaisista kuninkaista.

Seloma (nuorempi) syntyi Vuorimaassa Memnon linnassa kuudennen kuivakuun 25. päivänä, Metallin temppelin ajanlaskun mukaan vuonna 121. Hänen isänsä on Kareta ja hänen äitinsä Karetan puoliso Lis. Seloma (Serran, Leonin ja Leonan isän isä, Marran isä) oli selujen kuningas ennen Serraa.

Serra (selujen kuningas) syntyi Kiirassa kuudennen kuivakuun 9. päivänä, Metallin temppelin ajanlaskun mukaan vuonna 94.

Sirena on Marenan sisar.

Skeena on selujen Kiira-jumalattaren papitar.

Tanika on launien johtaja, joka valitaan Vuorimaan uudistuneeseen hallintoon launeja edustavaksi alakuninkaaksi.

Teeka on Seloman joukkoihin kuuluva alipäällikkö.

Temea on arriittien johtaja, joka valitaan Vuorimaan uudistuneeseen hallintoon arriitteja edustavaksi alakuninkaaksi.

Tera (Tessin äiti) on Sirpin hallitsija, joka syntyi Sirpissä Kooran linnassa toisen syksykuun kymmenentenä päivänä, Metallin temppelin ajanlaskun mukaan vuonna 91.

Tessi syntyi Sirpissä Kooran linnassa ensimmäisen syksykuun toisena päivänä, Metallin temppelin ajanlaskun mukaan vuonna 108. Hänen äitinsä on Sirpin hallitsija Tera ja hänen isänsä on Teran puoliso Reka.

Verraka on vuorimaalainen päällikkö, joka syntyi Vuorimaassa Meiran linnassa kolmannen sadekuun kuudentena päivänä, Metallin temppelin ajanlaskun mukaan vuonna 103. Hänen isänsä on Meiran linnan päällikkö Oikari ja hänen äitinsä on Oikarin puoliso Arna.

Memnon linnan päärakennuksen 1. kerros

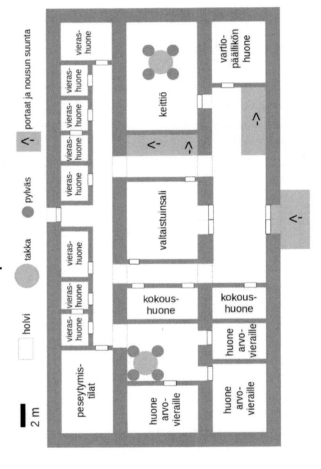

Legend:
- holvi
- takka
- pylväs
- portaat ja nousun suunta
- 2 m

Room labels:
- vieras-huone
- keittiö
- vartio-päällikön huone
- valtaistuinsali
- kokous-huone
- kokous-huone
- huone arvo-vieraille
- huone arvo-vieraille
- huone arvo-vieraille
- peseytymis-tilat

Memnon linnan päärakennuksen 2. kerros

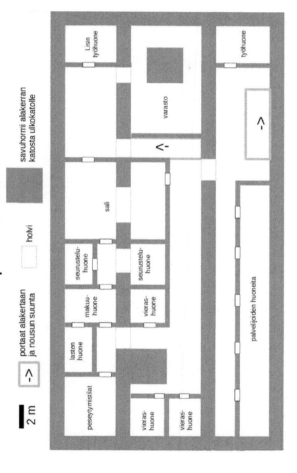

portaat alakertaan
ja nousun suunta

holvi

savuhormi alakerran
katosta ulkokatolle

2 m

Lisin työhuone

varasto

työhuone

sali

seurustelu-
huone

seurustelu-
huone

makuu-
huone

vieras-
huone

lasten
huone

palvelijoiden huoneita

peseytymistilat

vieras-
huone

vieras-
huone

Memnon linnan piha-alue

Pohjoisportti ->

karja-suojat

palvelijoiden asuntoja

varastoja

tallit

vierastiloja

keittiö-puutarha

varastoja

vierastiloja

varastoja

palvelijoiden asuntoja ja työtiloja

päärakennus

8 m

sotilastiloja

sotilastiloja

vierastiloja

sotilastiloja

<-Leijonaportti

sotilastiloja

Vuorimaa

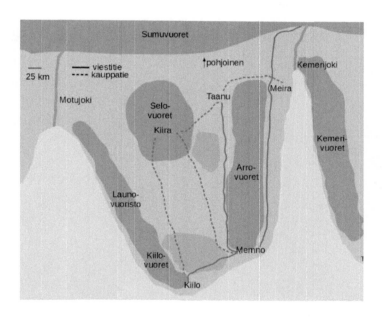

Tunnetun maailman eteläosa

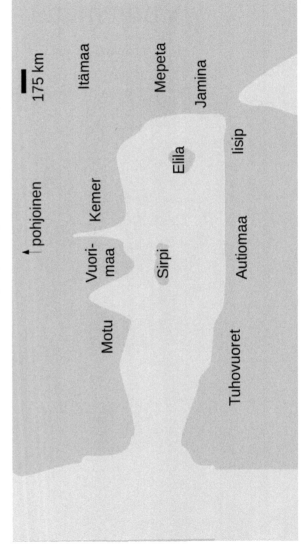

175 km

pohjoinen

Itämaa

Mepeta

Jamina

Kemer

Elila

Iisip

Vuori-
maa

Sirpi

Autiomaa

Motu

Tuhovuoret

278

Vuorileijonan varjo -sarja